제임스 조이스 『피네간의 경야』 평역 시리즈 ②

Plain Rendering Series of James Joyce's *Finnegans Wake*

경야의 서
經夜書

The Book of the Wake

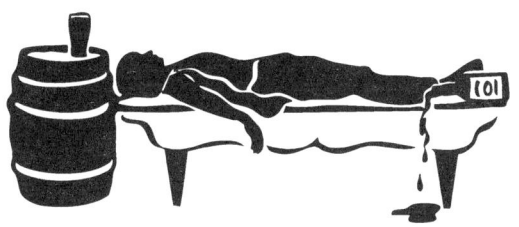

They laid him brawdawn alanglast bed.
With a bockalips of finisky fore his feet.
And a barrowload of guenesis hoer his head.【006:26-27】

사람들은 그를 침대에 눕히고서 매장 준비를 했다.
그의 발치에는 위스키 한 통이
그리고 그의 머리맡에는 흑맥주 한 통이 놓여있다.

제임스 조이스 원작
박대철 편역

어문학사

목 차

제1부

지난 이야기 요약

일러두기

- 이 책을 『경야經夜의 서書(The Book of the Wake)』로 제명(題名)한 것은 아일랜드의 복음서 필사본인 『켈스의 서
  書(Book of Kells)』, 이집트의 사후 세계 안내서인 『사자死者의 서書(Book of the Dead)』, 티베트 불교 경전인 『티베
  트 사자死者의 서書(Tibetan Book of the Dead)』, 아일랜드 침략의 역사서인 『침략侵略의 서書(Book of the Taking of
  Ireland)』 등의 명명(命名)을 염두에 둔 것이다.
- 이 책에 나오는 『경야의 서』와 『경야서』 또는 『경야』는 모두 『피네간의 경야(Finnegans Wake)』를 말한다.
- 작품의 이해와 감상을 도모하기 위해, 연구를 위한 한줄 번역(Reader Friendly Line-by-Line Renderings and Annotation)
  과 독서를 위한 일반 번역(Plain Renderings)을 함께 싣는다.
- 이 책에서는 원서의 인용 쪽을【】안에 넣어 표시한다. 예:【003:12】

제임스 조이스『피네간의 경야』평역 시리즈

Plain Rendering Series of James Joyce's Finnegans Wake

『경야의 서』1권 2장

The Book of the Wake: Book I Chapter 2

말년의 제임스 조이스(1938년)

James Joyce in Late Years (1938)

그들은 모두 하나하나씩 망령이 되고 있었다.
나이 들어 늙어가면서 쭈그러들다가 쓸쓸하게 사라지기보다,
어떤 열정의 축복 속에서 당당하게 저세상으로 가는 편이 낫다.
- 「죽은 사람들」

지난 이야기 요약

평역 시리즈 ①

『경야의 서』는 4권 17장으로 된 작품이다. 지난 이야기(제1권 제1장)에서는 더블린의 한 술집 주인 (Dublin publican)의 꿈에 벌어진 일들이 펼쳐지고 있는데, 작가는 소문자(riverrun)로 시작되는 첫 문장 '강은 흐르고 흘러, 아담과 이브 성당을 지나(riverrun, past Eve and Adam's)'를, 마침표 없이 미완(未完)으로 종결된 작품의 끝 문장 '한 가닥 외줄기 마지막 사랑의 기나긴 그(A way a lone a last a loved a long the)'로 글의 흐름을 끊는 지점(the)에서 출발하고 있다. 이른바 수미상응(首尾相應) 방식의 전개이다. 깊은 밤, 술집 주인 포터 씨(Mr. Porter)는 더블린 외곽 피닉스 공원(Phoenix Park) 근처 채플리조드(Chapelizod)에 있는 자신의 술집 멀린가 하우스(Mullingar House) 2층에서 가족과 함께 잠을 자고 있다.

• Bend of Bay【003:01~02】

　꿈속에서 찢어지는 듯한 천둥소리와 신의 목소리가 추락을 알린다. 추락은 종교와 신화 속에 나오는 거인들의 추락을 나타낸다. 한 인물은 종교상의 죄를 범하여(falls from grace) 하나님에 의해 에덴동산에서 추방당한 성경 속 최초의 남자 아담(Adam)이며, 또 다른 인물은 아일랜드 민요 '피네간의 경야(Finnegans' Wake)'의 주인공인 팀 피네간(Tim Finnegan)인데, 그는 술에 취한 나머지 사다리에서 떨어지게 된다. 꿈의 세계에서 그의 몸은 잠자는 더블린(sleeping city of Dublin)으로 치환된다. 머리는 호우드 언덕(Hill of Howth)에 두고 발가락은 피닉스 공원(Phoenix Park)에 걸쳐 누워있다.

　신과 같이 위엄이 있는 피네간(Finnegan)은 보통 사람 즉 평범한 이어위커(Earwicker)로 대체된다. 추락(Fall)을 알리는 최초의 천둥소리는 『경야의 서』에서 10차례에 걸쳐 등장하는 천둥어(thunder word) 중 하나이며, 101개의 철자로 된 마지막 단어를 제외하고 모두 100개의 철자로 되어있다. 10개의 단어를 모두 합치면 1,001개의 글자가 되는데, 이는 곧 1,001개의 이야기로 된 중동 지역 구전문학 설화집 '천일야화(또는 '아라비안 나이트'라고도 함)'를 암시한다.

• Phoenix Park【003:22】

　술집 멀린가 하우스의 청소부 케이트(Kate)는 피닉스 공원에 있는 윌링던 박물관(Willingdone Museum)에 견학 온 일행을 인솔하면서 위인의 삶이 담긴 유품과 전시물을 일일이 소개한다. 그러다가 도중에 과거 피닉스 공원에서 발생했던 어떤 추정적 사건, 즉 험프리 침던 이어위커(Humphrey Chimpden Earwicker)가 숲속에서 용변하는 두 소녀를 훔쳐보면서(voyeuristic) 자신을 노출시키고(sexual) 배설한(scatological) 행위로 도덕적 타락(fall)을 겪는다고 언급한다. 핀 맥쿨(Finn MacCool) 즉 팀 피네간(Tim Finnegan)이 몸을 일으키려 꿈틀거려 보지만 손님들로부터 가만 누워있으라는 말을 듣는다. "자, 꼼짝 말고 잠자코 있기나 해요, 피니모어 양반. 당신은 죽은 몸이에요, 그러니 혼령으로 나타나 주변 사람들 정신 사납게 만들지 말아요(Be easy Tim. You are dead. Don't bother the world with your ghost)" 신들의 시대는 가고 이어위커(HCE)같이 평범한 사람이 그 자리를 대신하게 된다.

피닉스 공원은 에덴동산 격이며, 이어위커의 지각없는 경솔한 행위를 둘러싼 확인되지 않은 소문은 아담과 이브의 타락을 암시한다. 그 소문이 사실이건 아니건, 이어위커는 원죄의 저주(the curse of Original Sin)를 떠안는다. 작품 속에서 이어위커의 아내 애나 리비아 플루라벨(Anna Livia Plura-belle)로 묘사되는 리피강(the river Liffey)은 실제로 뿐만 아니라 비유적으로도 아담과 이브의 성당(Eve and Adam's) 옆을 지나쳐 흐른다.

• The River Liffey【003:01】

지난 이야기에는 또 대립적인 두 형제 쥬트(Jute) 즉 숀(Shaun)과 뮤트(Mutt) 즉 솀(Shem) 간에 나누는 대화도 나오는데, 그들의 언사에는 통상적인 영어와 철자가 틀린 영어 그리고 터무니없는 말들이 마구 뒤섞여 있다: '눈송이처럼 가볍게 날리고, 아득히 높은 곳으로부터 어지럽게 흩어지며, 거대한 눈보라 같은 세상의 소용돌이(flick as flowflakes, litters from aloft, like a waast wizzard all of whirlworlds)'

구분 Section	요지 Summary
서막 Opening	제1장은 인간의 삶과 역사의 순환을 상징하는 강의 흐름(riverrun)을 이야기의 시작점으로 삼아, 신화적 비유(트리스탄과 이졸드)와 성경적 비유(아담과 이브)를 싣고 시간과 공간을 횡단하며 변화무쌍하게 흐르다가 호우드성(城)으로 원점 회귀(back)하는 장면으로 전개된다.
사건과 인물 Key Events and Characters	팀 피네간의 삶은 죽음과 부활이라는 주제를 담보하고 있으며, 한편 그가 사다리에서 떨어져 죽자 주변 사람들이 밤을 새우며 조상(弔喪)을 한다. 피네간의 경야(經夜)는 애도와 장례를 위한 철야(徹夜) 모임이지만, 그(Finnegan)가 소생(蘇生)함으로써 삶의 역설을 보여준다. 다양한 지역에 존재하는 각양각색의 인물들을 소개하면서 사회적 삶과 공동체 의식의 상호 연결성을 여실히 보여준다.
주제 Themes	○ 삶의 순환적 본질: 역사의 반복(commodius vicus of recirculation)과 그것이 현재와 미래에 미치는 영향을 강조하고 있다. ○ 언어와 커뮤니케이션: 사고(思考)와 언어의 가변성(可變性)을 반영하는 단어의 소리(音)와 의미 지평을 마련하기 위해 작가만의 고유한 언어유희를 구사하고 있다. ○ 신화와 민간 전승: 역사적·신화적 관련 내용을 통합함으로써 개별적인 이야기들이 더 큰 서사의 일부분임을 암시하고 있다.
요약 Overall Summary	제1장은 인간이 경험적으로 누리게 되는 시간·언어·삶·죽음을 혼재하여 역동적이면서 혼돈된 세계로 독자들을 빠져들게 한다.

제2부

지난 이야기 줄거리

아버지 조이스에게 예술적 영감을 주었던 매력적이고 위험한 뮤즈
루치아 조이스(1924년 오스텐드)

The compelling and dangerous muse who inspired her father James Joyce
Lucia Joyce(1924 Ostend)

루치아 조이스(1907. 7. 26.~1982. 12. 12.)는 1930년 5월의 어느 날 사무엘 베케트로부터 사랑을 거절당한 후,
칼 융을 거쳐 취리히의 브루골즐리(Burghölzli) 정신병원에서 조현병 진단을 받게 되고, 오빠 조지아에 의해
처음 정신병원에 감금되기도 했다. 루치아는 그로부터 30년 동안 영국 노샘턴의 세인트 앤드류 병원 정
신병동에서 가족과 사회로부터 격리된 채 지내다가 1982년, 향년 75세로 비극적 생을 마감한다.

지난 이야기 줄거리

평역 시리즈 ①

『경야의 서』 제1권 제1장은 작품의 첫머리에 놓여 순서상 앞서긴 하지만 가장 먼저 쓰여진 것은 아니다. 조이스가 최초의 소품집 *Finn's Hotel*(1923)의 초고를 작성한 지 3년이 지나고, 제1권과 제3권, 제2권 제4장과 제2장(The Triangle)이 인쇄되어 첫 출판을 앞둔 1926년 후반에 집필한 것이다. 제1권 제1장은 뚜렷하게 구분되는 일곱 가지의 에피소드로 구성되어 있는데, 『제임스 조이스 아카이브 James Joyce Archive(New York and London: Garland, 1977~1978)』에 배열되어 있는 초고의 방식을 참고하여 거칠게 정리한다.

에피소드 1 추락【003:01-010:23】

제1권 1장은 『경야의 서』의 서장(序章)에 해당한다. 작품의 주요 등장인물들은 『경야의 서』 이전에 이미 세상에 나와있었다. 남자 주인공의 경우 HCE는 한편 무의식의 몽상가(unconscious dreamer), 고대 이집트의 저승 신 오시리스(Osiris), 벽돌공 등으로, 다른 한편 변화무쌍하고 원형적(原型的)인 형태로 추락[타락]한 남자(fallen man), 즉 초상집의 시체(corpse), 미이라(mummy), 건축업자 팀 피네간(Tim Finnegan), 깨진 달걀 험프티 덤프티(Humpty Dumpty), 방주 건설자 노아(Noah), 채소 재배자 아담(Adam) 등으로, 또 한편 갈고리에 걸린 연어(gaffed salmon), 더블린 지형에 묻힌 거인, 진흙으로 뒤덮인 하층토(substratum)로, 그리고 다양한 역사적 인물, 즉 웰링턴 공작(Duke of Wellington), 호우드 백작(Earl of Howth) 등으로 나타나고 있다. 이 장의 말미에서 HCE는 일시적인 죽음으로써 건축업자 팀 피네간의 시체가 된다. 네 명의 노인들이 HCE의 재기[부활]를 탐탁지 않게 여겨 그를 제지한다. 마지막으로 그는 자신의 정체성을 위스키를 마시는 아일랜드의 건축업자 팀 피네간에서, 바이킹으로, 또 영국인 험프리 침턴 이어위커(Humphrey Chimpden Earwicker)로 스스로 교체한다.

『경야의 서』는 글의 출발 지점과 종결 지점이 사실상 특정되어 있지 않다. 다시 말해 조이스는 글쓰기의 상궤(常軌)에서 크게 벗어나 글이 시작되는 첫 문장을 작품의 맨 마지막에 배치함으로써 수미(首尾)를 모호하게 만들었다. 무시무종(無始無終)의 무한 순환 구조를 구축해 놓은 것이다. 문장의 중간 부분(*riverrun*)은 글의 첫머리에 놓고, 시작 부분(*A way a lone a last a loved a long the*)은 글의 끝머리에 둔 채, 장장 628쪽의 지면을 채워나가다가 마침표(full stop)도 남기지 않은 미완(未完)의 문장으로 끝을 맺는다.

한 가닥 외줄기 마지막 사랑의 기나긴 그 강은 리피(the Liffey)를 타고 굽이굽이 넘실거리면서 호우드성과 그 주변으로 되돌아온다. 이 회귀(recúrsus)의 여정은 강이 바다가 되고 바다가 수증기가 되고 수증기가 구름이 되고 구름이 비가 되고 비는 다시 강이 되는 재순환(recirculation)의 고리를 암시하는가 하면, 또한 시대의 전환, 즉 18세기 이탈리아의 역사철학자 비코(Giambattista Vico)의 신정 시대(theocratic age)→봉건 시대(feudal age)→민주 시대(democratic age)의 단계를 함축한다. 한편 작품의 초반부에서 조이스는 역사적 사건의 발생 이전으로 독자를 안내한다.

『성경』이나 밀턴의 『실낙원』과 달리, 『경야의 서』에서의 추락[타락]은 너무도 아일랜드적인 인물 팀 피네간의 추락을 말하는 동시에 『성경』과 『실낙원』의 그것까지 모두 포함하고 있다. 제일 먼저 추락이 발생한 곳은 팀 피네간이 가설(架設) 공사 중이던 벽체(壁體)이다. 무섭게 굴러떨어지더니 우르릉 쾅쾅 요란한 굉음을 내면서 추락한다. 팀 피네간이 굴러떨어질 때 나던 굉음은 천둥이 울리는 소리이며, 벽체가 무너지고 나서 팀 피네간이 벽에서 추락하게 된다. 천둥이 천지를 진동하면서 다른 모든 것들도 종말을 고하게 된다. 전쟁의 시대는 막을 내린다. '침략자와 원주민' 사이의 전쟁, '동고트족과 서고트족' 사이의 전쟁, 울고불고 난리를 치는 인간들의 야만적 전쟁과 브레케크 케케크 케케크 케케크! 코악스 코악스 코악스! 울어대는 소란스럽고 거친 개구리들 간의 야만적 전쟁의 소음은 침묵당한다. 더 이상(적어도 잠시 동안은) 창과 창이 부딪치는 소리, 귀청이 터질 듯한 소화탄의 폭발음, 투석기에서 발사된 돌이 윙 하며 내는 소리, 공성(攻城)에 사용되는 온갖 장비들이 무섭게 우르르 울리는 소리들은 들리지 않는다. 강풍과 폭풍우도 멈췄다. 혼란의 와중에 성(城)들이 공격을 받자 사람들은 그곳을 떠난다. 이런 모든 무모한 일들도 바야흐로 끝을 향해 가더니, 이윽고 끝이 났다. 천둥소리와 함께 간음한 자들의 아버지 격인 조심성 없는 우리들의 영웅이 펑퍼짐한 엉덩이를 벽체 잔해와 먼지 속에 묻은 채 큰 대자로 벌렁 자빠져 뻗어있다. 하늘에는 오랫동안 기다려 온 희망의 무지개가 나타난다. 그는 추락했으나 다시 일어나야 한다. 그렇지 않으면, 행복한 추락(felix culpa), 즉 '불행한 사건의 행복한 결말'을 이야기할 수가 없다.

민요 속의 팀 피네간은 사다리에서 떨어진 벽돌공으로서 조이스가 구축한 HCE의 모델이다. 추락하기 전까지만 해도, 그는 나이가 꽤 지긋한 기품 있는 신사였다. 사람들이 성경을 들고 다니면서 읊기 전에 그리고 그 후로도 오랫동안 그는 리피 강변에 건물 짓는 일을 하면서 행복해했고 자기 일에 만족했다. 천둥이 치던 그 비극적인 목요일에 그를 추락[타락]으로 몰고 간 '도시 범죄'는 어떤 사건으로 촉발된 것인가? 벽돌 자체에 문제가 있었다고 말하는 사람도 있고 무너져 내린 것은 발판이었다는 주장을 펼치는 사람도 있다. 이에 관해서는 의견들이 분분하지만 한 가지 사실만은 분명하다. 어느 날 아침, 아래 거리에서 들려오는 온갖 소음과 잡음에 정신이 반쯤 나간 채 도시의 수많은 굴뚝에서 뿜어져 나오는 유독가스에 질식한 나머지 피네간은 그만 사다리에서 떨어져 발판 아래로 곤두박질치고 만다. 아뿔싸! 그는 몸을 가누지 못해 비틀거리다가 넘어지고 만 것이다. 누가 봐도 그는 죽은 거나 마찬가지다!

그 후 그는 깨어난다. 곳곳에서 모여든 부랑아들이 함께 어울려 흥겹게 떠들며 고래고래 소리를 질러 댄다. 세상 그 어디에서도 귀가 멍할 정도의 그런 시끄러운 소리를 다시는 들을 수 없을 것이다! 그들은 한숨을 지으며 울다가, 흐느끼다가, 피네간에 대한 칭찬을 늘어놓는다. 그리고 그를 기다란 침대 위에 눕히고 나서 그의 발치에는 위스키 한 병을, 머리맡에는 흑맥주 한 통을 둔다. 이쯤에서 화자는 독자들에게 그를 엿볼 수 있는 기회를 잡으라고 말한다(피네간은 마치 지나치게 자란 아이 혹은 뒤집힌 가자미처럼 벌렁 드러누워 있다). 그리고 이것이 우리가 보게 될 장면이다: 그는 채플리조드에서 베일리 등대까지, 애쉬타운에서 호우드까지, 강둑에서 해변까지 길게 누워있다. 깊은 협만에서 불모의 대지에 이르기까지 그를 슬퍼하는 애조(哀調) 어린 바람이 통곡하듯이 불어오고 강물은 밤새워 그를 깨울 것이다. 그러나 피네간의 시신이 들어있는 관을 들여다보면 그가 접시 위에 놓인 구운 고깃덩이, 거대한 물고기 즉 '지느러

미를 잘라내고 토막 낸 생선'으로 변해있는 것을 보게 된다.

'대성통곡하며 침울하게 엎드려 몸을 가누지 못하고' 애도하는 사람들의 소음 속에서 우리는 고인에 관한 (그는 뻣뻣하지만 한결같은 사람이라는 등의) 생각들을 네 명의 해설자가 돌아가며 차례로 말하는 것을 분명히 알아들을 수 있다. 그의 머리맡에 두었던 흑맥주 통은 성체의 빵 조각으로 다시 나타나고, 그의 발치에 놓였던 위스키는 오코넬의 유명한 더블린 맥주로 변하게 된다: '무너져 내린 바벨탑마냥 반듯이 누운 채 몸을 뒤척인다. 자 우리 HCE를 살짝 들여다보자. 자, 88쪽을 보자, 널찍하고 평평한 산 모양의 접시가 나오는데, 바로 HCE이다!' Moret의 *Rois et dieux d'Egypte*의 88쪽에 나와 있는 접시를 살펴보면 오시리스 장례식의 경야(經夜) 장면이 묘사되고 있음을 알 수 있다(HCE가 지나치게 자란 아이 혹은 접시 위의 뒤집힌 가자미로 묘사됨). 제수(祭需)가 준비되고 고귀한 생선이 놓인 접시가 격식을 갖추어 식탁보 위에 차려져 있다. 네 명의 노인이 식사 전 기도를 마치자마자 '술을 벌컥벌컥 마시고' 또 '빵을 남기지 않고 한입에 먹어치운다.' 즉 그의 피(포도주)를 마시고 그의 살(빵)을 먹게 되고 그들은 더 이상 그를 보지 못한다. 그가 죽은 것이다. 그는 이제 지난날의 순간을 담은 그냥 빛바랜 사진일 뿐이다. 우리의 눈에 맺힌 이슬 속으로 사라진다. 술, 빵, 그리고 좋은 훈제 청어가 차려진 식사도 끝난다.

비록 피네간이 식탁/관에서 기적적으로 사라지긴 했으나 지금 시점에 우리는 송어가 넘쳐나는 리피 강변에 잠들어 있는 '피네간'은 금방 알아볼 수 있다. 그는 죽은 것이 아니라 그냥 자고 있는 것이다. 그는 잠에 곯아떨어져 코를 곤다. 안개 속 저편에 가시금작화로 덮인 머리가 위로 불쑥 튀어나와 있다. 그렇다! 바로 호우드 헤드다. 그리고 그의 진흙 발은 그가 마지막으로 넘어진 곳, 탄약고가 있는 성 토마스 언덕 옆에 걸쳐있다.

이제 시간과 공간이 재현되고, 구름이 흘러가고, 우리는 팀/피네간을 감싸고 있는 산과 언덕의 전경을 즐겁게 조망한다. 그곳은 당연히 더블린이다. 또한 워털루이기도 하다. 첫 단락에 묘사된 피비린내 나는 전쟁 이후에 남아있는 전장(戰場)의 풍경이다. 우리는 초록의 공간 즉 녹지를 사이에 둔 예쁜 마을 두 곳 (즉 채플리조드와 루칸)을 보게 된다. 그리고 녹지 한가운데에 '윌린스톤 국립 박물관'이 있는데 그곳에는 피네간의 시체와 곳곳에서 벌어졌던 전쟁의 잔해가 보존되어 있다. 여자 문지기인 케이트 부인으로부터 열쇠를 받아 입장해서 관람할 수가 있다. 장애인(상이군인)을 위한 휠체어가 비치되어 있다.

이어지는 내용은 '박물관(미술관/음악실)' 에피소드이다. 문지기이자 가이드인 케이트 부인이 박물관에 보관 중인 이것저것 다양한 물건들에 관해 자세하게 설명한다. 박물관 내부에는 아주 오래된 전투 장면들이 밀랍으로 만들어져 후세에 전해지고 있다. 신중하게 진열된 밀랍 세공품들은 성적 질투, 즉 '나폴레옹의 병사를 향한 요정들의 구애'에 관한 이야기를 들려준다. 박물관에 입장할 때 허리를 앞으로 숙이라는 주의를 환기한 케이트 부인은 워털루 전투의 다양한 전쟁 유품들을 조목조목 안내한다: 프러시아제 총, 프랑스제 총, 프로이센의 깃발, 총알 등등. 하지만, 더 중요한 것은, 최고의 전리품인 '나폴레옹의 삼각모' 그 자체이다.

케이트 부인은 우리에게 덧신 장화를 신고 자신의 코펜하겐 백마에 올라타고 있는 위풍당당한 웰링턴 (그녀는 '윌링던'으로 부른다)의 모습을 보여준다. 뒤이어 '참호 속에 웅크리고 있는 3명의 나폴레옹 군인'의 모습도 나온다. 그녀는 무력 충돌이 처음 일어난 지역을 지적하면서 '줄리안 알프스 산맥'과 나폴레옹 병사들을 전투 피로감으로부터 보호하기 위해 '알프스 말총으로 짠 딱딱한 천'을 보여준다. 또한 그녀는 전략서를 읽는 척하면서 윌링던이 보는 앞에서 오줌을 누고 있는(전쟁을 일으키는) 두 명의 '요정'들을 가리킨다.

케이트가 다시 얼리버드(바알리 새)로 등장할 때, 그녀는 부분적으로 애나 리비아로 변신한다. 나중에 전쟁 후에 남겨진 잡동사니뿐만 아니라 더 중요한 것으로 추락한 험프티 덤프티와 암살된 러시아 장군으로서의 HCE 자신을 정상으로 돌려놓은 것으로 인정받는 인물은 케이트가 아니라 애나 리비아이다. 박물관 목록은 궁극적으로 제4권에서 HCE의 아침 식탁에 올라오는 달걀(ALP의 난자를 상징한다)에서 끝난다. 달걀을 먹음으로써 그는 자신의 자식을 삼키는 격이 된다. 혹은 제4권에서 손은 아버지를 새로운 HCE로 대체해 버리고 또 달걀 역시 HCE(험프티 덤프티)를 상징하기 때문에 이렇게 보면 아들이 아버지를 삼키는 격이 되기도 한다.

윌링던을 초조하게 할 요량으로 요정이 그에게 급하게 보내는 편지를 Nap(나폴레옹: 셈, 손 그리고 셈-손)으로부터 온 것이라고 주장하며 요정(Issy)이 윌링던(HCE)에게 보내는 위조된 편지가 나온다: '친애하는 아서. 우리는 정복한다! 자네 귀여운 아내는 잘 지내는가? 이만 안녕히, 끝.' 그러자 반송 우편물에서 윌링던은 그 자신 최초의 농담을 던진다: '친애하는 요정에게. 엿 먹어! 그건 중요하지 않아, 엿 먹어! 윌링던.'

계속해서 케이트 부인은 소녀들에게 가기 위해 길을 떠나는 메신저에 대해 설명한다. 우리는 전쟁의 흔적, 즉 포탄, 참호, 미사일, 군대, 부상 군인, 과부, 노란색 블라우스를 입고 있는 요정, 빨간 바지를 입고 있는 나폴레옹 등을 목격하게 된다. 이어서 전투 상황이 벌어진다. 윌링던이 소리치고 요정들은 울기 시작한다. 윌링던이 망원경을 통해 소녀들을 염탐하는 동안 그녀들은 언덕 아래로 벗어난다. 하지만 이제 우리는 그 감시자가 늙고 더러운 악당을 위해 기병대원들에 의해 감시당하고 있음을 알게 된다. 소변 보는 섹시한 금발 미녀에게 성적으로 흥분한 희고 검은 색의 웰링턴 밀랍 모형과 커다란 백마 꼬리 끝에 매달린 반 토막 난 나폴레옹의 모자를 전부 날려 보내버리고 마는 바보 같은 인도 현지인 용병에 대한 설명을 끝으로 케이트 부인이 안내하는 박물관 투어는 마무리된다.

에피소드 2 암탉【010:24-013:28】

밀폐된 공기의 박물관을 나와서 이제 29개의 창문에 예쁜 촛불이 켜져있는 집에 들어선다. 집 주변 푸른 들판 위로 바람이 분다. 계절다운 날씨다. 그 옛날 전쟁터 한가운데의 바위에 바알리 새 한 마리가 앉아있다. 황제/윌링던은 말에서 떨어져 방패 밑에 누워있고 그 옆에는 쓸데없이 칼이 놓여있다. 비둘기 한 쌍은 북녘으로 날아가고 까마귀 세 마리는 날개를 퍼덕거리며 까악까악 남쪽으로 날아간다. 바알리—한 마리의 극락조, 대모(代母)가 된 요정, 등에 자루를 맨 풍경 속의 아주 작은 점—새가 이곳을 쪼아 파다가 또 저곳을 후벼 판다.

그녀는 무척 소심한 여자다. 그녀는 결코 밖으로 나오지 않기 때문에 이전에도 그녀를 본 적이 없다. 그녀는 미신적이며 소음을 무서워하는데, 특히 천둥과 번개가 치는 소리를 무서워한다. 전쟁은 끝났다. 평화와 휴전을 기리는 휴전 기념일이다. 그녀는 좀 더 잘 살펴볼 요량으로 마부의 전조등을 빌리고는 주변에 흩어져 있는 전리품들을 자신의 가방 안에 넣는다: 다 쓴 탄약통, 떨어진 단추, 낡은 장화, 버려진 병, 쇄골과 어깨뼈, 지도, 열쇠, 동전과 브로치, 보스턴제(製) 양말대님과 신발 더미 그리고 작은 장식품과 전지전능하신 하나님 그리고 추악한 목사 포신(砲身)이 짧은 대포, 모조 낚시와 담배꽁초, 많은 시시한 이야기를 가진 남자와 여자, 아나 리비아 플루라벨 등 닭이 들판에서 찾을 수 있는 모든 것들. 자루 속에는 편지가 들어있을 뿐만 아니라 애나 리비아가 111명의 자식들 모두에게 줄 많은 선물이 들어있다. 그녀는 그 선물들을 훔친 것이 분명하다. 그녀가 과거 사후 예언서로부터 '우리의 역사적 현재[선물]를 훔친 것'은 '아름다운' 일이다. 그녀(암탉/ALP)는 과거의 쓰레기를 전달하는 사람이다.

그리스는 부흥하고 트로이는 몰락한다(음경이 솟아오르고 바지가 내려간다). 그건 그녀에게는 그다지 중요하지 않은 일이다. 비록 돈 버는 데만 관심이 있는 그녀이지만 자기가 무엇을 해야 하는지 알고 있다. 땅이 홍수에 잠기더라도 그녀는 바닷가를 뒤져 먹을 만한 새조개를 캘 것이다. 생계를 위한 것이라면 그 어떤 일이라도 할 것이다. 그리고 자기 남자가 마흔 번씩이나 자꾸 추락하더라도 아침이 되면 그녀는 아침 밥상에 올릴 달걀을 한쪽만 익힌 반숙으로 정성껏 요리할 것이다.

그녀가 이처럼 자신이 좋아하는 일에 종사하는 동안 우리 독자들은 코크 힐, 아버 힐, 서머 힐, 미저리 힐, 컨스티튜션 힐, 올라프 로드와 시트릭 로드와 같은 주변의 다른 언덕에 대해서는 말할 것도 없고 두 개의 작은 언덕을 조망한다. 우리가 원한다면 더블린의 선량한 시민들이 이리저리 분주하게 오가며 인생의 상스러운 수수께끼를 풀고 해결하게 될 힘겨운 생계를 꾸려나가기 위해 철판 위의 청어처럼 팔짝팔짝 뛰면서 간신히 살아가는 모습을 볼 수 있다. 그래서 이것이 더블린인가? 얼마나 매력적으로 절묘한가! 우리는 스위프트가 냉소적으로 '아일랜드적 감각의 증거를 보라! 이곳에 아일랜드인의 재치가 보인다! 아무것도 남지 않았을 때 방어할 가치가 있다. 우리는 탄약고를 만든다.'라고 말한 그 옛날 탄약고 요새였던 박물관으로 다시 시선을 옮긴다. 피네간의 경야의 현장에서 저음으로 감상적인 노래를 부르던 네 사람은 역사학자로 묘사된다. 그들 4대가의 연대기는 회색 연기와 작은 구름의 아일랜드섬이 검은 구름에 덮일 때까지 결코 사라지지 않을 것이다. 역사가 네 명의 예언 네 가지:

하나: 부시장보다 위에 있는 곱사등이(HCE)
둘: 가련한 노파가 신고 있는 신발(ALP)
셋: 갈색 머리 처녀(Issy)
넷: 펜과 우편물(Shem and Shaun)

에피소드 3 역사【013:29-014:27】

따라서, 시간이 지나면서 연대기에서 다음의 네 개의 연대에 해당하는 각각의 항목을 찾는 것은 놀랄 일이 아니다:

1132 A.D.: 인간들이 개미처럼 커다란 물고기 위를 기어다닌다.
566 A.D.: 두루미가 신발 바구니 속을 들여다본다(신발로 가득 찬 어항). 수년 동안 아무 일도 일어나지 않고 오직 정적뿐.
566 A.D.: 이번에는 하녀가 사람 잡아먹는 도깨비에게 홀리고 만다.
1132 A.D.: 선량한 남자와 노파 사이에 두 아들이 태어난다. 그들의 이름은 캐 디[셈]와 프리마스[숀]이다. 캐디는 선술집에서 전쟁과 평화의 시를 쓰고 프리마스는 훌륭한 사람들을 훈련시킨다.

이러한 전형적인 사건들의 공통점은 더블린에서 피비린내 나는 전쟁이 잇달아 일어났으며 도시의 이름도 시대에 따라 변한다는 것이다. 두 시대 사이에 공백이 생긴 까닭은 문필가가 자신의 두루마리 책을 들고 도주했기 때문이라고도 하고, 대홍수가 일어났거나 또는 동물의 공격을 받았거나 아니면 천상에서 벼락이 내려친 것 때문이라고도 한다. 무슨 일이 있었든지 간에 시대는 바뀌었는데, 반드시 더 나은 시대가 열린 것은 아니다. 더블린에 관한 얼룩진 이야기가 남아있다.

에피소드 4 퀴네【014:28-015:28】

결국에는 4대가, 즉 Farfassa O'Mulconry, Peregrine O'Duignan, Peregrine O'Cleary, Michael O'Cleary의 연대기 'Liber Lividus'를 읽고 난 우리는 어두운 눈과 귀가 열리고 클론타프 반도의 평원이 평화롭게 펼쳐져 있음을 보게 된다: '모든 어둑어둑한 모래언덕과 어슴푸레한 작은 빈터들'에서 지팡이를 든 양치기는 파니아 소나무 밑에 기대어 누워있고, 2년생 암컷 노란 사슴 옆에 2년생 수컷 노란 사슴이 다시 돌아온 신록의 푸른 잎을 뜯고 있다. 흔들리는 풀밭 사이에서 제비꽃은 온순함을 가장하고 있고, 머리 위의 높은 하늘은 언제나 푸르다.

아일랜드의 조상인 헤르몬과 헤버 시대부터 수레국화는 발리문에서 자라기 시작했으며, 고츠타운의 산울타리에는 들장미가 만개했다. 튜울립은 황혼의 땅 향기로운 루스 마을 옆에 서로 뒤엉켜 있다. 흰 가시 장미와 붉은 가시 장미는 녹마룬에 있는 5월의 계곡을 서로 다른 빛깔로 물들이고 있다. 포모레 거인 종족은 투아타 데 다낭 반신 종족과 맞서 천 년에 걸쳐 전투를 벌이고, 오스트맨 종족은 피르볼그 종족으로부터 괴롭힘을 받는다. 언어 혼란으로 바벨탑이 쌓아지다가 허망하게 무너진다. 연속적인 세대가 왔다가 사라진다.

에피소드 5 뮤트와 쥬트【015:29-018:16】

우리는 석기 시대의 두 사람, 즉 뮤트와 쥬트의 토론을 엿듣게 된다. 이것은 『경야의 서』에 등장하는 세 가지의 평범하고도 진부한 담론 가운데 첫 번째 담론이며 나머지 두 가지는 버트(Butt)와 타프(Taff)의 담론【338:05-354:21】과 무타(Muta)와 주바(Juva)의 담론【609:24-610:32】이다. 상대적으로 평화로운 이들의 대화는 작품의 다른 곳에서 언급된 두 사람 간의 격렬한 대치 상황을 보여준다. 뮤트와 쥬트는 동시에 손과 셈이기도 한데, 그들은 HCE와 그의 주요 적대자인 캐드(그의 많은 적들은 서로 단결한다)뿐만 아니라 'Ore you astoneaged'【018:15】: ore→ear, 'Oye am thonthorstrok'【018:16】: oye→eye에서 보듯 특징적인 눈/귀의 적응 여부로 신분이 증명된다.

쥬트는 또한 안내자이기도 하며 색슨 경찰(Comestipple Sacksun)이라는 이름의 파수꾼이기도 하다. 뮤트는 쥬트가 별난 족속의 곰이라고 생각하는데, 즉 '기이하고도 묘한 구석이 있는 거지 녀석(right querrshnorrt of a mand)'으로 HCE의 문을 두드리는 사람과 동일 인물임을 암시한다. '나는 쥬트이다(I am a Jute.)'라는 표현 속에는 말하다(utter)/중얼거리다(mutter)/말을 더듬다(stutter), 벙어리(mute)/쥬트(jute), 제프(jeff)/귀머거리(deaf) 등의 의미가 내포되어 있는 것으로 보인다. 뮤트가 회상하고 있는 장면은 AD 1014년 클론타프에서 덴마크인들이 브라이언 보루에 의해 축출된 전투 장면이며, 당시 덴마크인들은 '어두운 이방인'으로 알려져 있었으므로 공정과 어둠의 싸움이라는 상징적 측면을 나타낸다.

뮤트는 언덕에서 우연히 시골뜨기를 만난다. 그 시골뜨기는 가죽옷을 입고 저만치 홀로 떨어져 있다. 뮤트는 다리는 작달막하고 발은 오그라져 있으면서 머리는 엄청나게 큰 이 땅딸보 녀석이 도대체 누굴까 궁금해한다. 영락없는 괴물! 누군가의 두개골에서 골수를 빨아 먹는다. 듣자 하니, 여긴 정말 저따위의 괴상한 인간이 출몰하는 곳이니 항상 바짝 주의를 기울인다. 뮤트는 주변에 잔뜩 널브러져 있는 뼈 더미를 밟고 지나가야 한다는 말을 꺼낸다. 우리에게 헤라클레스의 기둥으로 가는 지름길을 일러줄지도 모른다. 뮤트는 괴상한 모습을 한 쥬트를 부르면서 그 이상하게 생긴 꼽추에게 덴마크어, 프랑스어, 노르웨이어, 영어 또는 색슨어를 알아나 듣는지 물어봄으로써 그의 국적을 입증하려 한다. 그러나 쥬트는 불퉁거리며 연신 아뇨! 아뇨, 아뇨! 아뇨, 아뇨, 아뇨, 아뇨, 아뇨, 아뇨, 아뇨란 말만 내뱉을 뿐! 그러므로 뮤트와 쥬트 두 사람은 우연히 만난 것이 분명하다. 악수를 한 두 사람은 서로 되는대로 '피비린내 나는 전쟁'에 관해 격렬한 의견을 주고받자는 요구를 한다. 당장의 '피로 더럽혀진 개울' 뿐만 아니라 *연대기*에 암시되어 있는 '피비린내 나는 전쟁'까지 포함해서.

모자를 서로 맞바꾸는 행동은 신분 전환을 의미한다. 따라서 두 사람의 이름이 서로 바뀐다. 뮤트가 아닌 쥬트가 원주민이 되고 뮤트는 (길을 묻는) 관광객인 듯 보인다. 그러나 이어지는 대화에서는 쥬트가 수다를 많이 떨 뿐만 아니라 또 그 반대의 경우도 있어 보인다. 대화의 물꼬를 트고 난 후, '이봐 양반! 사람 말 못 들어요? 듣지도 말하지도 못해요?' 쥬트는 뮤트에게 무슨 문제가 있는지 또 어떻게 해서 말더듬이가 된 건지 알고 싶어 한다. 뮤트는 클론타프 전쟁 통에 그렇게 된 거라고 말하면서 몸을 벌벌 떤다. 왜 그렇게 몸을 떠냐고 물어보니, 뮤트는 보루(아일랜드의 대왕 브라이언 보루, HCE의 또 다른 아바타)를 생각만 해도 화가 치밀어 올라 몸이 떨리는 거라고 설명한다. 쥬트는 뮤트에게 동전 몇 닢을 건네주며 진정시켜 준다. 마음이 진정된 뮤트는 자기가 두려워하는 이 남자는 소녀들이 소변을 누었던 바로 그 장소에서 암살당했다는 점을 쥬트에게 지적한다.

처음에 쥬트는 뮤트가 하는 말을 거의 알아듣지 못하겠다며 불평했다. 지금은 뮤트의 사투리를 처음부터 끝까지 한 마디도 이해할 수 없다고 주장한다. 쥬트로서는 들어보지도 못한 말이고 역겨운 말이다. 그는 뮤트에게 다시 만날 것을 약속을 하며 작별 인사를 하고 자리를 뜬다. 뮤트도 동감한다. 한편, 그는 뜻밖의 친구 쥬트에게 잠시 기다렸다가 주변을 둘러보고 자기들 앞에 쫙 펼쳐져 있는 적막한 바닷가를 오래 바라다볼 것을 주문한다.

에피소드 6 알파벳【018:17-021:04】

앞서나온 바이킹의 무덤(viceking's graab)은 이제 점토책(비결서), 알라프베드(알파벳/ALP의 강바닥), 덜빈(쓰레기통/더블린) 등으로 변형된다. 우리는 그 책이 곧 '생명의 책(vivlion viou)'임을 안다. 그것은 '더블린 거인의 책(Dublends Jined)'이다. Dublends Jined는 Dublin's Giant가 되기도 하고 Double Ends Joined가 되기도 하고 Finnegans Wake가 되기도 한다.

뮤트는 아직도 쥬트와 대화를 나누고 있는지도 모른다. 우리는 거인들이 세상을 돌아다니던 초기 하이델베르크인(人)과 같은 선사시대 단계에 있거나, 아니면 석가모니 부처(몽상가)가 두 눈 부릅뜨고 카르마 챠크라(12연기(緣起)), 즉 무명(無明), 행(行), 식(識), 명색(名色), 육입(六入), 촉(觸), 수(受), 애(愛), 취(取), 유(有), 생(生), 노사(老死)를 직감하던 깨달음의 시대에 사는 것이다. 뮤트는 쥬트를 시켜 쓰레기통 안에 여러 가지 진기한 흔적들이 들어있는지 들여다볼 것을 요청한다. 왜냐하면 아직 문서 기록은 남아있지 않지만, 세상은 자신만의 원칙을 작성하고 있고, 작성해 왔으며, 앞으로도 쭉 작성해 갈 것이기 때문이다. 그것은 모든 사람에게 똑같이 말하고 있고, 종잡을 수 없는 이야기를 몇 번이고 반복해서 말하고 있다.

이어지는 내용은 프랭퀸의 후속 이야기로 끝을 맺는다. 쥬트가 머리를 숙여 쓰레기 더미를 뒤져보라는 뮤트의 지시를 받은 것처럼, 독자들은 손에 쥐어진 『경야』에서 얼마나 '필체는 서툴게 휘갈겨져 있고, 동작은 끊임없이 계속 진행되고, 조곤조곤 노래하듯 가락을 넣어 이어위커의 이야기를 들려준다고 분주'한지 들여다보라는 권유를 받는다. 『경야』는 한 남자와 그의 가족에 관한 지극히 간단하고 단순한 이야기를 담고 있다. 그것은 본질적으로 지면에 다 담을 수 있을 만큼 간단하고 단순하다. 간단하고 단순하다고 말할 수 있긴 하지만 그것이야말로 우리가 마땅히 이야기해야 할 유일한 것이다. 설령 그 이야기를 수천 번 말한다 해도, 똑같은 내용이 두 번 겹치는 경우는 없다.

에피소드 7 야를 반 후터·프랭퀸·피네간의 기상 시도·HCE의 도착【021:05-29】

계속해서 '장난꾸러기 그레이스 오말리' 또는 '성문을 두드림' 이야기는 '모든 사람들이 다른 모든 이들과 사랑하며 살던' 그리고 '아담은 땅을 파고 이브는 실을 뽑던' 아득한 그 옛날 오래전에 사라진 석기 시대에 관한 것이다. 옛날 옛적에 야를 반 후터(Jarl van Hoother)라는 사람이 호우드 헤드(Howth Head)에 있는 높은 집에서 쌍둥이 힐러리(jimminy Hilary)와 어리석은 젖먹이(dummy)를 데리고 살았다. 어느 날 문 앞에 프랭퀸이 찾아오자 오말리는 '장미꽃 한 송이를 꺾더니 ALP 맞은편에서 오줌을 싼다'(즉, 문밖으로 물을 던진다). 그녀는 호우드 백작(야를 반 후터)에게 '번호1, 나는 왜 하나의 꼬투리 속 완두콩처럼 닮아 보이는 걸까?(어쩌면 제가 물 한 잔을 원하는 것인지도 몰라요)'라고 호소한다. 그러나 백작은 그녀에게 '젠장! 빌어먹을!'이라고 말한다. 그러자 그녀는 쌍둥이 트리스토퍼를 납치해서 자신의 환희의 성(城)이 있는 서쪽으로 달리고, 달리고, 또 달렸다. 이에 백작은 그녀를 뒤쫓으며 멈추라고, 도둑질 멈추고 돌아오라고 한다. 그녀는 어림없는 소리라며 멀리 달아난다.

잠시 후 프랭퀸은 성문(城門)으로 다시 돌아와서 그녀에게 두 번째 수수께끼를 던지고 또다시 도망친다. 두 번째에는 그녀가 쌍둥이 트리스토퍼를 돌려주고 그 대신 쌍둥이 힐러리를 납치하고선 오랫동안 나타나지 않는다. 그리고 또 그 이후 세 번째이면서 마지막으로 성문 앞에서 노크를 했다. 이번에 그녀는 어리석은 젖먹이를 지켜야 했다: '프랭퀸은 해적선을 보유했고 쌍둥이들은 평화를 유지했으며 그리고 야를 반 후터는 긴장했다.' 그런 다음 그녀는 입을 다문다.

이 이야기는 명확히 어떤 결말을 맺는건지, 또는 정확하게 무엇에 관한 글인지는 모호하다. 어쩌면 고대 아일랜드인들이 양자·양녀로 보내던 수양(收養) 제도에 관한 것일 수도 있다: 그렇다면 프랭퀸은 다른 사람의 아이를 양녀로 삼은 셈이다. 이 이야기는 부족 간의 전쟁을 종식시키는 주된 요인으로서의 수양 제도에 관한 것일 수도 있다. 그녀가 처음 나타나면서 '사소한 충돌은 그렇게 시작되었고', 그녀가 마지막으로 나타나면서 '사소한 충돌은 그렇게 끝을 맺게' 된다.

이제 우리는 수동적인 산과 강으로 비유되는 두 주인공 HCE와 ALP의 관점으로 옮겨간다. 오 복된 죄!(O foenix culprit!) 선은 악으로부터 나오는 법. 한편 우리가 건너다니는 강이 되고 또 한편 우리가 기어오르는 언덕이 된 최초의 부모 HCE와 ALP, 그들을 우리는 자랑스러워한다. 땅거미가 내려앉는 저녁 무렵에 우리는 그들을 보게 된다. 하지만 그 누구에게도 자신들의 가장 비밀스러운 '출처의 비밀'을 밝히진 않을 것이다. 산(HCE)은 말이 없고, 강(ALP)은 소리 없이 흐른다. 산은 어찌하여 침묵을 지키는 것이며, 강은 어디를 향해 서둘러 흐르는 것인가? 호우드 언덕은 구름 속에 갇혀있다. 산은 강이 자신을 향해 이러쿵저러쿵 어쩌고저쩌고 쉴 새 없이 지껄여대는 소리를 들으려고 안간힘을 쓰느라 인상을 찌푸린다. 저토록 애를 쓰다니! 젠장! 쉽사리 알아들을 수 없으니 귀를 기울인다. 그러나 정작 그의 귀는 도움이 되지 않아 양손으로 그녀의 머리카락을 움켜쥐지만 빠져버리자 절망하고 돌아선다. 그는 육지에 둘러싸여 갇힌 채 겁에 질려 화석처럼 굳어있다. 그는 날이면 날마다 땀투성이가 되도록 일하며 생활비를 벌었다. 최고로 숭배받는 우리의 선조 험프리 침던 이어위커. 불사조가 날아오를 때 등 붉은 앵무새들이 그를 깨울 것이다. 악마의 자식! 그대는 내가 아주 죽은 줄로 생각했느냐? 늙고 초라한 행색의 벽돌 운반공 피네간, 그 단순하고 편협하고 말이 많은 아일랜드인! 세상이 변했고 그래서 이제 더 이상 그가 설 자리는 없다. 시온산 위의(on pension) 신처럼 여유를 누리시고 나타나지 마시라. 사방으로 안개 낀 이슬에 어쩌면 그대 발이 젖을 것이다.

에덴버러(에덴 부두와 버러 부두)에서 발생한 모든 소동에 대해 궁극적으로 책임을 져야 할 운명에 처한 사람은 다름 아닌 바로 늙은 범죄자 험프리 침던 이어위커이다. 다신 죄짓지 마시라!(Finn no more!)

제3부

평역 시리즈 ② 일반 번역

제임스 조이스 동상(취리히 플룬테른 묘지)

Grave Figure for Joyce(Fluntern Cemetery Zurich)

제2차 세계대전 중이던 1940년 12월 14일 새벽 3시, 조이스는 프랑스 생제르맹 데 포세(Saint-Ger-man-des-Fosses)에서 기차로 국경을 넘어 밤 10시, 중립국인 스위스 제네바에 도착한다. 그리고 이듬해 1941년 1월 13일 오전 2시 15분에 이른바 망명지에서 죽음(Death in Exile)을 맞이하며 영면(walking into eterni-ty)에 든다. 그는 또 다른 작품이라도 구상하고 있는 것인가? 차가운 동상에서 뜨거운 창작 혼이 느껴지는 듯하다.

지금부터 (공원에서 노출하던 두 소녀 Iris와 Lili에 관한 사소한 이야기는 쭉 미뤄두고), 헤럴드 또는 험프리 침던의 족보상 이름의 유래에 관해서 말하자면 (인구조사 이전 시대로 거슬러 올라가는데, 당연히 사람들이 동굴에 벽화를 그리던 때였다) 아주 옛날 자료 속에서, 그를 만후드반도의 시들샴 교회에 흩어져 있는 묘비명 속 중요한 조상 즉 글루, 그래비, 노스이스트, 앵커, 이어위커 등과 연결시키거나 도시를 세워놓고 나서 시들샴의 이어위커 가문에 자신을 올려놓았던 바이킹의 후예라고 공언하는 따위의 온갖 주장들은 말끔히 내다 버리고, 가장 권위 있는 판본인 탈무드에 적혀있는 호우드헤드 기록을 보면 이렇게 나와있다. 즉 그 이야기가 맨 처음 어떻게 생겨났는지 알 수 있는데, 전설적인 원로 정원사 킨키나투스가 어느 무더운 안식일 오후에 푸른 숲 나무 아래로 궁지를 벗어났던 것처럼, 늙은 여자 사냥꾼이자 아내의 모습을 한 ALP가 추락하기 전 천국의 평화 가운데서 근원을 캐보려고 도로변의 허름한 숙소인 마린 호텔 뒷마당을 파헤치고 있었다. 그때 큰 도로에서의 사냥을 왕권으로 중지한다고 통신원이 공표했는데, 그 도로를 따라 한가롭게 노닐던 수여우 한 마리의 냄새를 맡은 한 무리의 스페니얼 사냥개들도 뒤따라 어슬렁거리고 있었다. 신하로서 지배자에 대한 더없는 충성심 외에는 무관심한 험프리 혹은 헤럴드는 말 안장이나 멍에도 씌우지 않고 화끈거리는 얼굴 표정으로 비틀거리며 (땀투성이의 커다란 손수건을 코트 주머니 밖으로 늘어뜨린 채) 차양 모자를 쓰고, 복대와 숄 그리고 격자무늬 망토를 걸치고, 헐렁한 반바지를 입고, 가죽 각반을 차고, 향기로운 섬유에 붉은 물감을 들인 부츠를 신고 서둘러 자신의 선술집 앞마당 쪽으로 향했다. 통행료 징수소 열쇠를 딸랑딸랑 울리며 사냥꾼 무리에 장착된 단창들 사이에서 긴 막대를 하늘 높이 치켜들고 있었는데, 그 꼭대기에는 집게벌레 몇이 지면을 향해 거꾸로 조심스럽게 매달려 있었다. 풋풋했던 젊은 시절부터 유별난 원시였던 또 자주 그런 척했던 왕은 실제로 저만치 떨어져 있는 제방길이 움푹 파인 이유를 물어보려다가 대신에 바늘과 추가 매달린 낚싯줄과 제물낚시가 지금 바닷가재잡이 덫으로서 더욱 기발한 미끼가 될 수 있을지 귀띔해 달라고 말했다. 그러자 솔직하면서도 무뚝뚝한 험프리가 호담한 표정을 지으며 분명한 어조로 대답했다. 안 됩니다, 폐하, 저는 단지 저 붉은 집게벌레를 잡을 뿐입니다. 선사품이자 헌납물임에 틀림없는 물을 쭉 들이켜던 왕은 험프리의 대답을 듣더니 물을 삼키려다 말고 자신의 팔자 콧수염 아래로 소리 내지 않고 호탕한 웃음을 지어 보이며 정복자 윌리엄은 모계 혈통으로부터 유전으로 이어받은 그다지 온유하지 않은 유머감 그리고 자신의 대고모인 소피아로부터 물려받은 백모증과 약간의 단지증을 받아들이면서 중무장한 자신의 수행원 두 명, 레이시와 오펄리 제후의 왕자인 마이클, 그리고 드로이다의 50년제 축제 시장(市長)인 엘코크 쪽으로 몸을 돌렸다. (클론먹노이즈 출신의 박식한 교장인 캐너반이 인용한 최근 설명에 따르자면 두 자루의 산탄총은 각각 워터포드의 최초 지방행정 장관인 마이클 M. 마닝과 주빌레이라는 이름을 가진 이탈리아 출신 장관 소유의 것임) 어느 경우든지 간에 교리의 순수성과 평상시와 다를 바 없는 행동 한편 그곳 청정 지역은 감자가 자라는 정원이기도 하고 이색적인 어린이 놀이터이기도 하다. 성 위베르의 유해(遺骸)여! 우리가 전적으로 신뢰하는 관할 구역에 매번 집게벌레나 다름없는 통행료 징수소 위탁자가 나타난 것을 그가 알기라도 한다면 포메라니아의 혈육 형제가 얼마나 씩씩거리며 화를 내겠는가! 왜냐하면 그는 온통 회색빛의 코트를 입고 아침이면 사냥개와 말을 몰고 다니는 존 필을 알고 있기 때문이다. (레이디 홀름패트릭이 심어놓은 도로변 나무 사이에서 유쾌하게 수다 떨며 깔깔거리는 저 웃음소리를 지금도 누구나 들을 수 있고, 또 모두가 판독 가능한 글래드스톤의 따분한 침묵도 느낄 수 있다. 그 장소는 본으로부터 5마일 떨어진 곳.) 의문을 갖게 하는 점이라면 바로 씨족 이름이 유대인이 아닌 것처럼 기록되었다는 것과 둘 다 혹은 어느 한쪽에 추가적으로 의인화된 이야기가 나란히 배치되었다는 사실이다. 그것들은 신성한 *법*과 *죄악* 사이의 예언적 신비함에서 우리가 읽게 되는 그들 운명의 모습인가? 길 위의 똥은 아닌가? 제집보다 좋은 곳은 없지 않을까? 그렇다. 멀린거는 우리의 으뜸가는 선술집? 우린 어쩌면 금방 알게 될 것이다. 주변을 둘러보는 사람들이 다른 곳에 가지 않고 한가운데에 머물러있는 '6시 종소리' 축제. 명심하라, 지혜의 아들이여, 만일 그대가 그렇게 한다면 지옥의 굴레를 덮어쓰게 되며, 그리고 너는 흙에서 나왔고 흙으로 돌아갈 것이다. 난쟁이 핀처럼 작고 나약한 오류를 내다 버린 것은, 왕 자신이 아니라 서로 떼어놓을 수 없는 자매이자 못 말리는 야행성 수다쟁이인 던야자드와 셰헤라자드였는데, 그들은 나중에, 약탈자들이 사교계의 명사들에게 손상을 입혔을 때, 피해자의 눈에 코담배를 던지는 강도로 세상에 나왔으며, 배우 서드로우는 밀리오도로스와 갤러티가 낮은 가격으로 후원하는 무언극에서 순수한 릴리와 그렇지 못한 로자의 미스탱게트 배역을 맡아 무대에 올랐다. 엄청난 사실이 드러나고 있는데 그건 바로 그 역사적인 날 이후로, 지금까지 세상에 나온 모든 자필 문서에는 험프리의 서명이 남아있고 H.C.E.라는 기호가 적혀있으며 그리고 그는 잠자고 있는 거인 — 루칼리조드 마을의 헐벗은 노동자들에게는 늘 선량한 험프리 공작이며 사람들은 그에게 자신의 추종자들에게는 침턴이라는 것이다. 그런 한편, 사람들이 그에게 규범적 문자의 의미에서 '모든 사람 격인 자가 온다'라는 별명을 붙인 것은 그에게 똑같이 되돌려줄 수 있는 매우 유쾌한 방법이었다. '모든 사람' 격인 위엄 있는 그는 실제로도 늘 그렇게 보였으며, 그 스스로 한결같이 변함없고 바른 사람이면서 동시에 누구에게나 '모든 사람'으로서의 HCE로 매우 훌륭하게 적합한 인물이었다. 그는 매번 면전에서 *핀 맥쿨을 받아들여라! 핀 맥쿨을 몰아내라!* 하면서 시끄러운 고함이 오가고, *하루 술 할당량을 박탈하라, 금주 처벌을 기록하라,* (나지막한 소리로) *장화를 벗겨라* 따위의 구호가 눈에 띄는 가운데, 좋은 시작으로부터 행복한 마무리까지 무대 전면의 조명으로 빛나는 킹 스트리트의 게이어티 극장에 진실한 가톨릭 집회가 함께 모여 거의 만장일치로 우레와 같은 박수갈채를 보내는 모습을 지켜보았다. (그의 일생일대의 창조적 영감과 그들 생애 최고의 행운) W.W. 켈리가 이끄는 에버그린 순회 극단은 왕실 특별 요청에 의한 특별 무대에서 경건한 목적에 걸맞게 정중하게 허가를 받은 후 그리스도 수난극과 세기의 문제극을 창작 이래 가장 성공적으로 단조로우면서도 활기차게 111번째의 공연을 했다. *왕실 이혼* 공연은 당시 최고조에 육박했는데, 아주 훌륭한 막간 음악 연주곡으로 선정된 *보헤미안 소녀와 킬라니의 백합* 연주에 맞춰 무용수들은 국왕 어전 연극의 밤에 부왕의 좌석에서 다리를 드러내고 춤을 추었다. (그가 머리에 쓰고 있는 보르살리노 모자는 맥케이브 추기경과 컬런 추기경의 주홍색 모자에 비해 눈에 덜 띄지만 무대 1층 뒤쪽 좌석에서 단연 으뜸이었다) 그 자리에는 진정한 나폴레옹 가계의 후계자, 무대 위의 엉터리 나폴레옹, 은퇴한 자기 나름의 희극배우, 이렇게 유명한 장본인이 자주 앉아있었다. 그는 자신의 목 전체, 목덜미, 어깻죽지를 시원하게 감싸주는 어느 정도 널찍한 머릿수건을 두른 채, 온통 가족들에게 둘러싸여 있었으며 그리고 무대의상으로는 셔츠와 떨어져 완전히 뒤로 젖혀진 패널 야회복, 근사한 라벨이 붙은 연미복 — 옛날 원형극장이었던 극장 아래층 무대 정면 뒤편 관람석의 대리석 상판으로 된 2층 옷장에 있던 흠잡을 데 없이 골고루 빳빳하게 풀을 먹인 깨끗한 연미복이었다. 공연 작품은 '램프를 쳐다보세요'였다. 배역은 '시계 밑을 보세요'였다. 2층 특별석에서는 '외투를 그대로 둬도 무방해요'. 오케스트라석, 입석 표 관객과 일반 관중석, 입석 외 좌석 없음. 정기 관람자 좌석.

　좀 더 속된 의미가 이들 등장 인물들에게 부여되었는데 문자 그대로의 의미로 그들의 품위 따위는 약간의 기색조차 볼 수 없다. 그가 고약한 질병으로 고통받았다고 재치 있는 농담을 던지는 사람들의 입 밖으로 무심결에 새어 나왔다 (아라파트 산의 고약한 냄새는 아침나절 침실용 변기에서 나오는 것임) 천식, 그들을 파멸시키다! 그러한 암시에 대해 한 가지 자존심 살리는 대응이라면 말해서는 안 되는, 그러면서도 덧붙여 말할 수 있기를 바라고 싶은, 그래도 말하는 것을 허용해서는 안 된다는 모종의 주장이 나올 수 있음을 확인하는 것이다. 그를 비방하는 사람들은, 그런데 그들은 어설피 열의에 찬 부류에 속하는 사람들인데, 마음속으로는 틀림없이 그를 불명예스러운 유전적 범죄 가문의 사건 표에 기록된 온갖 범죄 행위를 일삼는 무슨 덩치 큰 백발의 강탈자로 생각하고, 그 대신에, 그가 일찍이 피닉스 공원에서 왕립 웨일즈 보병 연대의 병사들을 괴롭혔다는 터무니없는 비방에 시달렸음을 넌지시 말해줌으로써 그들의 주장을 바로잡았다. 하, 하, 하! 호, 호, 호! 공원에 있는 두 소녀는 그런 우스꽝스럽고 고리타분한 농담을 무척이나 좋아한다. 총독 각하의 재임 동안 맑은 정신을 지닌 거인 이어위커의 그리스도와도 같은 마음을 알았고 또 사랑했던 누구에게나 그를 단순히 숨겨진 책략 속에서 코를 킁킁거리며 먹잇감을 찾는 열혈 형사쯤으로 에둘러 말하는 것은 유별나게 터무니없는 이야기처럼 들린다. 사실은 신에게 맹세코, 한때 (쳇! 퉤!) 모종의 범죄행위에 연루되었음을 시사하는 이야기가 덧붙여진 것으로, 가끔 믿게 되는 것이지만, 어떤 사람이 (만약 그 사람이 실제로 존재하지 않는 인물이라면 그런 사람이 세상에 태어날 필요는 있다) 그 당시에 신용 불량자가 되어 구멍 난 운동화를 끌고 더블린 주변을 비틀거리며 걸어 다녔다고 하는데 그는 철저히 익명으로 남아있다. 그러나 (그를 스파이라 부르자) 전해지는 바에 의하면, 그는 자경단 감시단원들의 긴급 요청으로 같은 장소에서, 맬런 경찰서장의 부서에 배속되었다. 그리고 몇 년 후, 어떤 사람이 호킨스가(街) 옆 랜스터 시장(市場)의 작업반장 집 어딘가에서 돼지 갈빗살과 양배추를 맑물로 바칠 자신의 차례를 기다리는 동안 이슬람 대교주인 듯한 사람이 엄숙한 자리에서, 매우 갑작스럽게 죽은 듯이 보였다고 (안녕! 안녕!) 큰 소리로 외쳤다는 것이다. 금발의 거짓말쟁이 로우 경감님, 무방비로 노출된 공터에서 당신을 목격한 밀고자들이 있고, 그리고 집에 머물러 있던 그녀는 집 안의 먹거리를 몽땅 먹어치웠다! 그 식사를 위한 참으로 넘치도록 즐거운 파티였다. 단호하게 무시하라. 중상모략해 봤자 우리들의 선량하고 훌륭하며 범상치 않은 남부 토박이 이어위커, 이 이야기의 충실한 장본인이 말했듯이, 다른 모든 사람들과 다를 바 없는, 저 남자를 두고 몇몇 산림보호관들과 감시인들이 제기했던 그 어떤 것보다 더 엄청난 무례함으로 결코 유죄판결을 내릴 수는 없다. 그런데 그 목격자들은 자기들 생각나는 대로 지껄이는 3명의 군인이었으며, 그들은 그날 술을 마신 사실을 애써 부인하지는 않았는데 그들의 목격담은 이랬다: 골풀이 무성한 움푹 파인 분지의 언덕에서 맞은편의 아리따운 두 하녀를 향해 그가 신사답지 못한 부적절한 짓을 저질렀다는 것이다. 한편 드레스를 입고 모자를 쓴 두 여자는 순전히 소변이 마려웠던 것이며 때마침 늦은 오후 시간이고 해서 자연스럽게 볼일을 보고 있었던 거라고 주장했다. 그러나 드레스 사이로 드러난 비단 속옷을 보더라도, 옷감이 갈라져 음부가 노출될 정도여서, 두 여자는 애당초 순수함과는 거리가 멀고, 은밀한 성격의 이번 일은 가볍게 넘어갈 수 있는 문제여서, 그 스스로 인정하는 바와 같이 왕실림에서 저지른 초범 행위는 신중하지 못한 처사였다. 충분히 정상참작이 되는 상황에서의 부분적 신체 노출은 (영주가 처녀와 결혼식을 올렸던 녹지가 펼쳐진 안뜰 정원) 늦가을 봄날 같은 화창한 날씨와도 같이 (가을날의 다양한 꽃들이여!) 염탐을 자극하는 절호의 기회였다.

우리는 부적절한 행위에 대한 정상참작 없이는 못 견딘다. 여자들이여, 서둘러 자신을 구원하라! 붉은 것은 장미라고 한다면 상남자는 당신 같은 남자. 필연적인 연관성이 있다면 우리의 행운, 땋은 머리채를 잡아당겨 뽑아버리다니. 얼간이 짓을 하는 어리석은 사람을 대신하여, 새로운 세상, 유일한 자기편! 만약 그녀가 요부라면! 빨리 붙잡으시오! 폴린 사제여, 허락하시오! 그리고 발각된 남자들은, 숨을 숨겨요, 몸을 숨겨! 자신이 덮어쓴 비난의 많은 부분에서 명백하게 결백한 그는 지금까지도 여전히 목이 약간 메는 듯한 느낌이 든다며 어쨌든 즉시 스스로 분명하게 밝혔고 따라서 우리는 그의 주장을 사실로 받아들이고 있다. 사람들은 어느 운명적인 3월 15일 아침 (자신의 알몸뚱이라고 처음 추정함으로써 인간에 의한 언어 혼란의 무례한 행위가 빚어진 날과 겹치는 기념일) 부적절한 행동이었다고 의심받는 일이 있고 나서 한참 동안 세상의 시련을 견뎌낸 믿음직한 그 양반, 얼룩무늬 나무 지팡이를 짚고, 프랑스 육군 모자에 큰 벨트를 차고 짧은 양말도 신고 그리고 면 작업복을 입고 장화에 각반까지 차고 망토를 걸친 채 넓게 펼쳐진 피닉스 공원을 가로질러 거닐고 있을 때, 그가 어떻게 하여 담배를 입에 문 캐드를 만나게 되었는지에 관한 이야기(친수성 물질과 소수성 물질의 조화처럼 꾸며낸 이야기)를 늘어놓는다. 후자, 즉 HCE가 아니라 Cad가 (그는 아마 지금도 여전히 똑같은 밀짚모자를 쓰고, 뭔가 더 시골 신사인 것처럼 보이고자 어깨 밑으로 안팎이 뒤집힌 외투를 끼워 넣은 채, 그리고 금주의 맹세를 하고서 아주 유쾌하게 돌아다니고 있을 것이다) 대담하게 그에게 가까이 다가가서 '어이 멀끔하게 생긴 신사 양반, 오늘은 기분이 어떠신가?'(당시 더블린에서 살았던 나이 많은 사람들이 지금 들어도 몸이 떨릴 난처한 상황)라고 말을 걸면서, 하느님 맙소사! 대답을 머뭇거려서는 당연히 안 될 일이었다. 저주를 퍼붓는 것은 영락없는 그에 대한 모욕. 이어위커는 그 순간 즉각적으로 죽고 사는 육체적 삶의 중요성을 완전히 개방적인 관습에 따라 실감했으며(피할 수 있는 가장 비슷한 길이라면 의화단 봉기와 성 패트릭의 날 그리고 아일랜드 민중 봉기) 그리고 그 순간 참호로부터 날아오는 총탄에 자신의 육신이 사라져 없어질 거라는 느낌이 싫어서, 꿈쩍 않다가, 총집에서 돈은 우리가 쓰고 사용 취득은 그에게 돌아간 위르겐센제(製) 값싼 워터베리 시계를 꺼내더니 최상의 순간에 행동을 개시하여 재빨리 총을 뽑아 응사했다. 하지만, 똑같은 일격의 소리가, 늙은 종지기 포드 굿맨의 거친 종소리 너머, 남쪽의 황무지를 가로질러 들려왔으며, 점박이 교회의 10톤짜리 천둥소리 종을 치는 종지기는 (쿨란의 사냥개 울음) 꼬치꼬치 캐묻기 좋아하는 협잡꾼에게, 맹세코, 항성시로나 표준시로나 12시가 되었다고 말하면서 반박하여 덧붙이면서, 경찰봉을 힘껏 잡아채기 위해 훈제 청어리 냄새 솔솔 풍기는 몸을 앞으로 푹 숙이고 (비록 이것이 시큼하고, 새콤하고, 짜고, 달콤하고, 쓴맛이 뒤섞인 붉고 아린 껍질의 생강과 다소 혼동되는 것이긴 할지라도, 우리는 그가 그러한 혼합물을 뼈와 근육과 그리고 활력을 위해 사용해 왔음을 알고 있다) 자신을 향한 빌어먹을 소문에 지나지 않는 비난이 믿을 만한 소식통인 모닝 포스트 신문에 기사로 실렸으나 사실은, 표준 이하의 몸집에 머리가 아홉 개나 달린 고대 히드라 뱀보다도 수준이 한참 낮은 한 군복 입은 사람에 의한 짓거리였다는 것이었다. 그의 말을 전폭적으로 옹호하자면 (그의 말은, 묘하게도 어떤 유명한 구절을 연상시키는데, 구어 형식에서 강요된 침묵 속에 의례적 운율을 갖춘 영구적인 문어 형식으로 재구성된 것으로, H.C. 이어위커에게 한정된 발언이라는 제목으로 알려져 있는, 가격은 1실링으로 매겨져 있고 우편 발송 요금은 무료인 개정판 격이고, 노아 웹스터에 의해 대대로 내려오는 해설을 잘라 맞춘 것이다) 금발의 거인 HCE는 페니스를 가볍게 두드리며 자위를 하고 있었고, 지금은 페니스가 잔뜩 발기된 상태로, 한쪽 팔꿈치에는 얇은 흰색 면장갑을 낀 채, 자신이 맹세를 건 상대인 우람한 *웰링턴 공작* 기념비를 32도 각도로 가리키면서 사건의 현장인 피닉스 공원에 우두커니 서 있다가 잠시 의미심장한 침묵이 흐른 뒤 (최고로 오래된 지식에 의하면 그의 자세가 의미하는 것은 ㅌ 모양!) 엄숙한 감정의 불길에 휩싸인 채 확신에 찬 목소리로 말했다: 악수합시다, 동지여! 나는 혼자, 그들은 다섯, 그와 맞붙어 볼 만한 싸움. 내가 연승을 거뒀소. 우리 피차 딸들의 명예를 위한 전국 규모의 호텔과 유제품 제조 공장을 걸 테니 나를 믿어주시오, 나야말로 바로 이 순간을 하나의 대항 수단의 날로 잡고 또 나와 같은 죄 많은 사람들에게 맹세하고자 구원의 상징인 저 웰링턴 기념비를 두고 기꺼이 나의 입장을 밝힐 용의가 있소, 설령 그것 때문에 종신형을 받는 한이 있더라도 말이오. 성경에 손을 올리고, 절대자 앞에서(나는 모자를 살짝 치켜올려 예를 표한다!) 그리고 우리 모두의 마음속에 깃들어 있는 바로 그 신(神)과 주교님 또 영국 국교회의 세인트 미칸스 교회 그리고 지금 당장 나와 같은 공간에서 살아가는 사람들과 아울러 순전한 영어와 진실이라고는 티끌만큼도 없는 교환 정의를 사용하는 이 세상 구석구석 모든 곳의 모든 사람들 앞에서 맹세코 그대에게 이실직고하지만, 그들이 지껄이는 말들은 모두 완전히 날조된 새빨간 거짓말이란 말이오.

실수는 금방 저지르면서도 자신을 질책하는 데는 엄격한 캐드라는 녀석은, (유스타키오관을 통해 진단하건대 그 녀석은 하이델베르크의 난폭한 사내의 전형인 사춘기 이후에 겪는 뇌하수체 기능 항진 증세가 명백했다) 비스듬히 경사진 자신의 이마를 높이 쳐들고, 기분이 좋지 않은 HCE에게 엄청나게 감사라도 한 건지 아침 인사와 저녁 인사를 했다. 그리고 마치 분별 있는 성인인 양, 위험한 주제를 내포한 까다로운 속성의 민감한 상황에서도 굉장한 재치를 보여주면서, 자신이 받은 안내와 그 내용에 관해 고마워했으며 (그것이 신의 시계인 올빼미였다는 것은 여전히 어리둥절케 했다) 또, 자신의 주인님을 섬겨야 하는 변변찮은 신분으로 그는 혼돈 상황과 우울한 공허함을 덮으려고 자기 볼일을 보러 분주하게 쏘다니면서, 그것이 누구든 간에 죽은 사람에게까지 인사를 건네고, 당연히 (작은 언덕을 닮은 두상과 뚝뚝 떨어지는 머리 비듬이 그의 흔적을 보여주는 것이므로, 사슴 한 마리만 있으면 누구나 그를 추적할 수 있음) 믿음직스럽게 호통치는 사람의 면모와 변치 않는 정확한 기억력을 갖춘 그가 반복적으로 말하기를; 나는 당신을 만났었지, 이쁜 아가씨, 너무 늦게 말이야, 그렇지 않으면, 너무 일찍이: 그러면서 바보에게나 던질 법한 눈에 띄게 많은 금기 언어를 동원해 가며 모욕적 언사를 연거푸 저열한 입에 올렸는데, 모두 그날 저녁에 간신히 기억해 낸 것들이었다. 그 시간은 어디에도 오갈 데 없는 새들이 황혼을 틈타 하염없이 지저귀는 때였으며 저녁 식사 시간과 샤를몬트 거리의 추억이 동시에 조용히 찾아드는 순간이기도 했다. 그리고 해 질 무렵 적막이 흐르는 대운하와 로열 운하의, 빌어먹을, 난간을 따라, 귀뚜라미가 울타리를 살금살금 기어오르고 있었으며 수없이 주고받은 부드러운 대화에 대해 무언으로 화답하며 한층 부드럽게 입맞춤만 하던 노련한 HCE는 언제나 순종적이었으며, 공상에 잠기거나 소의 배설물을 강물에 던지기도 했다. 한편 캐드는 자신의 가정을 둘러싸고 있는 기독교 교리에 사악한 짓궂음으로 침을 뱉긴 했지만, 미안하게도, (아일랜드어로, 모쉬 호 호울, 하지만 그는 앵글로-아이리쉬 지배 세력과 연줄이 닿는 제법 괜찮은 사람으로 세련된 생각의 소유자였는데 저딴 식으로 아무렇지 않게 침을 뱉고 있다니 한숨을 지어야 할지 웃어야 할지 모르겠지만, 아니 그건 됐고! 당시 그는 침 뱉는 사람들이 사용하는 손수건을 자신의 주머니에 꽂고 있지 않았나요?) 메뉴가 못마땅하여 냉동 프랑스 요리라고 이름 붙인 접시 요리와 수프를 저녁 식사로 먹고 난 후 생각에 골몰하고 있었다. (그의 저녁 메뉴로 올라온 요리라고는 정말 겨자와 후추를 곁들인 루칸 지방의 버섯 파이뿐인데), 냉동 프랑스 메뉴는 최상급의 완두콩과, 어린 암염소의 우유를 끓여 만든 흰 맥아 식초로 요리한 쉬프렘이었는데, 꼬마 사기꾼이 매우 좋아하는 음식이었는데, 빌어먹을, 눈이 내리는 계절에, 생쥐들이 회향풀에 이끌리듯 좋아했다. 이런 행복한 도피를 축하하는 순간에, 술김에 내는 만용의 절정을 위하여, 스페인 올리브를 천정까지 쌓아둔 채, 삶은 고기에 벤조인 향신료를 곁들인 향토 요리가 (살찐 돼지!) 1798년 아일랜드 반란 무렵의 기네스 맥주 1병으로 때깔 좋고 맛있게 조미되었다. 그리고 뒤이어 두 번째로 피에스포르테 화이트 와인과 그랑크뤼 와인이 나왔으며, 두 가지 모두 책상 조명을 소담스럽게 받고 있었는데 (그 연회가 비록 변변찮은 자리이긴 했지만 연인과의 작별을 위한 것) 그는 숙성 포도주의 코르크 마개에 코를 대고 킁킁거리며 냄새를 맡았다.

(나중에 들었던 주장대로) 타구(唾具)를 눈치 빠르게 알아차린 바로 그 캐드의 아내는 (결혼 이전의 이름은 Bareniece Maxwelton) 여느 때와 다름없이 집안일을 했다 (당신에게 줄 복숭아나 살구는 남아있질 않아요, 오렌지 양반!) 그러나 사건의 단서를 손에 쥔 그녀는 다음 날 밤에 자신의 평소 방식대로 차 한 잔을 앞에 두고 ALP의 자식 3명이 있는 자리에서(여자들이 오줌을 누는 소리는 남자들이 화장실에서 내는 소음에 비하면 얼마나 조용한 것인가!) 아테네의 웅변가처럼 주의를 환기시키며 HCE의 (피닉스 공원에서의) 외설적 행위를 폭로했다. 그녀의 두 눈은 메말랐고 작았으며 말투는 신경질적이었는데 그 이유는 그가 더 이상은 도저히 참을 수 없겠다는 듯 우스꽝스러운 표정을 짓고 있었기 때문이었다. 그는 바로 그녀가 신뢰하는, 누구보다 먼저 이야기를 나누고 싶어 마음속으로 남다른 의미를 품고 있던 특별히 존경할 만한 신부, 즉 목회자였다. (쉿, 안으로 들어오세요! 한 숟가락만 떠보세요!) 앙다문 입술과 진실한 사랑의 맹세 사이에서 (참회 화요일에 만든 작은 케이크에 에니스케리산(産) 푸딩을 곁들이진 않았을 것이고) 편지 형식으로 전해지던 그에 관한 소문이, 아이리시 스튜 속에 완전히 묻혀버려 음모가의 식탁 밖으로 새어 나가지는 않을 터였다. 그러나 (술 속에 진실이 있는 법이다! 헛되고 헛되다!) 사실관계가 파악됐을 때, 밀고자라는 제2의 인격으로 무심코 엿듣고 있던 사람은 바로 신학교 수도사로 변장한, 버릇없기 짝이 없고 제대로 훈육도 받지 못한, 불쌍한 영혼 브루노였다. 무심코 그랬던 거라면, 다시 말해서, 가령 그 사건이 은총의 성(聖) 안나를 탄생시킨 솔로몬 전도서의 정신에서 곱사등이 HCE가 자신의 고백을 약간 변형시켜 아주 완곡하게 저지른 일이었다면 (마더 구스가 말했던 동요 같은 내용은 제발!) 틈틈이 충성 맹세로 행한 것 (나의 최고로 용감한 형제여! 잘하고 있도다!) 뮤지컬 수록곡인 *그녀 출생의 비밀* 선율에 맞춰, 농사에 문외한이고 비만 체구에 사투리가 강한 40대 중반으로 접어든 HCE의 진홍색 귀에 조용히 들어간 것. 바로 그날 그가 성직자처럼 안전빵으로 소액을 걸었던, 장애물 경주 경마 대회와 더블린 선발 경주마(馬) 그리고 퍼킨 말(馬)과 폴락 말(馬)의 복식 경주, 귀족 혈통의 말(馬)과 평민 혈통의 말(馬)들이 시합을 벌이던 한껏 들뜬 분위기의 발도일 경마장에서 (모든 경마에서 전문 기수가 이김) 정보 수집가들에 의해 손쉽게 소환되었던 것. 당시 승용마 장려 시합의 상배(賞盃)는 두 번의 시합에서 근소한 차이로 결승점을 통과하여 획득한 것이었는데, 담황색의 어린 순수혈통의 경주마 크롬웰을 비롯하여, 출발이 순조로웠던 주장 채플린 블라운트의 얼룩 버새 말(馬) 세인트 달로그, 딱히 이렇다 할 다른 특징은 없고 다만 앞다리 동작이 비정상이던 세 번째 말 콕슨 등이 수립한 것은 결코 아니었다. 승산 자체가 무모했던 경마 시합에서, 고마운 기수는 작은 체구지만 볼품 있고, 작은 체구지만 우아했던, 바로 위니 위저였다! 당신은 모든 기수들의 본보기라오! 빠른 속도로 질주하는 것이 당치도 않던 진창에서 자주색 모자를 쓰고 달리던 당신은 그 어떤 허들 경기용 말보다 기량이 뛰어났기에 다른 체급의 기수와는 확연히 다른 경기 모습이었다.

불쾌하기 짝이 없는 두 명의 부랑자 (도박은 끝났고 경마도 마쳤는데 경마장 열광자들의 함성은 경주 트랙 위로 우렁차게 울려 퍼졌다) 즉, 햄과 베이컨 공장에서 핀란드 돼지고기의 다리 부위를 훔친 죄로 투옥되었다가 막 출소한 트레클 탐 그리고 그와 피를 나누고 모유를 함께 먹고 자란 형제 프리스키 쇼티가 있었는데, (자신들의 문제에 대해서 지극히 세심했던 그는 키가 작고 성격이 활발한 편이었다) 감옥선을 빠져나온 그는 경마장 내부 정보 제보자였다. 그들 형제는 둘 다 끔찍하게 가난했으므로 경마용 말을 사기 위해 황금알을 낳은 거위를 사냥하거나 뜻밖의 금화를 찾으러 이리저리 떠돌아다니던 참이었다. 한편 그 군인은 운동복 차림의 교구 목사가 지껄이는 전문용어에 (기타 등등) 귀 기울이며, 지인 명단에 들어있는 사람 중에서 자기와 막역하게 지내는 술친구가 소속된 일요 신문의 지면을 온통 도배했던 피닉스 공원에서의 HCE 추문 기사를 소녀처럼 큰 소리로 떠들어댔다.

지금까지 언급된 트레클 탐이라는 이 사람은 그 일이 생기기에 앞서 평상시 그토록 뻔질나게 드나들던 경마장 구역의 단골 장소에 한참 동안 코빼기도 보이지 않다가 (사실, 그는 공동으로 쓰는 숙소에 빈번하게 드나들었는데, 그곳에서 주변의 아무에게나 건성으로 친한 척 굴면서, 모르는 사람의 간이침대에 벌거벗은 채 벌러덩 드러눕는 버릇이 있었다) 경마 시합이 열리던 날 밤에, 덕 앤 독 술집, 갤럽핑 프림로즈 술집, 브리지드 양조장, 코크 선술집, 포스트보이 혼 여관, 리틀 올드 맨 술집, 단골 술집, 스트럽 컵 술집 등에서 제공하는 싸구려 적포도주, 불독 하이볼 칵테일, 싸구려 진 증류주와 좀가지풀 술, 앵가딘산(産) 허브로 빚은 술 등 극심한 고통을 가져오는 여러 가지 술을 홀짝홀짝 마시는 바람에 인사불성이 되도록 잔뜩 취해있었으며, 그 와중에 그는 리버티 구역, 펌프 코트, W.W. 블록의 (그가 경마에 돈을 걸지 않은 이유는 뭘까?) 공동주택에서 자기가 누울 따뜻한 침상이 어디 없나 하고 침실을 살살이 뒤졌다. 그리고 과음한 탓에 한 번 더 토했기 때문에, *꾸물대는 말을 타고 나는 간다네*라는 노래의 후렴구를 앞뒤가 맞지 않는 코 고는 것 같은 소리로 불러댔는데, 가명이지만, 복음을 열렬히 전파하듯 참견하기 좋아하는 사람과 러시아 여성이 지껄이는 이야기의 핵심은 (그는 그 '소녀들'이 레이스로 장식된 옷과 스커트를 입고, 햇볕 차양 모자를 쓰고 카네이션 꽃을 들고 있었다고 계속 떠들었다) 부분적으로는 (그[HCE]의 행위는 3월의 배신자들 혹은 3명의 군인들이 보는 앞에서 공원에서의 스캔들을 저지른 것으로 보였다. 한편 라비니아가 생기 없는 모습으로 소변을 보면서 바닷물에 정신줄 놓고 있을 때 그는 중년의 과부와 만취해 있었으면서 한편으로 흰 엉덩이를 가진 검은 말이 시합하는 광경을 보고 있었다) 가끔 고요한 밤이면 (안달복달하며! 서사적으로!) 살림살이가 거덜 나서 쪽박을 차게 된 모직물 소매상 지배인 피터 클로란 (해고되었음), 일정한 거처가 없는 전직 개인 비서 오마라가 (어떤 곳에서는 밝고 부드럽게 미소 짓는 리사로 알려져 있음) 그에 관한 소문을 지껄대는 소리가 뒤숭숭한 잠결에 들렸다. 그런데 그 비서는, 무척이나 흥미롭게도, 구석진 곳에 싸늘한 침대가 놓인 곳의 문간에서 노숙자처럼 담요만 걸치고 남자의 무릎이나 여자의 가슴보다 더 차가운 운명의 돌을 베개 삼아 몇 날 며칠 밤을 보낸 적이 있었다. 그리고 호스티, (평범한 이름), 해변을 헤매는 팔자 사나운 떠돌이 악사인 그는, 먹을 빵도 없고 버터도 없어, 막 스스로 목숨을 끊기 직전, 쫄쫄 굶은 상태에서, 세상 모든 일에 우울한 채, 자신이 어떻게 해서 옥외 화장실에 있게 되었는지 어렴풋이 알아차리고는, (밤의 바텐더인 그대는 그 사람에게 밀고자의 젖을 내주었다오!) 침대 위에서 느닷없이 자신의 연한 황갈색의 머리를 뒤로 젖혔다. 그 지역에서 어떻게든 총기 소지 허가를 받아낼 좋은 방법을 짜내다가 지붕 없는 4륜 마차를 타고 멀리 달아난 뒤 달키 던리어리와 블랙락 전차 노선으로부터 약간 떨어진 어딘가에서 내려야겠다는 기대감을 품고 어떤 손님의 권총을 몰래 빼내 손에 넣었다. 그리고 도착한 그곳에서 총을 정확하게 발사하면 피융 소리 내며 날아간 총알이 자살하려는 하찮은 그의 몸뚱아리로부터 머리를 날려버릴 테니 틀림없이 평온과 고요 속에서 술에 취한 듯 더할 나위 없는 희열을 맛볼 수 있을 터여서, 자신이 알고 있는 모든 방법을 스티븐스 병원의 후원자인 그리젤다 부인의 도움으로 패트릭 던 병원을 빠져나와, 시도하고 난 후, 험프리 제르비스 병원을 거쳐서 애들레이드 병원의 '휴식의 침대'에 눕기까지 (오오! 보살핌을 받지 못하는 저들 가운데 아아! 치료할 수 없는 이들을 조가비가 달린 산티아고의 순례 모자를 걸고, 선량한 나사로여, 우리를 구할지어다!) 어쨌거나 엉성한 계략이라도 부릴 수 있겠거니 하지 않고 18개월 넘게 걸렸다. 오디비스와 로치 몽간은 (이들에 관한 에피소드를 보면, 그 두 사람은 닮은 구석이 꽤 많은데, 만약 이런 표현이 허락된다면, 두 사람은 모두 *원수 같은 놈들이자 땡전 한 닢 없는 지겨운 녀석들*) 모종의 양해된 행동으로서 위대한 사랑스러운 어머니 품속 같은 침대에 호스티와 같이 누워 파도처럼 물결치는 잠을 청했다. 바로 그 순간에 잡목 숲속의 어린 녀석들, 귀리밭 속의 시골뜨기들, 혹은, 글쎄, 거친 들판 속의 건달들, 그리고 떠들썩한 부엌일과 허드렛일을 거드는 하녀들은 (찬사를 늘어놓은 대가로 우리는 숨이 가쁠 지경이다!) 단지 뚜껑, 현관 놋쇠, 학자의 진공관, 햇불잡이의 금속 제품들을, 어떤 이유에서인지, 광택이 나도록 한참 동안 닦지 않았다. 다른 사람과는 달리, 먼지가 춤추는 듯한 마음을 지닌, 베이컨으로 아침을 때우는 키 큰 백인 남자, 활기 넘치는 거리의 악사 (하룻밤 광란의 파티와 소동 그리고 정신이 말똥말똥해져 햄으로 시작하는 기분 좋은 아침 시간이 지나면 금세 전혀 딴 사람으로 변했다) 그리고 완전히 잠이 깨서 침대에서 일어난 일행들은 (우리의 친구들, 바이런은 그들을 그렇게 불렀다) 자리를 털고 일어나 자기들이 애칭(愛稱)하던 바렐의 집회 장소로부터 발을 질질 끌며, 더블린의 오싹한 작은 마을을 가로질러 (그곳으로 이어지는 3갈래의 노선 및 휴게소는 그 당시 겉으로 보기에 신기하게도 선(線)과 점(点)처럼 흡사해 보였는데 그곳은 보잘것없는 우리의 지하철도가 이번에 탑승한 지하철 노선과 정류장을 관리하고 있는 곳이었다) 형편없이 조잡한 바이올린으로, 구슬프고 단조롭게, 경쾌하고 묵직하게, 재치 넘치고 위트 있게, 듣기 쉽게, 막연하게 그러면서도 적절하게 연주해서, 연회를 좋아하는 피나흐타왕(王)의 신하들의 귀를 즐겁게 해주었다. 그들은 자신들의 블록집에서 그리고 자신들의 향기로운 딸기밭에서, 거리를 돌아다니며 행상하는 사람들 — 꿀을 파는 사람, '향긋한 라벤더꽃'을 파는 사람 또는 '보인강에서 방금 잡아 올려 살아 퍼덕거리는 연어'를 파는 사람의 외침 따위에는 신경조차 쓰지 않은 채, 사람들이 오래 기다려왔던 헨델의 오라토리오 메시아를 대대적으로 평가하겠노라고 아는 체 연신 입 떠벌리며, 잠도 고작 30분만 자고, 그 가수의 정말 멋진 틀니를 되찾기 위한 당초의 목적대로 전당포에 들러 기분 좋게 잠시 머문 뒤, 쿠자스가(街) 소재의 단골 여관에 장기 체류를 위해 방문했다. 쉬익하고 샴페인 마개 따는 소리, 1,000 리그 혹은 1 리그 거리도 되지 않는 곳의 성 세실리아 교구에 있는 늙은 주정뱅이의 소굴, 다시 말해서, 그리피스의 토지 평가 조사에 의하자면, 제작자의 (어쩌면 최후의 토지 관리자) 가두시위 행진에 불을 붙였던 글래드스톤 수상의 동상이 서있는 바로 그곳으로부터 소문은 사방으로 퍼져나가고, '영국에 신의 축복이 있기를'이라는 3중주곡에 한층 더한 의지를 지닌 자가 —지원— 합세했으므로 내일이면 그저 턱없이 낮은 주급을 받으면서도 한때 주목받았던 공연을 어느 정도 되는 대로 적당하게 마무리할 것이고, 휴우, 그리고 하찮은 수다쟁이들은 모두 (누가 명사에 대해 말하고 있지?) 정말 괜찮은 종류로 한턱낸 진과 진저에일 술을 마셨고 그런 다음 그저 지난날을 찬미하기 위해 독신 남자들만의 사교 모임에서 제공하는 점심 식사와 몇 가지 음식을 더 먹었다. 그리고 불같은 기개를 마음속 가득 품은 우정에 의기양양해진, 그 불한당들은 웃음기 새어 나오는 입술을 소매로 훔치면서 술집을 빠져나왔다. (브라운이 맨 먼저, 그다음 키 작은 개인 비서, '나는 돈이 필요해요. 제발 돈 좀 부쳐주세요'라고 적힌 아내 편지의 추신처럼 모자를 벗어 등 뒤로 공손하게 들고 있는 전전(前前) 지배인 순으로 빠져나왔다) 어떻게 애송이들이 선동적인 찬가를 고래고래 소리쳐 부르는 걸까? (우리 자신, 우리 자신만이.) 그리고 노래의 운율 세계가 자칭 발라드에 비해 더 우렁찼던 것은 당연하며, 사교계의 발라드 가수에게 있어 노래 부르기는 여태까지 이 세계가 명확히 밝혀야 했던 가장 상스러운 도깨비의 노래지만 가장 매력적인 화신의 노래이기도 한 서정시를 세상이라는 선율의 지도 위에 올려놓은 그의 공헌에 빚지고 있다.

좀 더 정확하게는 점령자의 노래 혹은 대장 놀이 노래이기도 한 이 선율은 리피 강변의 소요 사건에서 그리고 호우드 언덕에서 처음으로 불렸다. 입법자가 되었어야 마땅한 글래드스톤의 기념비가 드리운 그늘 아래, (자유의 나무입니다! 베지 마세요, 나무꾼이여, 베지 말고 그냥 두세요!) 분할 지역을 가득 채우고도 남는 렌스터 지방의 모든 거주민들이 쏟아져 나온 집회에서, 가면을 한 것이니, 술 취한 얼굴이니 하여, 아일랜드 사람들 중에서 의심할 여지 없이 모든 지역 및 특정 지역을 대표하는, (집회장이 가득 넘치도록 술집과 코코아 가게에서 사람들이 밖으로 쏟아져 나왔다) 오직 한 가지 목적에만 전념하는 초거대 군중으로서, (본토의 소수집단과 함스워스 가문에 속한 마부들의 몫을 챙겨 워틀링 도로, 에르민 도로, 이크닐드 도로, 그리고 스테인 도로를 경유하여 주로 절뚝거리는 전세 마차를 타고 이동해 온 여행자들, 북부 지역의 토리당원들, 남부 지역의 휘그당원들, 동부 지역의 연대기 저술가들, 서부 지역의 수호자들에 관한 언급은 생략하고) 털실 뭉치 세 개가 대롱거리는 포플린 복장을 하고 바쁜 전문직 신사에게 건네줄 빵 덩어리를 찾아 나선 청소년 지도원들과 함께, 반바지에 양손을 찔러 넣은 채 커다란 빵조각을 한입 가득 물고, 이리저리 돌아다니는 것 외에는 달리 할 일이 없는 컴퍼스 거리의 더블린 젊은이들, 러틀랜드 황야에서 도요새와 청둥오리 사냥을 마치고 갓 도착하여, 서로 냉정하게 조롱하면서, 한낮의 휴식을 위해 데일리 클럽으로 향하는, 구레나룻을 길게 기른 2명의 경찰관, 흄가(街)로부터 말 1마리가 끄는 마차를 타고 성당 미사에 가는 귀부인들, 말에게 물을 주며 쉬고 있는 마부들, 모세 정원 근처의 클로버 들판으로부터 정처 없이 떠돌아다니는 몇몇 얼간이들, 더블린 가죽 거리 출신의 수도원 봉헌 신부, 벽돌공들, 남편과 강아지를 데리고 멋진 타비넷 옷을 입고 있는 플랑드르 여인, 조각용 끌을 한 손 가득 들고 있는, 늙은 대장장이, 한판 승부의 곤봉 선수들, 악성수종에 걸린 수십 마리의 양들, 청색 가운을 입은 두 명의 의사들, 도산(倒産) 직전의 심프슨 병원을 나온 네 명의 빈털털이 남자들, 언제나 히키 서점 문간에서 터키 커피와 오렌지 시럽을 마시는 풍채 좋은 어떤 사람과 활달한 성격의 또 한 사람, 면직물 제조업자들 즉 자신들의 연금 수령인들이 도토리에 생긴 혹 때문에 큰 소동을 겪고 있는, 피터 핌, 폴 프라이, 토마스 엘리엇 그리고 아아! 리처드 앳킨슨, 여자 사냥꾼이 엄청난 사냥을 준비하고 있다는 것을 잊지 않고서, 부활절의 득실을 따지는 특정 속죄설 지지 성직자, 체벌 문제와 그것을 절대적으로 지지하는 동방 가톨릭교도들, 창문으로 보이는 한 개 혹은 두 개 혹은 세 개 혹은 네 개의 주름이 잡힌 장식 모자, 그리고 그밖에 꽤 많은 수의 애늙은이에 이르기까지, 금주(禁酒)의 맹세를 하고 나서도 술독에 빠져, 알코올 음료의 마력에 사로잡혀 있는 것이 분명해 보였으며, HCE의 경야에서 귀여운 소녀 이씨, 포도주세 병에 생각이 꽂혀있는 유쾌한 우편 배달원 숀 그리고 한 사람, 그녀에게 찰싹 달라붙어 구애하는, 극빈자 보호시설에서 나온 한쪽 당사자에 해당하는 인물 문필가 솀, 어린애 같은 사람으로서, 부목사로서, 피리 부는 늙은 맹인으로서. 어두운 색상의 속치마를 입고 있는 부인. 군대가 소집되었고, 실제로 파견도 했다. (조국 아일랜드는 주목받길 원하고 있다) 열광적인 절분음 운율로 된 혁명 노래는 자신의 *임종의 자리에 위스키가 떨어지는* 가운데 HCE가 애착했던 가늘고 긴 백색 도료 종이 위에 찰필로 바림되었으며 그리고 델빌의 인쇄소에서 지나치게 급조한 목판 위에 은밀하게 인쇄한 것이었다. 그러다가 곧 그 비밀은 본연의 길로 아울러 아치길에서부터 격자 길에 이르기까지 그리고 비밀 폭력단에서부터 좌파 성향의 신문 기사에 이르기까지 바람이 일고 돌풍이 부는 침울한 옆길로 빠르게 퍼져나가면서, 스코틀랜드 연방 국가의 다섯 주(州)를 끝에서 끝까지, 이 마을 저 마을 큰 소리로 알렸는데, 그 노래를 받아들이지 않는 사람은 심한 욕설로 비난받을 것이다! 악기 중의 악기, 악기 중 무관의 왕 (너무도 평화로운) 플루트의 선율이 추가된, 피곳 음반 가게에 있는 *천상의 악기 류트*, 그것은 패트릭 대성당의 고문을 말하는 가 아니면 (피닉스 공원의 암살자를 말하는가?), 그건 광상곡이 연주되는 중간중간에 나무랄 데 없이 쏟아지는 박수갈채를 기대하는, 세련된 풍(風)의 모자를 쓴 연주자로부터 흘러나오는 금관악기 호른이었으며, 그는 유명한 갈리아 사람으로서 흡사 파르지팔의 이름을 딴 것처럼 보였다. 그러나 주위 사람들을 자극하기 전에, 아무렇게나 흐트러진 그리고 허물 벗겨진 머리카락 사이로 눈을 덮어쓴 것 같은 흰 곱슬머리의 지휘자 히치콕은 목소리가 큰 사람을 위한 성배의 신호로 자신의 단원들에게 페즈 모자를 쓴 고수 머리를 지휘봉 높이로 쓸어 올렸다. 물론! *구획 내에서는 정숙!* (5월 축제의 기둥은 옛날 그 자리에 다시 한번 세워졌다) 그리고 그곳에서 사람들은 일제히 노래를 불렀고 또 합창했으며 그리고 오래된 마을 관문 옆 성(聖) 앤 교회에서 세례를 받고 기독교도가 되었다.

잔디밭 사방 곳곳에서 시가(詩歌)가 끊임없이 흘러나오고 있었는데 그것은 바로 호스티가 지은 것이었다. 시가는 낭송되었다. 소년들과 소녀들, 스커트를 입은 사람들과 반바지를 입은 사람들, 우리가 들려주는 이야기가 다양하게 구현되어 오래도록 견고하게 살아있을지어다. 그 시가의 후렴 부분을 이곳에 약술(略述)한다. 어떤 사람은 그를 스칸디나비아 사람이라 말하고, 어떤 사람은 그를 아일랜드 사람이라 강변하며, 어떤 사람은 그를 플랜 가문의 후손으로 부른다. 한편 다른 사람들은 그를 게으름뱅이 벌레, 앵글 사람, 법률가, 연어 같은 사람, 군인 혹은 웨일즈 사람으로 묘사한다. 어떤 사람은 그를 곰으로 표현하고, 어떤 사람은 그를 바르트 신학 신봉자, 개암나무 같은 사람, 크롬웰 장군, 솔로몬 왕, 윌리엄 3세, 깊고 잔잔한 웅덩이 같은 사람, 장벽 같은 사람 등의 별명을 붙였지만 나는 그를 페르세 오라일리라 호명한다. 그것도 아니라면 그에게 붙일 이름 따윈 아예 없으리라. 저런! 그냥 호스티에게 맡길 일이다, 냉철한 호스티, 그 호스티에게 맡길 일이다. 왜냐면 그는 시가(詩歌)에 운율을 다는 사람이기 때문이다, 그는 모든 운율 중에서도 최고의 운율을 다는 사람이다. 당신은 들어본 적 있는가? (몇몇 사람은 들었다) 우린 어디서 들었던가? (어떤 사람은 듣지 못했다) 당신은 들어봤는가? (다른 사람들은 들었다) 우리 들어본 적 있던가? (다른 사람들은 듣지 못했다) 노래가 나오기 시작한다, 소리가 울린다! 번갈아 가며 들리는 박자 소리! (일제히 박수갈채) 유리가 박살 나는 듯한 요란한 소리. 문제의 그 소리 (짝짝짝!).

들어보세요, 귀담아 들어보세요!
음악 주세요!

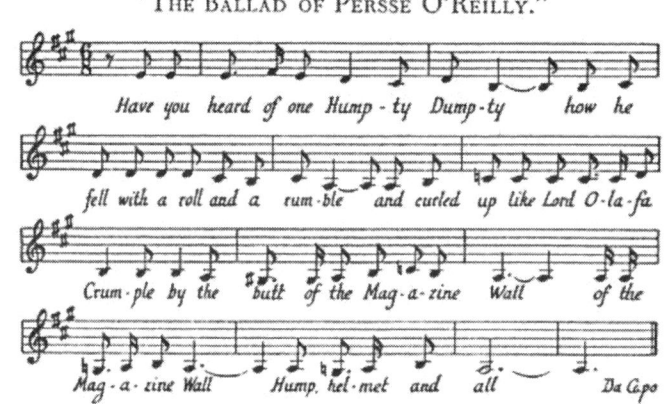

"THE BALLAD OF PERSSE O'REILLY."

당신은 험프티 덤프티라는 사람에 대해 들은 적이 있나요?
어떻게 해서 그는 바닥으로 쿵 떨어져 떼구르르 굴러갔는지
그리곤 '주여! 으악!' 하며 쭈그러져 털썩 주저앉았는지
탄약고의 벽 아랫동아리 옆에,
     (후렴) 탄약고의,
        둥근 언덕, 투구 모양까지?

그는 한때 더블린성의 왕이었지만
지금은 썩어 칙칙해진 양방풍나물마냥 쫓겨났다네.
그리고 판사의 명령에 따라 그린가(街)의 법원에서

마운트조이 감옥으로 송치되었다네
    (후렴) 마운트조이 감옥으로!
        그를 수감하고 기뻐하라.

그는 우리를 괴롭히려는 모든 계략의 원흉이었다네
대중들에게는 느릿느릿 서행하는 역마차와 완전한 피임 기구,
병자(病者)에게는 말의 젖, 1주일에 7일을 술 없는 일요일,
개방 연애와 종교개혁,
    (후렴) 그리고 종교개혁
        방식에서는 섬뜩한.

아아!, 정말이지 어찌하여 그는 대처하지 못했을까?
내가 보석 보증인이 될 터이다, 내 마음에 쏙 드는 멋진 젖소 농장 주인 양반,
캐시디 마을의 거대한 황소 같은 사람
당신의 암소들은 젖이 나오지 않는다네.
    (후렴) 그의 암소는 젖이 나오지 않는다네.
        암소 젖이 나오지 않는다네!

(반복) 만세! 이봐!, 호스티, 냉철한 호스티, 그 셔츠를 갈아입고
                                      [그대,
시가(詩歌)에 운을 맞추시오, 운율의 왕이여!

              말더듬이, 말더듬이!
우리에겐 온갖 음식물, 의자, 껌, 수두(水痘) 그리고
                            [도자기로 된 변기가 있었다네
사탕발림으로 비위 맞추는 이 판매원이 두루 공급했다네.
집 근처 목로주점의 사내들이 '그는 누구 할 것 없이 속일 사람이다(HCE)'라고
말한 것은 당연하다네 HCE가 처음 자리에 끼어들어 발언했을 때
    (후렴) 자신의 할인 판매점에서
        로어 바고트가(街) 아래쪽.

그는 자신의 화려한 호텔 건물에서 너무도 편안하게 지냈다네
하지만 우리는 곧 그의 온갖 잡동사니와 자질구레한 일상용품들을 태워버릴 예정이라네
그러면 머지않아 클랜시 보안관이 문을 닫게 만들 테니까 그의 무한책임
                                 [회사를

집달관이 문을 쾅 닫는 소리와 함께,
    (후렴) 문간에서 딩동 소리.
        그러면 그는 더 이상 빈둥거리며 세월을 보내진 않을 거라네.

지독한 액운이 파도를 타고 우리의 섬으로 밀려왔었다네
저 북유럽 해적의 낡아빠진 범선
아일랜드 반란 진압을 위한 영국 군함이 더블린만(灣)에 상륙하는 그 날
신의 저주가 있기를.
    (후렴) 그의 군함을 보았다네.
        더블린만 어귀에 나타난.

어디서 온 것인가? 풀베그 정박지가 포효하고 있다네. 코펜하겐, 그는 고함치고 있다네
                                  [아내, 아이들과 함께 새우튀김을 달라고
오스카 핑걸 오플래허티 윌스 와일드
그것은 나의 오래된 노르웨이식 별명
그리고 아아! 나이 많은 노르웨이 늙은이라네.
    (후렴) 거대한 몸집의 나이 많은 늙은이라네.
        하느님께 맹세코, 그렇다네.

기운 내시오, 호스티, 기운 내시오, 그대 악마여! 시가(詩歌)를 따라잡아, 그 시가에 운을
                                    [밟을지니!
정원에 펌프로 퍼 올린 물을 공급하던 때였다네
아니면, *너싱 미러 간호 잡지*에 따르면, 흉내 내는 사람을 감탄하며 바라보던
                                    [동안이었다네

저 몸집이 거대한 이방인 HCE가
뻔뻔스럽게도 소녀에게 접근했다네
    (후렴) 유후, 그녀는 어떻게 해야 하지!
        장군이 소녀의 사랑을 빼앗고 말았다네!

스스로가 부끄러운 줄 알아야지, 오만하기 짝이 없는 늙은 철학자 양반,
그딴 식으로 떼밀고 달려들어 소녀에게 올라탔으니까.
하느님 맙소사! 그가 단연 가장 곤란한 부분이라네
노아 방주의 목록 중에서,
    (후렴) 서로 입을 맞대고 달콤하게 속삭였다네.

감쪽같은 노아 방주의 비둘기들.

그는 웰링턴 기념비 옆에서 거칠게 움직이고 있었다네
악명 높은 낯가죽 두꺼운 네발짐승
어떤 비열한 놈이 합승 마차의 뒤 발판으로 내렸을 때
그는 병사의 총에 죽음을 맞이했다네,
    (후렴) 자신의 엉덩이가 찢어진 채.
        그에게 6년 형을 내릴지어다.

그건 아무 잘못이 없는 가엾은 아이들에게는 몹시 애석한 일이라네
하지만 그의 본처를 찾아보시라!
저 부인이 늙은 HCE의 손을 잡아끌었을 때
한바탕 격렬한 언쟁이 벌어지지 않겠는가?
    (후렴) 가장 격렬한 언쟁,
        지금까지 목격한 것 중에서.

숨 막히는 소포클레스! 흔들리는 셰익스피어! 유사한 단테! 익명의 모세!

그리고 우리는 게일 사람들 무리와 자유무역을 하고 대규모 집회도 가질 것이라네
스칸디나비아의 용감한 아들을 잔디로 덮어야 하니까.
그리고 우리는 그를 옥스만타운에 매장하리라
악마와 덴마크 사람들도 마찬가지로,
    (후렴) 귀가 먼 사람들과 말을 못 하는 덴마크 사람들도 함께,
        그리고 그들의 모든 자취도.

그리하면 왕의 모든 신하와 기병대가
그의 시체를 부활시킬 수 없을 것이니
왜냐하면 '지옥 아니면 코노트로 가라'라는 주문은 정녕 없으므로
    (반복하여) 대소동을 일으킬 수 있는.

제4부

평역 시리즈 ② 한줄 번역

제임스 조이스 시력의 난맥상 — 그의 필적

James Joyce's Handwriting

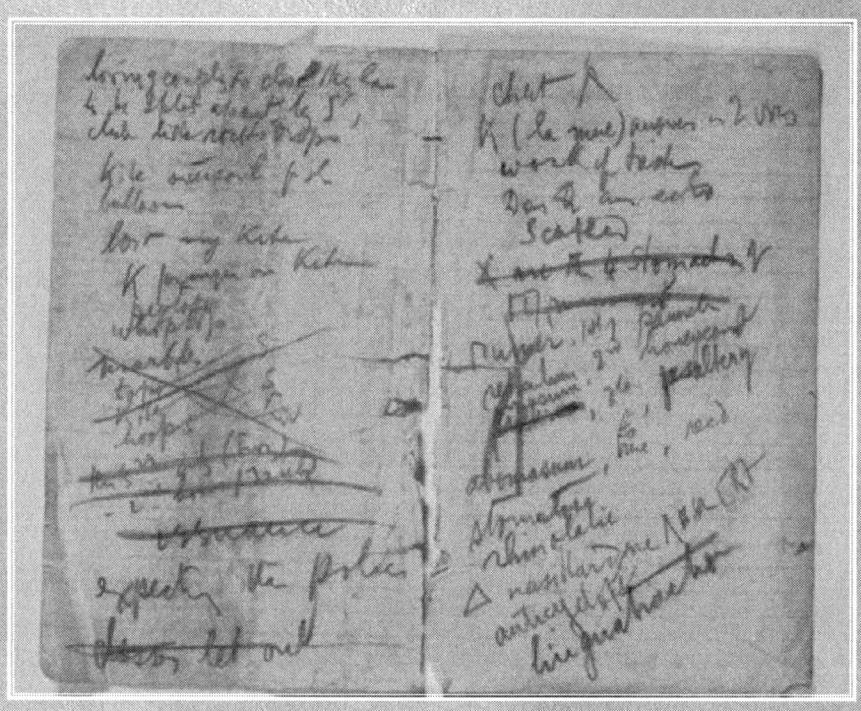

20대부터 홍채염을 앓기 시작한 조이스의 시력은 꾸준히 약화되어, 『경야』 작업기에는 거의 실명 상태에 이르렀다. 그래서 조이스는 크레용으로 글자를 크게 적어야 했다. 그리고 밤에는 빛을 반사시키는 흰색 계열의 옷을 입고 침대에 엎드린 채 주황색, 파란색, 빨간색, 초록색 등 색색의 크레용으로 밑줄을 긋거나 원고를 가로질러 사선을 표시해 가며 집필했다.

1) Origin of Name
이름의 유래

[030:01-034:29]

| 030:01 | Now (to forebare for ever solittle of Iris Trees and Lili O'Ran- |
| | 지금부터 (공원에서 노출하던 두 소녀 Iris와 Lili에 |

* forebare: ①forbear 참다, 보류하다 ② forebare=before baring→
소녀들이 HCE에게 자신들을 노출하기 전에→두 소녀는 더블린시 문장
(紋章) 속 치맛자락을 들어 올려 발목을 드러내고 있는 두 명의 시녀이기
도 함【107:06-07】 ③ for bearing 성교 시 여성이 남성의 체중을 견뎌
냄 ④ bear arms【005:05】 (육체노동을 하는 프롤레타리아의) 소매를 걷은 맨팔
→arms 더블린시의 문장 ☞ 침대 속 몽상가는 자신이 엿보았던 성숙미
넘치는 소녀들에 대한 음흉한 생각을 떨쳐버리려 하고, HCE는 자신이
굴뚝으로 엿듣던 딸 Issy에 대한 생각을 지우려 함

* for ever→forever 영원히, 오랫동안

* solittle: ① so little 짧거나 대수롭지 않은 이야기 ② so little 두 소녀
와 Issy는 아직 어린 나이임 ③ Liddell=Alice Pleasance Liddell 루이
스 캐럴의 『이상한 나라의 앨리스(Alice's Adventures in Wonderland)』의 주인공 ④ Iseult[Isolde] 아일랜드 신
화 속 공주→트리스탄의 연인, 『경야』에서 Issy와 동일시

• Iris Tree

* Iris Trees: ① Iris Tree(1897~1968) 조이스가 파리에서 알게 된 분홍색 머리의 영국 배우이자 작가 ☞
Iris=rainbow goddess 무지개 여신→『경야』에서 무지개는 노아(Noah=HCE)에 대한 신의 약속의 표시
로서 추락[타락] 이후 갈등의 종결을 상징하며, 일곱 색깔은 각각 HCE, ALP, Shem, Shaun, Issy, 하
인 K와 S를 나타냄 ② iris 꽃처녀 Issy→Iris Trees 이씨(Issy)의 이중인격 중에서 한 측면, HCE가 공
원에서 마주쳤던 소녀 중 한 명 ③ trees 셈(Shem)은 나무와 연관되고 숀(Shaun)은 돌과 연관됨: Shem-
+Shaun=treestne=Tristan ☞ trees=greenery 푸른 나무[잎]→Irish and Catholic→ALP

| 030:02 | gans), concerning the genesis of Harold or Humphrey Chimp- |
| | 관한 사소한 이야기는 쭉 미뤄두고), 헤럴드 또는 험프리 침던의 |

* Lili O'Rangans: ① 'Orange Lily, O' 1690년 보인 전투(Battle of Boyne)에서 윌리엄 3세(William of Orange)
의 승리를 축하하는 노래 ② 'Lillibulero' 1690년 보인 전투에서 자코바이트(Jacobites)를 패배시킨 오
렌지(Orange)의 승리를 축하하는 개신교 노래 ③ lily 제우스의 아내이자 결혼의 여신인 헤라(Hera)의 상
징→ALP ④ loyal 아일랜드 정치에서는 Orange Protestant 파벌을 지칭함 ⑤ Lili O'Rangan 이씨
(Issy)의 이중인격 중에서 한 측면, HCE가 공원에서 마주쳤던 소녀 중 한 명 ⑥ Lilith 이브가 만들어지
기 전의 아담의 첫 번째 아내, 호젓한 곳을 걸어 다니며 어린이를 습격하는 여자의 악령 ☞ Iris trees
and Lili O'Rangans→histories of little men 그럭저럭 꾸려나가는 상인들의 역사 ☞ gans[독일어]
=goose→Barnacle goose 흑기러기→Nora Barnacle: 보인 전투에서 패하고 남쪽 유럽으로 도망친

자코바이트와 노라를 데리고 유럽으로 망명한 조이스의 비유
* genesis: ① Genesis 탄생, 창조, 원인, 시작, 근원 및 기원 ② The Book of Genesis=The First Book of Moses, 창세기는 모세 5서(Torah)의 첫 번째 책
* Harold: ① 해럴드 2세→잉글랜드 왕으로 Hastings 전투에서 노르만(Norman) 침략자 William the Conqueror에게 패해 전사함 ② harold 바다오리의 일종→Lili O'Rangans의 'gans'【030:21】
* Humphrey Chimpden Earwicker: ① 『경야』의 남자 주인공→피네간(Finnegan), 보통[모든] 사람(Every-man), 벽돌 운반공(hod carrier), 전사(warrior), 조상(progenitor), 핀 맥쿨(Finn Mac-Cool), 성 패트릭(St. Patrick) 등은 그의 화신 ② Earwicker는 스칸디나비아 사람으로 아일랜드 태생 Anna Livia Plurabelle[ALP]을 아내로 두고 있음. HCE는 더블린 시가, ALP는 리피 강이 각각 인격화된 존재로서 그들은 인류의 조상인 아담과 이브에 해당함. ③ HCE=Here Comes Everybody=hec=ceh 등

• The Orangemen of Ulster[Orange Lily, O]

• Harold

030:03	den's occupational agnomen (we are back in the presurnames
	족보상 이름의 유래에 관해서 말하자면 (인구조사 이전 시대로 거슬러

* agnomen: ① agnomen=nickname 별명 ② ignominy=public shame 공개적 망신[대중적 수치]→HCE의 공원에서의 범죄 혐의 ③ acumen 통찰력 ☞ occupational agnomen 족보상 이름
* presurnames=before surnames: 아일랜드 역사에서 10세기 이전 사람들은 일반적으로 아버지의 이름을 따거나(예컨대 mac Néill=Niall의 아들), 할아버지의 이름을 딴 것으로(예컨대 Ó Néill=Niall의 손자) 알려짐

030:04	prodromarith period, of course just when enos chalked halltraps)
	올라가는데, 당연히 사람들이 동굴에 벽화를 그리던 때였다)

* prodromarith: ① prodromos[그리스어]=forerunner 선구자[선조] ② prodromatic 발병 이전에 나타나는 증상의 ③ arithmos[그리스어]=number→prodromarith 숫자가 생기기 이전의 ④ Arithmoi[그리스어]=Numbers 민수기(모세 오경 가운데 네 번째 책)→HCE의 족보는 성경의 민수기(인구조사, 율법 등 기록) 이전 시대로 거슬러 올라감
* just when ~하려는 참에
* enos: ① Enos[Enosh] 에노스(아담의 손자이자 경건한 셋[Seth]의 아들, 성경은 그의 생존 시 '사람들이 비로소 여호와의 이름을 불렀더라'《창세기 4장 26절》라고 묘사)→병들거나 마침내 죽게 되는 인간의 연약함[한계성]을 확인시켜 주는 이름 ② Enos[히브리어]=Mortal Man 수명이 정해진 인간[죽을 수밖에 없는 사람, 필멸자]
* chalked halltraps: ① enos chalked halltraps=ECH→HCE ② chalked[속어]=scratched 긁힌→

영혼을 불러내기 위해 분필로 땅에 원을 그리는 마법사 에노스 ☞ 구석기시대 동굴 속의 크레용 그림은 예술의 초기 형태→Kevin[Shaun] 'chalked oghres on walls'【027:05-06】 ③ hall trappings 현관 장식[그림] ☞ traps 집게벌레 잡을 때 HCE가 사용하는 올가미

030:05	and discarding once for all those theories from older sources which
	아주 옛날 자료 속에서, 그를 만후드반도의 시들샴

* discard 포기하다[버리다]
* once and for all 최종적으로[완전히]
* from older sources→영국 작가 Benedict Fitzpatrick(1881~1964)의 *Ireland and the Making of Britain*(1922)

030:06	would link him back with such pivotal ancestors as the Glues, the
	교회에 흩어져 있는 묘비명 속 중요한 조상 즉 글루,

* link him back→link back 『율리시스』의 '프로테우스(Proteus)' 에피소드(038:12)에서 스티븐은 우리를 아담과 다시 연결하는 배꼽을 '과거의 모든 조상과의 연결 끈[탯줄](the cords of all link back)'로 언급함
* pivotal ancestors 중추적[중요한] 조상→Benedict Fitzpatrick의 *Ireland and the Making of Britain*(1921)에 'Cormac, the descendent of Lethain. He was of the line of Olliol Olum, King of Munster and pivotal ancestor of its nobility(레테인의 후손 코맥은 먼스터의 왕이자 귀족의 중요한 조상인 올리올 올룸의 가계였다)(141)'로 나옴

• Ireland and the Making of Britain
• A Pictorial and Descriptive Guide

* Glues: Lock Ward의 *A Pictorial and Descriptive Guide to Bognor, Chichester, Selsey, Goodwood, Hayling Island, Midhurst, Arundel, Amberley, Petworth, Etc.*(1938)에 'Sidlesham Church is an Early English structure worthy of notice, and an examination of the surrounding tombstones should not be omitted if any interest is felt in deciphering curious names, striking examples being Earwicker, Glue, Gravy, Boniface, Anker, and Northeast(시들샴 교회는 주목할 만한 초기의 영국식 건축 구조물이며, 만약 이어위커, 글루, 그래비, 보니페이스, 앵커, 노스이스트 등의 특이한 이름의 비밀을 풀고 싶다면 교회 주변에 흩어져 있는 묘비명 조사를 빼먹어서는 안 된다)'로 나옴

030:07	Gravys, the Northeasts, the Ankers and the Earwickers of Sidles-
	그래비, 노스이스트, 앵커, 이어위커 등과 연결시키거나

* Sidlesham: 1923년 7~8월, Joyce는 영국 West Sussex의 Hundred of Manhood [Manhood Peninsula]에 있는 Sidlesham 마을에서 몇 마일 떨어진 Bognor Regis에서 휴가를 보냄

• West Sussex

• Sidlesham Anchor Inn

• St Mary Our Lady, Sidlesham

030:08	ham in the Hundred of Manhood or proclaim him offsprout of
	도시를 세워놓고 나서 시들샴의 이어위커 가문에 자신을 올려놓았던

* Hundred of Manhood=Manhood Peninsula 만후드반도(영국 West Sussex의 남서쪽에 위치)
* proclaim 선언[선포]하다, 공언하다
* offsprout: ① offspring 자손 ② sprout 새싹→젊은이 ☞ Shem the stem

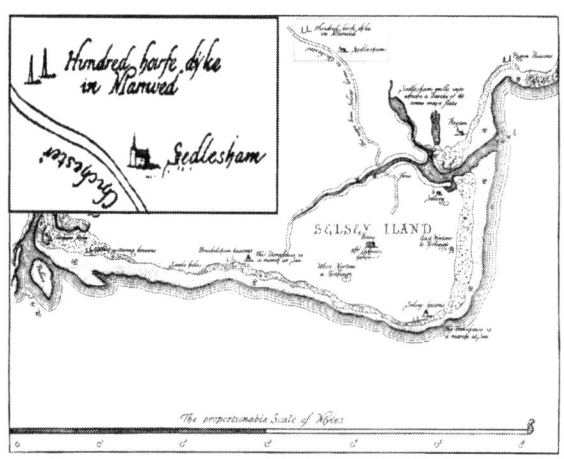

• The Manhood Peninsula

030:09	vikings who had founded wapentake and seddled hem in Herrick
	바이킹의 후예라고 공언하는 따위의 온갖 주장들은

* vikings: ① 중세에 활동한 항해술과 교역에 능한 노르만[북게르만]족. 바이킹이란 말은 스칸디나비아와 덴마크에 많이 있는 '비크', 즉 '좁은 강'이란 이름에서 유래. ② 더블린은 노르웨이 정착지(Norse settlement)로부터 시작됨→853년에 Amlaíb[백색의 올라프(Olaf the White)]라는 바이킹(Viking) 장군이 발을 들여놓고 스스로 더블린의 왕이 됨
* wapentake (옛 잉글랜드 북부·동부의) county의 구성 단위(남부의 hundred에 해당) ☞ take a weapon 무기를 쥐다
* seddled: ① settled 정착하다 ② saddled (말에) 안장을 얹다, (책임을) 지우다
* hem: ① ham 햄 ② [네덜란드어]=him ③ [고어]=them
* Herrick: ① Herrick or Eric 조나단 스위프트(Jonathan Swift)의 어머니=Abigail Herrick 또는 Erick ② Earwicker→올바른 영어 발음은 [Erricker] ③ Herrick→Robert Herrick(1591~1674) 영국 왕당파 서정시인이자 성공회 목사

030:10	or Eric, the best authenticated version, the Dumlat, read the
	말끔히 내다 버리고, 가장 권위 있는 판본인 탈무드에

* Eric: ① Herrick or Eric【030:09】 ② Earwicker【030:09】→[Eiríkr]는 Eric의 고대 노르웨이어 형태 ③ Eric the Red 그린란드에 식민지를 건설한 바이킹 탐험가[장군]→머리카락과 수염의 색깔 때문에 'the Red'라는 별명이 붙음 ☞ Emerald Isle(아일랜드의 별칭)이 Greenland로 묘사되었을 수도 있음 ☞ Herrick or Eric→Earwickers of Sidlesham
* authenticated=authoritative 권위 있는[믿을 만한]
* Dumlat→Talmud: 모세오경[모세의 율법](Pentateuch)에 대한 히브리어 주석 ☞ 히브리는 오른쪽에서 왼쪽으로 읽기 때문에 Talmud는 거꾸로 쓰인 책
* read ~라고 적혀[쓰여]있다

030:11	Reading of Hofed-ben-Edar, has it that it was this way. We are
	적혀있는 호우드헤드 기록을 보면 이렇게 나와있다.

* Reading 선집(選集), 기록
* Hofed-ben-Edar: ① höfuð[고대 노르웨이어]=head: Howth의 어원 ② hoofd[네덜란드어]=head ③ ben[히브리어]~의 자식 ④ Howth Head[Binn Éadair] 더블린만(Dublin Bay)과 위클로산(Wicklow Mountain)이 바라다보이는 호우드의 북쪽에 있으며 과거부터 수 세기 동안 군사상의 전략적 요충지 ☞ Hofed, Child of Edar→HCE

030:12	told how in the beginning it came to pass that like cabbaging
	즉 그 이야기가 맨 처음 어떻게 생겨났는지 알 수 있는데,

* it came to pass←come to pass 생기다[발생하다]: 'In those days it came to pass that Caesar Augustus sent out a decree that the whole world was to be taxed(그 무렵 아우구스투스 황제가 로마제국 전역

에 인구조사를 하라는 명령을 내렸다)'《누가복음 2장 2절》

* cabbaging: ① cabbage (맞춤질이) 손님 몰래 속여먹은 천, 양배추 ② to cabbage〔속어〕=to steal 슬쩍 훔치다 ③ Cabbage-growing 소작농 킨키나투스(Cincinnatus)의 직업→양배추 재배

030:13	Cincinnatus the grand old gardener was saving daylight under his
	전설적인 원로 정원사 킨키나투스가 어느 무더운 안식일 오후에

* Cincinnatus[Lucius Quinctius Cincinnatus] 킨키나투스(로마의 정치가: 로마가 위기에 빠졌을 때 전원생활에서 나와 집정관을 지내다가 평화가 회복되자 다시 전원으로 돌아갔다는 전설적 인물)→숨은 위인
* grand old gardener: ① grand old 원로 ② gardener 채소 재배 농부, 원예[정원]사
* saving daylight[Daylight saving time] 일광(日光)절약시간→에덴동산의 grand old gardener(원로 정원사)인 신은 우주 창조 후 7일째 안식[휴식]을 취함 ☞ save the day 가까스로 성공[해결]하다, 궁지를 벗어나다

• Lucius Quinctius Cincinnatus

030:14	redwoodtree one sultry sabbath afternoon, Hag Chivychas Eve,
	푸른 숲 나무 아래로 궁지를 벗어났던 것처럼, 늙은 여자 사냥꾼이자 아내의 모습을 한 ALP가

* redwoodtree←under the greenwood tree(푸른 숲 나무 아래서): 'Ballad of Chevy Chase' 또는 'The Hunting of the Cheviot'로 알려진 영국의 발라드 'Child Ballad #162' ☞ 잉글랜드와 스코틀랜드 간 사냥권(hunting rights)을 둘러싸고 발생한 국경 분쟁인 Otterburn 전투(1388)에 관한 내용임
* sultry 무더운[찌는 듯이 더운]
* sabbath: 구약성서의 《창세기》 천지창조의 과정 가운데 6일 동안에 우주 창조를 끝마치고 제7일에는 쉰 데서 비롯된 '안식일'
* Hag Chivychas Eve: ① Chevy Chase=Child Ballad #162 ② chase =hunting(land) 사냥(터)→사냥꾼 모습의 ALP ☞ Cheviot Hills에서의 대규모 사냥꾼(large hunting party)들의 이야기 ③ chivvy=vex 괴롭히다[화나게 하다] ④ hag 추한 노파→늙은 여자 모습의 ALP ☞ Hag[chag]〔히브리어〕=holiday ⑤ Eve 아내 모습의 ALP

• Child Ballads

030:15	in prefall paradise peace by following his plough for rootles in the
	추락하기 전 천국의 평화 가운데서 근원을 캐보려고

* in prefall paradise peace: ① pre-fall=late summer 늦여름 ② prefall paradise peace 추락[타락] 이전 천국의 평화→HCE는 추락하기 전 깊은 감정의 평화를 느낌 ☞ '그날 서늘한 저녁 무렵 아담과 그의 아내는 하느님이 산책하는 소리를 듣고 그를 피해서 동산 나무 사이에 숨었다'《창세기 3장 8절》
* following his plough→follow the plough=plough 경작하다
* rootles: ① roots 뿌리[식물] ② rules 규칙 ③ rootles=root 근원[조상]

030:16	rere garden of mobhouse, ye olde marine hotel, when royalty was
	도로변의 허름한 숙소인 마린 호텔 뒷마당을 파헤치고 있었다. 그때

* rere〔고어〕=rear 뒤쪽
* mobhouse: ① roadhouse 도로변의 여관[여행자용 숙박소]→변변찮은 호
텔 ② mobbed=crowded with clients 손님으로 붐비는 ③ mud
house 토담집 ④ Möbius→Mobius strip[band, loop] 뫼비우스의 띠
(끊어지지 않고 연결되어 있는 띠) ☞ 「경야」의 순환 주제(recirculating theme) ⑤
mughouse=ale[beer] house 선술집
* ye→the dublin
* marine hotel: ① The Royal Marine Hotel 더블린 부근의 Dún
Laoghaire[Kingstown]에 있는 호텔 ② The Marine Hotel 영국 West
Sussex 주 치체스터(Chichester) 근처의 셀시(Selsey)에 있는 호텔 ☞ Bog-
nor, Chichester, Selsey, Goodwood, Hayling Island, Midhurst,
Arundel, Amberley, Petworth 등의 지명에 대한 광고와 Sidlesham
Church의 묘지에 관한 가이드북이 비치되어 있음 ③ Earwig Hotel
이 장면에서 HCE가 사용하는 화분의 집게벌레를 잡는 덫의 속칭(俗稱)
* royalty: ① 왕권[왕위] ② 저작권[특허권] 사용료

• Royal Marine Hotel

• Marine Hotel in Selsey(1950s)

030:17	announced by runner to have been pleased to have halted itself on
	큰 도로에서의 사냥을 왕권으로 중지한다고 통신원이 공표했는데,

* runner 심부름꾼[통신원], 수금원(收金員)

030:18	the highroad along which a leisureloving dogfox had cast fol-
	그 도로를 따라 한가롭게 노닐던 수여우 한 마리의 냄새를 맡은

* dogfox=male fox 수여우→간특한 인간 ☞ dog-fox→Reynard the Fox 붉은
여우 ☞ 의인화된 붉은 여우인 주인공 레이나드는 자신의 이익을 위해 다른 의
인화된 동물들을 속임. 핵심 이야기는 중세 시대에 여러 작가들에 의해 쓰였으
며, 정치적·종교적 제도·궁중 사랑 이야기 등을 패러디한 작품.
* cast: ① (걱정·속박 등을) 벗어 던지다[제거하다] ② (사냥개에게) ~의 냄새를 쫓게 하다[냄
새를 찾다]

• Reynard the Fox

030:19	lowed, also at walking pace, by a lady pack of cocker spaniels. For-
	한 무리의 스페니얼 사냥개들도 뒤따라 어슬렁거리고 있었다.

* at walking pace 보통 걸음으로

* a lady pack→a pack of female hounds 한 떼의 암사냥개
* cocker spaniels→small spaniel 코커스패니얼(작은 종류의 스패니얼 사냥개) ☞ spaniel 아첨꾼, 추종자

030:20	getful of all save his vassal's plain fealty to the ethnarch Humphrey
	신하로서 지배자에 대한 더 없는 충성심 외에는 무관심한 험프리

* Forgetful of (~에) 무관심한, (~을) 잊은
* save: ① save ~을 제외하고[~이외는] ② salve〔프랑스어〕=hail 환호[환영] ③ Save 프랑스의 강
* vassal 하인, (유럽의 봉건제도에서 군주에게 영지를 받은) 신하
* plain fealty (영주에 대한 신하의) 더 없는 충성(의 맹세)
* ethnarch (비잔틴 제국 등 한 지방의) 행정 장관→지배[지도]자
* Humphrey: ① Humphrey 오시리스(Osiris)에 해당하는 이집트 별칭 *wen nefer*(선한 존재)에서 파생됨. 더블린 왕의 노르웨이 이름 올라프(Olaf=아일랜드어로 *Amlaib*)의 영어식 표기가 Humphrey. ② hump (곱사 등의) 혹→HCE는 곱추

030:21	or Harold stayed not to yoke or saddle but stumbled out hotface
	혹은 해럴드는 말 안장이나 멍에도 씌우지 않고 화끈거리는 얼굴 표정으로 비틀거리며

* Harold: ① Harold II→해럴드 2세, 잉글랜드 왕, Hastings의 전투에서 William the Conqueror에게 패해 전사했음, Godwin 백작의 아들 ② harold→Lili O'Rangans의 gans【030:02】
* stay (어떤 상태에) 머무르다, …인 채로 있다(remain)
* yoke or saddle: ① yoke 멍에를 씌우다→일행이 되다[함께 일하다] ② saddle 말에 안장을 얹다→책임을 지우다 ☞ joke or tattle 농담 또는 잡담
* stumble out 비틀거리며 걷다
* hotface 화끈거리는 얼굴 표정을 하고

030:22	as he was (his sweatful bandanna loose from his pocketcoat) hast-
	(땀투성이의 커다란 손수건을 코트 주머니 밖으로 늘어뜨린 채)

* sweatful=full of sweat 땀투성이의
* bandanna: ① bandana 반다나(힌두어로 '홀치기 염색'이란 뜻. 원래 빨강이나 감색 천에 흰색 무늬의 '커다란 목면 손수건'을 가리킴. 머리나 목에 두르기도 하며 민족의상품 액세서리로 쓰임.) ② band anna=to husband(남편이 되다)=marry anna(anna(ALP)와 결혼하다) ☞ his sweatful Bandanna loose=his[HCE] sweating[laborious] band Anna[ALP], loose[loosened] ALP에 대한 HCE의 수고로운 책임감이 느슨해진
* loose from 탈출하다[속박에서 벗어나다], 풀린[매이지 않은]
* pocketcoat=coat with pocket 밀렵꾼들의 주머니 달린 코트

• Bandana

030:23	ing to the forecourts of his public in topee, surcingle, solascarf and
	차양 모자를 쓰고, 복대와 솔 그리고 격자무늬 망토를 걸치고, 헐렁한 반바지를 입고,

* hasting: ① hastening=hurrying 서두르는 ② hasty=quick ☞
Hastings=town in Sussex(1066년 10월 14일 Battle of Hastings의 현장)

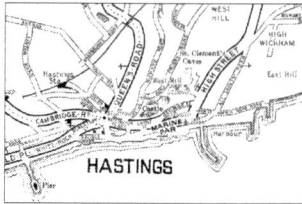

• Hastings

* forecourt: ① (건물의) 앞뜰[앞마당] ② Four Courts 아일랜드의 법원
건물→1916년 아일랜드 부활절 봉기(Easter Rising)의 현장이기도 함
* public→public house[pub]
* topee: ① topee=pith helemt 피스 헬멧(아주 더운 나라들에서 머리 보호용으
로 쓰는, 가볍고 단단한 소재로 된 흰색 모자) ② toupee (남자가 대머리 부분에 쓰는) 부
분 가발
* surcingle: ① girth (말에 안장이나 짐을 묶는) 뱃대끈 ② 사제복의 복띠
* solascarf: ① sun scarf=shawl (여성용) 숄[어깨 걸치개] ② sola (인도산의) 자귀풀→줄기는 헬멧의 재료

030:24	plaid, plus fours, puttees and bulldog boots ruddled cinnabar with
	가죽 각반을 차고, 향기로운 섬유에 붉은 물감을 들인 부츠를 신고

* plaid (스코틀랜드 전통 의상) 격자무늬 망토
* plus fours (무릎 바로 아랫부분에서 딱 조이게 되어 있는) 헐렁한 반바지
* puttees 각반(脚絆)→발목에서 무릎까지 감싸는 헝겊 천
* bulldog boots 로프 밑창의 캔버스 재질 신발
* ruddled→ruddle 빨간 흙으로 물들이다
* cinnabar 진사(안료용으로도 쓰이는 적색 황화수은)

031:01	flagrant marl, jingling his turnpike keys and bearing aloft amid
	서둘러 자신의 선술집 앞마당 쪽으로 향했다. 통행료 징수소 열쇠를 딸랑딸랑 울리며

* flagrant: ① fragrant 향기로운 ② flagrant〔고어〕=burning
* marl 말→다색의 혼방사(混紡絲) 또는 그것으로 만든 섬유
* turnpike keys=Turnpike 통행료 징수소
* bear (몸을 어떤 자세로) 유지하다, (어떤 방향에) 위치하다
* aloft: ① aloft=on high 위로[하늘] 높이 ② a loft=an attic 다락방→Issy는 HCE의 선술집 다락방에
서 지냄

031:02	the fixed pikes of the hunting party a high perch atop of which a
	사냥꾼 무리에 장착된 단창들 사이에서 긴 막대를 하늘 높이 치켜들고 있었는데, 그 꼭대기에는

* fixed=attached 장착된[부착된], 준비된
* pike 단창(短槍)→17세기 말까지 주로 보병이 사용
* hunting party 사냥꾼 (무리)
* perch: ① perche〔프랑스어〕=pole 장대[막대기] ② perch 농어류의 물고기

* atop 꼭대기에

031:03	flowerpot was fixed earthside hoist with care. On his majesty, who
	집게벌레 덫이 지면을 향해 거꾸로 조심스럽게 매달려 있었다.

* flowerpot 화분
* earthside hoist with care: ① earthside=this side up! 이쪽을 위로! ② hoist with care=handle with care! 조심해서 취급하세요! ③ Earthside hoist with care→Earwicker H.C.→HCE ④ earthside hoist 보통 땅 위에 놓여있는 화분이 이제 위로 올라간다. 막대기에 거꾸로 매달린 화분은 집게벌레를 가두는 덫으로 사용된다.→집게벌레는 밤이면 거꾸로 매달린 꽃 속에 몸을 웅크리고 숨는 경향이 있음 ☞ earthside=earthward 땅 쪽으로 (향한), 지면(地面)을 향한
* majesty 폐하(왕족에 대한 경칭), 장엄함[위풍당당함]

031:04	was, or often feigned to be, noticeably longsighted from green
	풋풋했던 젊은 시절부터 유별난 원시였던 또 자주 그런 척했던 왕은

* feign to be 가장하다, ~인 척[체]하다
* noticeably 두드러지게[눈에 띄게]
* longsighted: ① 먼 데 것을 볼 수 있는[원시의] ② 선견지명이 있는[현명한]
* from green youth 풋내기(풋풋한 젊은) 시절부터

031:05	youth and had been meaning to inquire what, in effect, had caused
	실제로 저만치 떨어져 있는 제방길이 움푹 파인 이유를 물어보려다가

* mean to inquire 알아[물어]보려 하다

031:06	yon causeway to be thus potholed, asking substitutionally to be
	대신에 바늘과 추가 매달린 낚싯줄과 제물낚시가 지금

* yon[고어]=that 저곳의, 저쪽의
* causeway (습지에 흙을 쌓아 올린) 둑길, (포장한) 간선 도로
* potholed 움푹 팬 곳이 많은
* asking substitutionally=asking instead

031:07	put wise as to whether paternoster and silver doctors were not
	바닷가재잡이 덫으로서 더욱 기발한 미끼가 될 수 있을지

* put wise to 귀띔하다, (비밀이나 잘 알려지지 않은 사실을) 남에게 알리다, 가르쳐주다
* paternoster and silver doctors: ① paternoster and silver doctors→paternoster (일정한 간격으로 바늘과 추를 매단) 낚싯줄, silver doctors 연어잡이용의 제물낚시 ② Pater Noster[라틴어]=Our Father(주

기도문의 첫 단어)

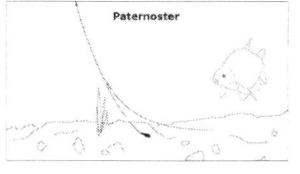

• Paternoster

• Silver Doctor

| 031:08 | now more fancied bait for lobstertrapping honest blunt Harom-
귀띔해 달라고 말했다. 그러자 솔직하면서도 무뚝뚝한 험프리가 |

* fancied bait=over-fussy lure 지나치게 꾸민[기발한] 미끼
* lobstertrapping 바닷가재·게 등을 잡는 '버들가지로 만든' 덫
* blunt 무뚝뚝한
* Haromphreyld: ① Harold 해럴드 ② Humphrey 험프리 ③ harrumphed 헛기침을 하다 ④ három[헝가리어]=three

| 031:09 | phreyld answered in no uncertain tones very similarly with a fear-
호담한 표정을 지으며 분명한 어조로 대답했다. |

* in no uncertain tones 확실한[분명한] 어조로
* forehead: ① 얼굴[표정] ② 이마 ③ 눈썹 ☞ with a fearless forehead 두려움을 모르는[호담한] 표정으로

| 031:10 | less forehead: Naw, yer maggers, aw war jist a cotchin on thon
안 됩니다, 폐하, 저는 단지 저 붉은 집게벌레를 잡을 |

* naw[스코틀랜드 방언]=no
* yer[방언]=your
* maggers: ① Majesty 폐하 ② maggot 구더기→저열한 녀석
* aw war=I was
* war (병 따위와) 싸우다[무찌르다]
* jist: ① just 다만 ② gist 문제의 요점 ③ jiz[jism][속어]=semen[ejaculate] 정액[사정하다]
* cotchin on thon: ① cotch[고어]=catch 잡다[포획하다] ② thon[얼스터 방언]=those[yonder] 저기[저쪽]에

| 031:11 | bluggy earwuggers. Our sailor king, who was draining a gugglet
뿐입니다. 선사품이자 헌납물임에 틀림없는 물을 쪽 들이켜던 |

* bluggy: ① bloody 핏빛의, 붉은 ② bug 벌레

* earwuggers: ① earwig 집게벌레(잠자는 사람의 귓속에 기어들어가 해를 입히는 것으로 생각하였음) ② earwig (남에게) 슬쩍 암시해 주다 ③ earwig (남)에게 살짝 귀띔하여 환심을 사다 ☞ Earwicker=HCE
* sailor king→William IV(1765~1837) 영국과 아일랜드의 왕 윌리엄 4세 ☞ 해군(Royal Navy)에서 오랜 기간 복무했기 때문에 sailor king이라는 별명을 얻음
* drain (술을) 쭉 들이켜다, (술 등을 다 마셔서 잔을) 비우다
* gugglet=goglet (물을 차게 보관하는 목이 긴) 질그릇 병

| 031:12 | of obvious adamale, gift both and gorban, upon this, ceasing to |
| | 왕은 험프리의 대답을 듣더니 물을 삼키려다 말고 자신의 |

* adamale→Adam's Ale[Wine]=water
* gift both and gorban: ① ref《마가복음 7장 11절》'But you say that if a man says to his father or mother, 'Whatever you would have received from me is Corban(that is, a gift committed to God)(그런데 너희는 부모에게 드려야 할 '고르반((신에게 바치는) 제물(고대 유대 사람이 소원을 성취한 사례로 신에게 바친 물건)〕' 곧 '하나님께 예물로 드렸습니다'하고 말하기만 하면)' ② Gift〔독일어〕=poison ③ gorb〔앵글로-아일랜드어〕=glutton 대식가 ④ gorban〔루테니아어〕=hunchback 꼽추
* upon this 그리고 나서

• Adam's Ale

• Corban

| 031:13 | swallow, smiled most heartily beneath his walrus moustaches and |
| | 팔자 콧수염 아래로 소리 내지 않고 호탕한 웃음을 지어 보이며 |

* walrus moustache 팔자 콧수염

| 031:14 | indulging that none too genial humour which William the Conk |
| | 정복자 윌리엄은 모계 혈통으로부터 유전으로 이어받은 그다지 온유하지 않은 |

* indulge (취미·욕망에) 빠지다[즐기다]
* none too genial: ① none too=not very 너무 ~하지[그다지] 않은 ② genial 상냥한[온유한]
* William the Conk: ① William the Conqueror 정복자 윌리엄 ② conk〔속어〕=nose ☞ Duke of Wellington은 자신의 돌출된 코(prominent nose) 때문에 종종 '늙은 코주부(Old Conky)'로 불림 ③ William the Conk

• William the Conqueror

| 031:15 | on the spindle side had inherited with the hereditary whitelock |
| | 유머감 그리고 자신의 대고모인 소피아로부터 물려받은 백모증과 |

* on the spindle side[distaff side] 모계 혈통(maternal descent)으로↔on the spear side 부계 혈통(paternal descent)으로
* hereditary whitelock→poliosis 백모증(머리털의 조기 백색화)

| 031:16 | and some shortfingeredness from his greataunt Sophy, turned to- |
| | 약간의 단지증을 받아들이면서 중무장한 자신의 수행원 두 명, |

* shortfingeredness 단지증(短指症)→Gladstone은 사고로 왼손 검지 일부가 절단됨
* greataunt Sophy: ① 윌리엄 4세의 대고모 Sophy(모계 혈통) ② 파넬의 증조모 Mrs Sophia Evens는 짓궂은 장난꾼이었음 ☞ Sophy는 Sophia의 애칭

| 031:17 | wards two of his retinue of gallowglasses, Michael, etheling lord |
| | 레이시와 오펄리 제후의 왕자인 마이클, 그리고 드로이다의 |

* retinue: ① suite 수행원[시종] ② retina (눈의) 망막 ③ Robert of Retina→Robertus Retinensis 코란을 라틴어와 유럽어로 최초 번역한 영국 학자
* gallowglasses 13세기 중반부터 16세기 후반까지 아일랜드와 스코틀랜드의 노르드 게일(Norse-Gaelic) 가문의 일원이었던 정예 보병 용병 전사 (elite mercenary foot soldiers)
* etheling→atheling=prince[앵글로색슨어]황태자[왕자]

• Irish Gallowglass

| 031:18 | of Leix and Offaly and the jubilee mayor of Drogheda, Elcock, |
| | 50년제 축제 시장(市長)인 엘코크 쪽으로 몸을 돌렸다. |

* Leix: ① County Laois 레이시(아일랜드 중부의 주) ② Leix [Laois] and Offaly 레이시와 오펄리(아일랜드 최초의 농장이자 대학살의 현장)
* jubilee: ① jubilee (특히 25주년이나 50주년) 기념일[기념제] ② Jubilee 요벨[대사(大赦)]의 해→고대 히브리 사람이 이집트에서 탈출하여 Canaan의 땅으로 들어간 해부터 50년마다 행한 성년 ③ Jubilee 성년(聖年)→로마 교황이 지정한 특사의 해로서 Annus Sanctus라고도 불림 ④ Golden Jubilee 50주년 축전 ⑤ The Irish Jubilee 아일랜드계 미국인 comic song(1890)
* Drogheda: 아일랜드 공화국 동북부, Boyne 하구 부근의 항구 도시, 1649년 Cromwell에게 점령당하고 주민이 학살되었음

• The Irish Jubilee

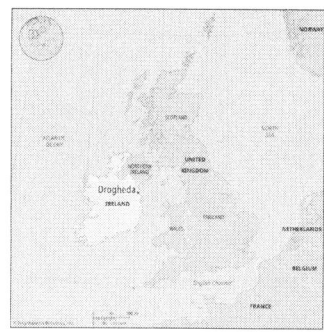
• Drogheda

* Elcock: 드로이다(Drogheda)의 시장을 지냄

031:19	(the two scatterguns being Michael M. Manning, protosyndic of
	(클론먹노이즈 출신의 박식한 교장인 캐너반이 인용한 최근 설명에 따르자면

* scatterguns→shotguns 산탄총[엽총]
* protosyndic: ① proto=first ② syndic 지방 행정 장관 ③ prôtosyndikos〔그리스어〕=first advocate 첫 번째 옹호자

031:20	Waterford and an Italian excellency named Giubilei according to
	두 자루의 산탄총은 각각 워터포드의 최초 지방 행정 장관인 마이클 M. 마닝과

* Waterford: 아일랜드 남동부 먼스터 지방 워터포드주에 있는 아일랜드에서 가장 오래된 도시로, 10세기 아일랜드를 침공한 바이킹족에 의해 건설됨
* excellency 각하(장관·대사 등에 대한 경칭)
* Giubilei: ① Giubilei〔이탈리아어〕=jubilees【031:18】 ② Galileo Galilei 갈릴레이 갈릴레오(이탈리아 천문학자)

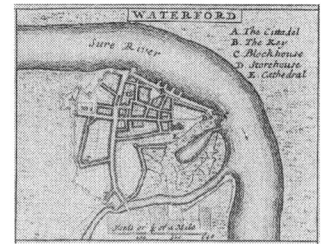
• Waterford

031:21	a later version cited by the learned scholarch Canavan of Can-
	주빌레이라는 이름을 가진 이탈리아 출신 장관 소유의 것임)

* scholarch〔고대 그리스어〕=head of school (고대 아테네의) 철학 학파의 대표자→(일반적으로) 교장
* Canmakenoise→Clonmacnoise[Cluain maca Nois] 클론먹노이즈: 애슬론(Athlone) 남쪽 Shannon 강가의 Offaly 카운티에 위치한 폐허가 된 수도원, Roscommon 카운티 라스크로간(Rathcroghan) 출신의 청년 성 키아란(Saint Ciarán)이 544년에 설립했음 ☞ 초기 아일랜드의 수도원 유적 대부분의 다른 유럽 국가들과는 대조적으로, 아일랜드에서 도시 중심지가 나타난 것은 상당히 늦은 시기에 이르러서였

• Clonmacnoise

음. 대신, 지방 인구는 실제로 자그마한 도시나 마찬가지였던 대규모 수도원 공동체로 몰려들었음.

031:22	makenoise), in either case a triptychal religious family symbolising
	어느 경우든지 간에 교리의 순수성과 평상시와 다를 바 없는 행동

* in either case 어느 경우에나[여하간에]
* triptychal religious family: ① Christian doctrine of the Trinity 하느님은 성부·성자·성령의 세 위격(位格)을 가지며, 이 세 위격은 동일한 본질을 공유하고, 유일한 실체로서 존재한다는 교리 ② triptych (특히 교회 제단 위의) 세 폭짜리 그림 ③ typical religious family 전형적인 신앙 가문

031:23	puritas of doctrina, business per usuals and the purchypatch of
	그리고 클로버 삼위일체의 청정 지역을 상징하는 전형적인 신앙 가문인데

* puritas←púr tas〔라틴어〕깨끗함, 청순, 순수성
* doctrina←doctrína〔라틴어〕교리, 학설, 주장
* business per usual 평상시와 다를 바 없는 행동
* purchypatch: ① perchy patch=green[woody] spot 초목[삼림] 지역 ② purgey patch 청정 지역 ③ porgey patch 정화 지역

031:24	hamlock where the paddish preties grow and remarked dilsydul-
	한편 그곳 청정 지역은 감자가 자라는 정원이기도 하고 이색적인 어린이 놀이터이기도 하다.

* hamlock: ① hemlock 독미나리 ☞ 소크라테스가 마신 독약 ② shamrock 토끼풀 ☞ 아일랜드의 나라꽃→St. Patrick이 삼위일체(Holy Trinity: triptychal)를 설명하는 데 사용함【031:22】

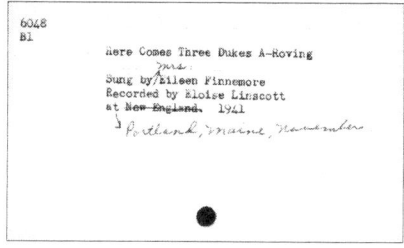

• Here Comes Three Dukes A-Roving

* paddish: ① Saint Patrick 5세기의 가톨릭 사제로 아일랜드에 기독교를 전파하는 데 큰 역할을 함 ② Paddy=Irishman '아일랜드인'을 경멸적으로 나타내는 말 ③ parish (교회·성당의) 교구
* preties: ① praties〔앵글로-아일랜드어〕=potatoes ② pretties 〉 pretty ③ 〈The Garden Where the Praties Grow〉 아일랜드의 싱어송라이터 John Francis Patterson(1840~1889)가 작곡 ④ preti〔이탈리아어〕=priests
* dilsydulsily→dilsy dulsy officer: 어린이 놀이 〈Here Comes Three Dukes A Riding〉의 가사 'Here comes one duke a riding/A riding a riding/Here comes one duke a riding/Dilsy Dulsy Officer(공작 한 분이 말을 타고 온다/말을 타고 말을 타고/공작 한 분이 말을 타고 온다/딜시 덜시 장교)'

031:25	sily: Holybones of Saint Hubert how our red brother of Pour-
	성 위베르의 유해(遺骸)여! 우리가 전적으로 신뢰하는 관할 구역에 매번

* Holybones of Saint Hubert 성 위베르의 유해(遺骸): Saint Hubertus or Hubert 사냥꾼, 안경점 및 금속 세공인의 기독교 수호성인이며 광견병(rabies) 치료의 명을 받음—그가 죽은 뒤 벨기에 리에주(Liège)의 St. Peter's Church에 묻혔으나 825년에 유해(holybones)는 아르덴(Ardennes)의 베네딕토회 수도원(Andagium=현재의 벨기에 Saint-Hubert)으로 옮겨짐
* red brother: ① red mother→15세기 말 Caxton의 풍자 동물 우화 〈Reynard the Fox〉의 가사: 'For, should the red mother's

• The Red Mother

• King William Rufus

suspicions once be aroused, all is over(붉은 어미가 한번 의심하면 그것으로 만사는 끝이야)' ② William Rufus[William II] 정복자 윌리엄의 셋째 아들인 그는 흔히 윌리엄 루퍼스(rufus는 라틴어로 '붉은'이라는 뜻)라고 불리는데, 발그레한 외모나 어린 시절에 자라난 붉은 머리 때문임. 사냥 중 화살에 맞아 사망함. ③ blood brother 피의 형제: 1066년, 노르만의 영국 정복에 참여했던 두 노르만인 기사 로버트 도일리(Robert d'Ouilly)와 로저 디브리(Roger d'Ivry)는 혈육 형제(blood brothers)로 알려져 있는데 그들은 이 모험의 이익을 공유하기로 사전에 합의했다고 함. 둘 다 헤이스팅스 전투(Battle of Hastings)에서 살아 옥스퍼드셔(Oxfordshire) 등의 땅을 부여받음.

031:26	ingrainia would audibly fume did he know that we have for sur- 집게벌레나 다름없는 통행료 징수소 위탁자가 나타난 것을 그가 알기라도 한다면

* Pouringrainia: ① pouring rain 억수같이 퍼붓는 비 ② pour in grain 곡물을 쏟아 넣다 ③ Pomerania 포메라니아(발트해에 면한 옛 독일 동북부의 주)
* audibly=in audible manner[aloud]
* fume 노기[화], 흥분
* for surtrusty: ① for sure(=undoubtedly)+trusty(=trustworthy) ② Sir Tristan 트리스트럼(아서왕의 원탁 기사 중 한 사람) ③ so trusty 정말 믿을 수 있는

031:27	trusty bailiwick a turnpiker who is by turns a pikebailer no sel- 포메라니아의 혈육 형제가 얼마나 씩씩거리며 화를 내겠는가!

* bailiwick: ① 집행관(bailiff)의 관할구역 ② Bailey Lighthouse
* turnpiker: ① road-building laborer 도로 건설 노동자 ② one that travels on turnpike 고속 자동차 도로로 여행하는 사람
* by turns=turn after turn[time after time] 몇 번이고[되풀이하여], 자주[매번]
* pikebailer=turnpike abandoner 통행료 징수소 위탁자
* no seldomer than→no other than 다름 아닌[바로]

031:28	domer than an earwigger! For he kinned Jom Pill with his court 왜냐하면 그는 온통 회색빛의 코트를 입고 아침이면

* earwigger→earwuggers【031:11】
* For he kinned Jom Pill: ① kinned→kennt〔독일어〕=knows ② Jom Pill→John Peel(1776~1854) 여우 사냥개(fox hound) 무리를 기르던 컴벌랜드(Cumberland) 농부. John Woodcock Graves(1795~1886)가 자신의 친구였던 John Peel을 위해 작곡한 노래가 'D'ye ken John Peel?'임 ☞ D'ye ken John Peel?=Do you know John Peel?

• D'ye ken John Peel

031:29	so gray and his haunts in his house in the mourning. (One still
	사냥개와 말을 몰고 다니는 존 필을 알고 있기 때문이다. (레이디 홀름패트릭이

* with his court so gray(←his coat so gay[grey] 온통 회색빛인 코트를 입고) and his
haunts in his house in the mourning(←his hounds and his horse in the morning
아침에 사냥개와 말을 몰면서): 노래 〈D'ye ken John Peel〉의 가사를 패러디함
* haunt=habit[wont] 버릇[습관]

• John Woodcock
Graves

031:30	hears that pebble crusted laughta, japijap cheerycherrily, among
	심어놓은 도로변 나무 사이에서 유쾌하게 수다 떨며 깔깔거리는

* pebble crusted laughta→Gladstone의 친구 Lord Clarendon은 그를 'merry pebble(즐거운 조약돌)'
이라고 불렀음: ① crusted 표면이 딱딱한, 오래된 ② laughta=laughter
* japijap: ① japper〔프랑스어〕=dogs' yelp 개 짖는 소리, yap 시끄러운 수다 ② Japanese→cherry
blossoms 벚꽃
* cheery=lively 유쾌한[기분 좋은]

031:31	the roadside tree the lady Holmpatrick planted and still one feels
	저 웃음소리를 지금도 누구나 들을 수 있고, 또 모두가 판독 가능한

* lady Holmpatrick: ① Lady HolmPatrick 웰링턴 공작의 손녀이
자 해밀턴(Ion Trant Hamilton)의 아내 ② HolmPatrick 더블린 해안
마을(Innis Patrick이라는 섬 이름을 따 명명됨) ③ holm oak 털가시나무 ④
holm〔중세 영어〕=holly→Ive ☞ Ive=Ivy(여자 이름)→Lady Holm-
patrick
* planted→plant 나무를 심다[가꾸다]

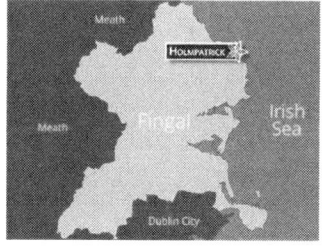

• HolmPatrick

031:32	the amossive silence of the cladstone allegibelling: Ive mies outs
	글래드스톤의 따분한 침묵도 느낄 수 있다. 그 장소는 본으로부터 5마일 떨어진 곳.)

* amossive: ① émoussé〔프랑스어〕=dull[blunted] 따분한 ② amossive (구르는 돌처럼) 이끼가 없는
→Cladstone=William Gladstone ③ corrosive 부식성의 ☞ amossive→amusive=deceitful[illu-
sive] 기만적인[부정직한], 재미있는[즐거운]
* cladstone: ① William Gladstone 영국 정치가. 아편전쟁 반대, 아일랜드 자치법, 비밀투표 실시와

같은 많은 내정 개혁을 시도하는 등 자유주의와 19세기 의회 정치를 대표하는 인물로서 윈스턴 처칠과 함께 가장 위대한 영국의 수상으로 여겨지고 있음.→'We are bound to lose Ireland in consequence of years of cruelty, stupidity and misgovernment and I would rather lose her as a friend than as a foe(우리는 수년간의 잔인함, 어리석음, 잘못된 정부의 결과로 아일랜드를 잃을 수밖에 없었으나, 나는 아일랜드를 적으로서보다 차라리 친구로서 잃고 싶다)' ② clad in stone 돌로 뒤덮인 ③ glas-tann→green sacred

• Holm Oak[Quercus Ilex]

tree: 영국 잉글랜드 남서부 콘월(Cornwall)에 있는 녹색의 신성한 나무=evergreen holm oak【031:31】
* allegibelling: ① all legible (필적·인쇄·문자가) 모두 읽기 쉬운 ② belling 종소리를 내는 ③ libeling 명예훼손 ④ illegible 읽기 어려운 ⑤ alibi-ing 변명[구실] ⑥ allegemein〔독일어〕=general ☞ Nibelung〔독일어〕→니벨룽족(소유자에게 무한한 힘을 주는 보물을 갖고 있는 난쟁이족)

031:33	ide Bourn.) Comes the question are these the facts of his nom-
	의문을 갖게 하는 점이라면 바로 씨족 이름이 유대인이 아닌 것처럼

* Ive mies outs ide Bourn: ① Five miles outside Bourn 본(영국 사우스 케임브리지셔에 있는 작은 마을)에서 5마일 떨어진 곳→도로변 이정표에 새겨진 닳아빠진 글자 ② I've missed out 난 좋은 기회를 놓쳤다 ③ I've miss outside 난 바깥세상을 그리워했다 ④ mies〔프랑스어〕=crumbs 부스러기, 〔독일어〕=wretched 비참한

• Bourn

031:34	inigentilisation as recorded and accolated in both or either of the
	기록되었다는 것과 둘 다 혹은 어느 한쪽에 추가적으로 의인화된 이야기가

* nominigentilisation: ① nomen gentile〔라틴어〕=clan name 씨족[일가] 이름 ② gentilise→gentilize 유대인이 아닌 것처럼 만들다 ☞ Gentile 비(非)유대인
* accolated: ① accolé〔프랑스어〕나란히 배치하다 ② accoladed 포상[칭찬]하다 ③ collate 수집·분석하다, 직위를 부여하다

031:35	collateral andrewpaulmurphyc narratives. Are those their fata
	나란히 배치되었다는 사실이다. 그것들은 신성한 법과 죄악 사이의

* collateral: ① 나란히, 부수적인[간접의] ② 추가 담보로 보증된
* andrewpaulmurphyc→anthropomorphic 의인화[인격화]된, 사람 모습을 닮은
* fata: ① 〔아일랜드어〕=potato ② 〔라틴어〕=destiny ③ 〔루마니아어〕=face ④ 〔이탈리아어〕=fairy ⑤ 〔아이슬란드어〕=bucket ⑥ 〔로힝야족 언어〕=leaf ⑦ 〔볼라퓌크어〕=father's ☞ volapuk(볼라퓌크

예) 1879년경 독일의 J.M.Schleyer가 창시한 인공언어

| 031:36 | which we read in sibylline between the *fas* and its *nefas*? No dung |
| | 예언적 신비함에서 우리가 읽게 되는 그들 운명의 모습인가? 길 위의 |

• Siegfried

* sibylline: ① sibylline=prophetic[oracular] 예언자적인[신비적인], 신비한[알쏭달쏭한]
② sibilant 쉬쉬 소리를 내는(hissing)
* fas: ① fas〔라틴어〕=divine law 신성한 법 ☞ nefas 하느님 뜻에 어긋나는 것,
죄악 ② read between the lines 행간을 읽다 ③ fas et nefas〔라틴어〕=des-
tiny and counter-destiny[law and crime] 운명과 반운명, 법과 범죄, 가능과 불
가능
* no dung: ① no dung 1552년 셰익스피어의 아버지 존 셰익스피어는 헨리 스트
리트(Henley Street)에 있는 자신의 집 밖에 불법 배설물(sterquilinium=dungheap=midden)
을 보관한 혐의로 12펜스의 벌금을 물었음 ② nothung〔독일어〕리하르트 바그
너의 오페라 〈니벨룽의 반지(Der Ring des Nibelungen)〉의 지크프리트(Siegfried)는 노퉁(Nothung)이라는 검을
들고 다님

| 032:01 | on the road? And shall Nohomiah be our place like? Yea, Mulachy |
| | 똥은 아닌가? 제집보다 좋은 곳은 없지 않을까? 그렇다. 멀린거는 |

• Home Sweet Home

* nohomiah→Nehemiah 느헤미야(구약성서에 나오는, BC 5세기 중엽 유대교 재건의
기초를 확립한 인물) ☞ 'Nohomiah be our place like'는 'there's no place like home(제집보다
좋은 곳은 없다→집 나가면 고생이다)': (19세기 미국 가곡 〈Home! Sweet Home!〉)의 패러디

| 032:02 | our kingable khan? We shall perhaps not so soon see. Pinck |
| | 우리의 으뜸가는 선술집? 우린 어쩌면 금방 알게 될 것이다. |

• Saint Malachy

* Mulachy: ① Malachi 말라기(유대의 예언자)→messenger[angel] ② King Malachy I
아일랜드의 상급 왕(High King) ③ Saint Malachy 12세기 북아일랜드 남부 아마(Ar-
magh)주의 대주 ☞ HCE의 선술집 Mullingar Bar를 암시
* kingable khan: ① khan 칸(일부 회교국의 주권자에게 붙이는 직함), 선술집, (터키 등의) 대상
(隊商)의 숙소 ② kingable 왕이 될 수 있는 ③ kinkering kongs←conquering
kings 정복왕 ☞ 두음 전환(頭音轉換)=spoonerism: well-oiled bicycle(기름칠이 잘된 자
전거)을 well-boiled icicle(푹 삶은 고드름)과 같이 발음하는 것처럼, 두 단어의 첫 음을

032:03	poncks that bail for seeks alicence where cumsceptres with scen-
	주변을 둘러보는 사람들이 다른 곳에 가지 않고 한가운데에 머물러있는

* Pinck poncks that bail for seeks alicence: ① Ding dong!: the bell for Sechseläuten! 젝세로이텐(종을 울리는 6시) 축제, 매년 4월 셋째 주 월요일 오후 6시 정각에 그로스뮌스터 대성당에서 두 번째로 큰 종을 울려 하절기의 시작을 알린 것이 축제의 기원 ② ping pong ball ③ seeks alliance 동맹을 추구하다 ④ bell for silence ☞『경야』속의 젝세로이텐 Sech seläuten[Sächsilüüte]=Zurich's traditional Festival: Pinck ponks that bail for seeks alicence【032:02-03】, Peingpeong! For saxonlootie!

• Sechseläuten

【058:24】, Pingpong! There's the Belle for Sexaloitez! And Concepta de Send-us-pray! Pang!【213:18-19】, (ringrang, the chimes of sex appealing as conchitas with sentas stray, rung!)【268:02-03】, when Kilbarrack bell pings saksalaisance the Concessas with Sinbads may (pong!)【327:24-25】, Bing bong! Saxolooter, for congesters are salder's prey【379:07-08】, Well, I beg to traverse same above statement by saxy luters in their back haul of coalcutter【492:14-15】, Ding dong! Where's your pal in silks alustre? Think of a maiden, Presentacion. Double her, Annuptiacion【528:18-20】

032:04	taurs stay. Bear in mind, son of Hokmah, if so be you have me-
	'6시 종소리' 축제. 명심하라, 지혜의 아들이여, 만일 그대가 그렇게 한다면

* cumsceptres with scentaurs stay: ① Et concepit de Spiritu Sancto(라틴어)= And she conceived by the power of Holy Spirit 그리고 그녀는 성령의 능력으로 잉태되었다 ② (cir)cumspectors with centers stay 주변을 둘러보는 사람들이 다른 곳에 가지 않고 한가운데에 머물러있다.

* Hokmah[Chokmah]: ① hokmah(히브리어)=wisdom 지혜 ② son of Hokmah 카바라(Kabbalah: 중세 유대교의 신비주의)와 히브리 경전에서 호크마가 창조의 역할을 하므로 Adam을 그녀의 아들로 봄. 또 히브리 경전에서는 이상적 여성상[어머니]으로 의인화됨.

• Hokmah

032:05	theg in your midness, this man is mountain and unto changeth
	지옥의 굴레를 덮어쓰게 되며, 그리고 너는 흙에서 나왔고 흙으로

* metheg: ① Metheg(히브리어)=bridle 말 굴레(재갈·고삐의 총칭) ②《사무엘하 8장 1절》→'David took Metheg-ammah out of the hand of the Philistines(다윗이 블레셋인[필리스티아인]들의 손에서 메덱암마['어머니 성의 권위'란 뜻. 다윗이 블레셋에게서 빼앗은 성읍]를 빼앗았다)' ③ metheglin=spiced mead 향신료를 곁들인 벌꿀 술 ④ method in his madness→셰익스피어『햄릿(2:2)』에서 Polonius의 방백 'Though this be mad-

ness, yet there is method in't.(미친 짓거리쯤으로 보일지 모르겠지만, 그 속에는 나름의 방식이 있다)' ⑤ metheg in your midness 너의 뱃속의 향신료 술, 지옥(nether region)의 굴레 ☞ madness 무모한 짓[바보짓], nether region 아랫(성기)부분

032:06	doth one ascend. Heave we aside the fallacy, as punical as finikin,
	돌아갈 것이다. 난쟁이 핀처럼 작고 나약한 오류를 내다 버린 것은,

* man is mountain and unto changeth doth one ascend→《창세기 3장 19절》에서 하느님이 아담에게 하는 말: 'for out of dust thou art, and unto dust shalt thou return(너는 흙에서 나왔고 흙으로 돌아갈 것임이니라)'
* Heave=Throw[Hurl] 버리다[거칠게 던지다]→throw aside
* punical: ① puny 작고 연약한 ② Punic 고대 카르타고 사람의, 신의가 없는[배신하는] ③ punical 말장난을 암시하는
* finikin: ① Phoenician[Punic]=페니키아 사람[말] ② finikin〔고어〕=finicky 지나치게 까다로운 ③ Finn-(mann)ikin=dwarfish Finn[McCool] 난쟁이 핀 ④ Finn-kin=Finn's family ⑤ finikin=end of family

032:07	that it was not the king kingself but his inseparable sisters, un-
	왕 자신이 아니라 서로 떼어놓을 수 없는 자매이자 못 말리는

* kingself=himself

032:08	controllable nighttalkers, Skertsiraizde with Donyahzade, who
	야행성 수다쟁이인 던야자드와 셰헤라자드였는데, 그들은 나중에,

* Skertsiraizde: ① Scheherazade 셰헤라자드('아라비안 나이트'에 나오는 인도 왕의 아내, 매일 밤 남편에게 재미있는 옛날 이야기를 들려주어 자기 목숨을 건졌다 함) ② skirts are raised 치마가 올라가다 ③ scherzi〔이탈리아어〕=jokes

• Scheherazade & Dunyazad

* Donyahzade: ① Dunyazad 던야자드(셰헤라자드 왕비의 여동생)→이야기 소재가 고갈되어 죽을지도 모를 언니를 구하기 위해 매일 밤 'cliff-hanger' 전략[드라마 한 회를 끝낼 때, 사람들이 다음 내용을 궁금해하게끔 완결 짓지 않고 끝내는 드라마 엔딩 방식]을 씀 ② Donizetti 도니제티(이탈리아 오페라 작곡가)

032:09	afterwards, when the robberers shot up the socialights, came down
	약탈자들이 사교계의 명사들에게 손상을 입혔을 때, 피해자의 눈에

* Robberers→rapparee〔고어〕=Irish robber[irregular soldier] 17세기 아일랜드의 약탈자[비정규병]
* shot up the socialights→shot up the socialites 사교계의 명사들에게 손상을 입히다[충격을 가하다]

• Irish Rapparee

| 032:10 | into the world as amusers and were staged by Madame Sudlow |
| | 코담배를 던지는 강도로 세상에 나왔으며, 배우 서드로우는 밀리오도로스와 갤러티가 |

* amusers: ① muses 생각에 잠기다 ② amuser〔속어〕코담배(snuff)를 피해자의 눈
에 던지는 강도
* Madame Sudlow→Bessy Sudlow 더블린의 Gaiety Theatre 지배인 Michael
Gunn의 아내이자 배우

• Bessie Sudlow

| 032:11 | as Rosa and Lily Miskinguette in the pantalime that two pitts |
| | 낮은 가격으로 후원하는 무언극에서 순수한 릴리와 그렇지 못한 로자의 |

* Rosa and Lily→Rose and Lily: ① Rose=impure girl ② Lily=pure girl
* Miskinguette→Mistinguett 미스탱게트(프랑스의 샹송 가수·배우)
* pantalime: ① pantomime 무언극[팬터마임] ② limelight 옛날 무대조명→각광[주목]
의 대상 ③ pant o'lime 녹색 속바지
* pitts: ① two pitts→William Pitt와 그의 아들 William Pitt the Younger 두 사람
모두 영국 수상을 지냄 ② two pits=quarter of a dollar(1/4 달러)→저렴한 ③ pits
극장 1층의 뒤쪽 좌석→최악의 장소

• Mistinguett

| 032:12 | paythronosed, Miliodorus and Galathee. The great fact emerges |
| | 미스탱게트 배역을 맡아 무대에 올랐다. 엄청난 사실이 드러나고 있는데 그건 바로 |

* paythronosed: ① patronised 보호[후원]하다, 단골로 삼다 ② paid through the nose 바가지를
쓰다
* Miliodorus: ① miliodôros〔그리스어〕천 개의 선물 ② meli〔그리스어〕=honey ③ malodorous 악
취를 풍기는
* Galathee: ① Die schöne Galathée[The Beautiful Galatea 아름다운 갈라테아] 크로아티아 출신 오스트리아 작
곡가 프란츠 폰 주페(Franz von Suppé)의 오페레타 ② Acis et Galathée[Acis and Galatea 아시스와 갈라테아] 프

랑스의 작곡가인 장밥티스트 룰리(Jean-Baptiste Lully)의 오페라 ③ Galilee 갈릴리(이스라엘 북부 지방, 그리스도가 전도하던 땅) ④ gala〔그리스어〕=milk

 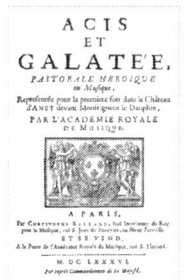

• Die schöne Galathée   • Acis et Galathée

032:13	that after that historic date all holographs so far exhumed ini-
	그 역사적인 날 이후로, 지금까지 세상에 나온 모든 자필 문서에는

* holograph: ① 자필의 문서 ② 홀로그램(입체 화상)
* exhume (특히) 시체[묘]를 파내다→세상에 내놓다

032:14	tialled by Haromphrey bear the sigla H.C.E. and while he was
	험프리의 서명이 남아있고 H.C.E.라는 기호가 적혀있으며 그리고 그는

* initial 성명의 첫 글자[머리글자]들을 표시하다[서명하다]
* Haromphrey【031:08】
* sigla:『경야』속 등장인물의 기호화

기호	이름	역할	변신	약어	신분
HCE	HCE	-남주인공 -아버지 -남편	-Tim Finnegan -Humphrey Chimpden Earwicker -Adam -Finn MacCool -Wellington -Russian General -Norwegian Captain	H-C-E	주점 남자 주인
ALP	ALP	-여주인공 -어머니 -아내	-Anna Livia Plurabelle -River Liffey -Eve	A-L-P	주점 여자 주인
Shem	Shem	-사악한 쌍둥이 형	-Shem -James Joyce -Esau		아들
Shaun	Shaun	-선량한 쌍둥이 아우	-Shaun -Stanislaus Joyce -Jacob		아들

Izzy	Issy	-딸 -요부(妖婦) -이중인격	-Issy -Isolde	-ii-	딸
Shem- Shaun	Shem - Shaun	-오디푸스적 인물 -HCE의 적수	-Tristan -Diarmuid -Naoise -St Patrick -Buckley -Kersse the Tailor		
S	Jo	-남자 하인 -원주민	-Sackerson -Sigurd -Mahan -Behan		침대 커버의 벼룩
K	Kate	-청소부 -불쌍한 노파 -할머니	-Countess Cathleen -Cathleen Ni Houlihan -Katherine Strong -Kate the Shrew		주점 하인
MMLJ	Four Old Men	-4명의 심판관 -4명의 대가 -4명의 전도사	-Matthew Gregory -Mark Lyons -Luke Tarpey -Johhny MacDougal		침대의 4 기둥
CIRCLE	Sullivans & Doyles	-12배심원 -12법 목록 -12개월 -황도12궁	-Sullivans -Doyles		협탁 위 HCE 시계의 바늘
Ellipse	The Twenty-Eight	-꽃 -아가씨 -굴광성 식물 -무지개	-St Bride's Schoolgirls		
Book	Square	-경야의 서	-HCE's Coffin -ALP's Letter -Finnegans Wake		HCE의 국기 조각 침대보
Mandala	Mandala	-비코의 순환	-Four Seasons		

032:15	only and long and always good Dook Umphrey for the hunger- 잠자고 있는 거인 — 루칼리조드 마을의 헐벗은 노동자들에게는 늘 선량한 험프리 공작이며

* only and long: ① only→he is alone, asleep ② long→he is a giant ③
hungry and lean 굶주리고 야윈
* good Dook Umphrey: ① good Duke Humphrey→Humphrey Plantage-
net=Duke of Gloucester(1390~1447) 헨리 4세의 넷째 아들로 1414년 글로스터
공작이 되었고 프랑스와의 백년전쟁에 참전했음. '좋은 험프리 공작'은 그의 별
명. ② dine out with Duke Humphrey→go dinnerless 금식[단식]하다 ③
The Good Book=Bible

• Duke of Gloucester

032:16	lean spalpeens of Lucalizod and Chimbers to his cronies it was
	사람들은 그에게 자신의 추종자들에게는 침턴이라는 것이다. 그런 한편, 사람들이 그에게

* spalpeen〔앵글로-아일랜더어〕: ① rogue[rascall] 부랑자[악당] ② labourer 노동자
* Lucalizod: ① Lucan 더블린 근교 Chapelizod와 Leixlip 사이의 마을 ② Lucia Joyce ③ Alice
* Chimbers→Hugh Culling Eardley Childers(1827~1896) 영국의 자유당 정치가이자 내무[재무]장관→그의 별명 'Here Comes Everybody'가 『경야』의 모티프로 작용함 ☞ Chimbers→Chimpden=HCE
* crony 좋지 않은 친구, 추종자

• Hugh Culling Eardley Childers

032:17	equally certainly a pleasant turn of the populace which gave him
	규범적 문자의 의미에서 '모든 사람 격인 자가 온다'라는 별명을

* the populace=the common people (특정 국가·지역의 모든) 대중들[서민들], 일반인

032:18	as sense of those normative letters the nickname Here Comes
	붙인 것은 그에게 똑같이 되돌려줄 수 있는 매우 유쾌한 방법이었다.

* normative 규범적인[규범을 정하는]
* Here Comes Everybody(모든 사람 격인 자가 온다)【032:16】→주인공 HCE=Humphrey Chimpden Earwicker=Finnegan ☞ 『경야』의 등장인물 중 모든 남자 캐릭터가 HCE의 화신

032:19	Everybody. An imposing everybody he always indeed looked,
	'모든 사람' 격인 위엄 있는 그는 실제로도 늘 그렇게 보였으며,

* imposing everybody he always indeed looked: ① imposing 위엄 있는[당당한] ② 'Everyman' 15세기 영국에서 유행한 권선징악적 도덕극 →주인공은 everyman(보통 사람)

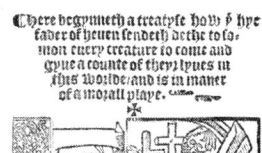

• Hugh Culling Eardley Childers

032:20	constantly the same as and equal to himself and magnificently well
	그 스스로 한결같이 변함없고 바른 사람이면서 동시에 누구에게나

* the same as and equal to himself 그 스스로 변함없고 바른
* magnificently well 매우 훌륭하게

032:21	worthy of any and all such universalisation, every time he con-
	'모든 사람'으로서의 HCE로 매우 훌륭하게 적합한 인물이었다. 그는 매번

* any and all=all without exception 예외 없이 모두
* universalisation: ① HCE as everybody '모든 사람'으로서의 HCE ② HCE as vast and immense 크고 멋진 HCE

032:22	tinually surveyed, amid vociferatings from in front of Accept these
	면전에서 핀 맥쿨을 받아들여라! 핀 맥쿨을 몰아내라! 하면서

* every time 가능하면 언제든지
* survey 바라보다[살펴보다]
* vociferating→vociferate 큰 소리로 (시끄럽게) 고함치다

032:23	*few nutties!* and *Take off that white hat!*, relieved with *Stop his Grog*
	시끄러운 고함이 오가고, 하루 술 할당량을 박탈하라, 금주 처벌을 기록하라,

* nutties 나무 열매[견과]들 ☞ few nutties→Finn MacCool(Fionn MacCumhail. Irish: Finn MacCool)
* Take off that white hat!→White Head[White Hat]: ① Finn MacCool은 종종 white hat을 쓴 white head를 나타냄 ② Head는 Howth(덴마크어로 head라는 뜻)를 표시함 ☞ take off ~를 (경기장·무대 등에서) 떠나게[나가게] 하다
* relieve 돋보이게 하다[눈에 띄게 하다]
* Stop his Grog: 영국 해병의 형벌→해군에 부여된 일일 술 할당량(daily ration of rum)의 박탈을 의미

• Fionn MacCumhail

032:24	and *Put It in the Log and Loots in his* (bassvoco) *Boots,* from good
	(나지막한 소리로) 장화를 벗겨라 따위의 구호가 눈에 띄는 가운데,

* Put It in the Log→ship's log 항해일지: 영국 해군의 항해일지에는 체벌이나 금주 따위의 처벌 기록이 들어있음
* Loots: ① Loots in his Boots→Loosen his Boots ② Puss in Boots 장화 신은 고양이(C. Perrault의 동화) ③ bassa voce[이탈리아어]낮은 목소리 ④ basvovo [에스페란토어]최저음 ⑤ lute 류트(guitar와 비슷한 현악기) ☞ Loot=money

• Ship's Log

| 032:25 | start to happy finish the truly catholic assemblage gathered together |
| | 좋은 시작으로부터 행복한 마무리까지 무대 전면의 조명으로 빛나는 |

* from good start to happy finish 좋은 시작으로부터 행복한 마무리까지(일반적인 구조에서의 장애물과 오해를
   제거한 희극)
* assemblage (사람들의) 모임, 집회[집단]

| 032:26 | in that king's treat house of satin alustrelike above floats and foot- |
| | 킹 스트리트의 게이어티 극장에 진실한 가톨릭 집회가 함께 모여 |

* king's treat house: ① King Street House 더블린의 South
   King Street에 The Gaiety Theatre가 있음 ② treating
   house 연예장 ☞ king's treat→King's Men
* satin 새틴(광택이 곱고 보드라운 견직물)→매끄럽고 윤나는 표면
* alustrelike→lustre=gloss 윤기[광택] ☞ alustrelike→Alastor
   or Alastair
* floats=footlights 극장 무대 전면의 조명→footlight 각광

• Gaiety Theatre

| 032:27 | lights from their assbawlveldts and oxgangs unanimously to clap- |
| | 거의 만장일치로 우레와 같은 박수갈채를 보내는 모습을 지켜보았다. |

* assbawlveldts: ① within the bawl of an ass〔앵글로-아일랜드어〕=near enough (차이가 얼마 안 될 정도
   로) 거의 그 정도로 ② bovate (옛날 영국의) 토지 면적의 단위→oxgang(황소가 1년 동안 쟁기질할 수 있는 만큼의 땅)
   ③ asphalts ④ veldt〔네덜란드어〕=field ☞ assbawlveldts→Ass
* oxgangs: ① oxgang 스코틀랜드와 영국에서 사용된 오래된 토지 측정 ② Osgangs 에든버러의 교외
   ③ Ausgang〔독일어〕=exit[outcome] 출구[결과]
* clap=applaud 파열·천둥·박수 따위의 소리

| 032:28 | plaud (the inspiration of his lifetime and the hits of their careers) |
| | (그의 일생일대의 창조적 영감과 그들 생애 최고의 행운) |

* plaud〔폐어〕=applaud
* hit 성공, 행운

| 032:29 | Mr Wallenstein Washington Semperkelly's immergreen tourers |
| | W.W. 켈리가 이끄는 에버그린 순회 극단은 왕실 특별 요청에 의한 |

* Wallenstein: ① Wallenstein 체코 보헤미아 출생의 독일 장군, 실러(J.C.F. von Schiller)의 동명 희곡은 그
   의 생애를 그린 작품 ② Wellington【008:01】
* Semperkelly's: W.W. Kelly 리버풀의 Evergreen Touring Company(에버그린 순회 극단) 대표
* immergreen: ① immer〔독일어〕=always ② immergrün〔독일어〕=periwinkle 대수리꽃 ③ im-

mergreen=evergreen

• Wallenstein

| 032:30 | in a command performance by special request with the courteous |
| | 특별 무대에서 경건한 목적에 걸맞게 정중하게 허가를 받은 후 |

* (royal) command performance 영국 군주의 지시나 요청에 따른 배우나 음악가의 모든 공연→왕실 지휘 공연
* special request 특별한 요청
* courteous permission 공손한[정중한] 허가[승인]

| 032:31 | permission for pious purposes the homedromed and enliventh |
| | 그리스도 수난극과 세기의 문제극을 창작 이래 가장 성공적으로 |

* pious=devout 경건한[종교적인]
* homedromed and enliventh: ① hundred and eleventh 111번째 ② humdrum and enlivened 단조로우면서 활기찬 ③ -drome '광대한 시설'이란 뜻의 접미사→hippodrome

| 032:32 | performance of the problem passion play of the millentury, running |
| | 단조로우면서도 활기차게 111번째의 공연을 했다. |

* problem passion play: ① passion play 그리스도 수난극(중세 말 유럽 각지에서 성행한 그리스도 수난을 다룬 종교극) ② problem play 문제극(19세기말의 매춘·사업 윤리·여성해방·빈곤 등 사회문제를 다룬 교훈적인 문제극)
* millentury: ① millennium 1천 년→황금시대 ② century ③ military ④ 'the most successful historical play of the century'→ A Royal Divorce【009:35】
* run (영화·연극 등을) 상영[공연]하다

• Passion Play

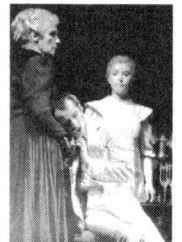
• Problem Play(Ibsen's Ghosts)

032:3315	strong since creation, *A Royal Divorce*, then near the approach
	왕실 이혼 공연은 당시 최고조에 육박했는데, 아주 훌륭한

* 「A Royal Divorce(왕실 이혼)」: 더블린의 극작가 Willia Gorman Wills(와 G.G. Collingham)의 희곡으로 나
폴레옹과 조세핀의 이혼을 다루고 있음【009:35】

032:34	towards the summit of its climax, with ambitious interval band
	막간 음악 연주곡으로 선정된 *보헤미안 소녀*와 *킬라니의 백합*

* summit of its climax: Catherine Hayes(빅토리아 시대의 세계적으로 유명한 아일랜드 소
프라노)가 성공하자 그녀의 어머니는 'I'm at the summit of my climax'라 말
했음

* ambitious=towering 아주 훌륭한[대단히 뛰어난]

* interval (연극·영화·콘서트의) 막간[중간 휴식 시간]

• Catherine Hayes

032:35	selections from *The Bo' Girl* and *The Lily* on all horserie show
	연주에 맞춰 무용수들은 국왕 어전 연극의 밤에 부왕의 좌석에서

* The Bo' Girl→〈The Bohemian Girl〉: 아일랜드
의 작곡가 Michael William Balfe(1808~1870)의 오
페라 ☞ 'The Bohemian Girl'은 『더블린 사람들』
의 단편 「Clay」와 「Eveline」에 나오는데, 「Clay」
에서 Maria가 부르는 아리아 'I Dreamt I Dwelt
in Marble Halls'는 『경야』에서도 언급됨

* The Lily→Lily of Killarney(킬라니의 백합): Julius
Benedict의 3막으로 된 오페라

* horserie: ① hosiery 양말류(타이츠, 스타킹, 양말을 통칭)
② Dublin Horse Show 더블린 마술(馬術) 대회 ③
leg-show〔구어〕레그 쇼(무용수들이 다리를 드러내고 춤추는 쇼)

• The Bohemian Girl

• Dublin Horse Show

032:36	command nights from his viceregal booth (his bossaloner is ceil-
	다리를 드러내고 춤을 추었다. (그가 머리에 쓰고 있는 보르살리노 모자는

* command night: 국왕 어전(御前) 연극[연주](command performance)의 밤【032:30】

* viceregal 부왕[총독]의←viceroy 부왕[총독]

* bossaloner: ① boss alone 실권자[지배자] 단독으로 ② boss a loner 독불장
군 실권자 ③ Borsalino 보르살리노(이탈리아산 신사용 모자·의류)→제임스 조이스가
착용함

• Borsalino

033:01	inged there a cuckoospit less eminent than the redritualhoods of
	맥케이브 추기경과 컬런 추기경의 주홍색 모자에 비해 눈에 덜 띄지만

* ceilinged=have a ceiling 최고 한도[상승 한계]를 갖다
* cuckoospit: ① bit 작은 부분[조각] ② cuckoo-spit 거품벌레가 내는 거품[거품벌레] ③ cockpit (극장의) 1층 뒤쪽 좌석, (전쟁이 여러 번 있었던) 옛 싸움터
* redritualhoods: ① *Little Red Riding Hood* 빨간 모자를 쓴 아이(Perrault 및 Grimm의 동화의 주인공인 소녀) ② residual 나머지[잔여], 후유증 ③ red ritual 붉은 의식 ④ redritualhoods 추기경(로마 교황의 최고 고문 으로 새 교황을 호선함→주홍색의 옷과 모자를 걸침)

033:02	Maccabe and Cullen) where, a veritable Napoleon the Nth, our
	무대 1층 뒤쪽 좌석에서 단연 으뜸이었다) 그 자리에는 진정한 나폴레옹 가계의 후계자,

* Maccabe and Cullen: ① MacCabe→ Edward Cardinal MacCabe 19세기 더블 린의 로마 가톨릭 대교구장이자 추기경 ② Cullen→ Cullen Paul Cardinal 더블린의 로마 가톨릭 대교구장이자 아일랜드의 초 대 추기경 ☞ MacCabe는 Cullen의 뒤를 이어 더블린 대주교가 되었다. 두 사람 모두 19세기 반민족주의적 추기경이었다(빨간 모자 를 썼으며 'Your Eminence'[예하(隸下): 고위 성직자의 존 칭]라고 불렸음).

• Edward Cardinal MacCabe   • Cullen Paul Cardinal

* veritable 참된[진정한]
* the Nth 몇 번째인지 모를 정도의, 불특정 다수의, n번째의 ☞ Napoleon the Nth 나폴레옹 가계의 후계자→Napoleon IV

033:03	worldstage's practical jokepiece and retired ceceltiCocommediant
	무대 위의 엉터리 나폴레옹, 은퇴한 자기 나름의 희극배우,

* worldstage's: ① theatrum mundi 이 세계는 신에 의해 연출된 무대이고 인간은 그곳에서 맡은 역할을 연기하는 배우일 뿐이라는 사실을 인간 스스로가 깨 닫고 있음을 이르는 말 ② All the world's a stage 셰익스피어 1623년 희극 *As You Like It*(뜻대로 하세요) (2막 7장). 목가적 전원을 배경으로 남녀 간의 사랑 문 제를 다룬 낭만 희극이다.

MOTYW THEATRUM MUNDI W SZTUCE
• theatrum mundi

* practical jokepiece→나폴레옹 3세는 나폴레옹과 직접적 피붙이는 아니고, 외모도 나폴레옹과 달랐으 며 평생 '엉터리 나폴레옹'이라는 빈정거림을 받음 ☞ 훗날 그의 신하 중 한 명은 '진정한 제국은 아니 었으나 멋진 파티 모임이었다'라고 회고함

* cecelticocommediant: ① commediante〔이탈리아어〕3류 배우 ② Commedia=Dante's *Divina Commèdia*(Divine Comedy) ☞ Divina는 나중에 붙인 제목 ③ celtic comedians 아일랜드의 희극배우 ④ ce-celtic→말더듬이의 발음 ⑤ Cecilia 더블린의 'Crow Street Theatre'가 있는 거리

033:04	in his own wise, this folksforefather all of the time sat, having the
	이렇게 유명한 장본인이 자주 앉아있었다. 그는 자신의 목 전체,

* in his own wise→in his own way 자기 나름대로
* this 이만큼[이렇게], 이 정도로
* forefather: ① ancestor 조상 ② folkeforfatter〔덴마크어〕=popular author 유명(인기) 창시자[장본인]
* all of the time=always[frequently]

033:05	entirety of his house about him, with the invariable broadstretched
	목덜미, 어깻죽지를 시원하게 감싸주는 어느 정도 널찍한 머릿수건을

* have the entirety of 전체[전부]를 차지하다
* invariable 변함없는, 일정한
* broadstretched 널찍한, 광범위한(widespread)

033:06	kerchief cooling his whole neck, nape and shoulderblades and in
	두른 채, 온통 가족들에게 둘러싸여 있었으며 그리고 무대의상으로는

* kerchief=handkerchief (여성의) 머릿수건, 목도리
* nape 목덜미
* shoulderblade 어깨놀이[어깻죽지]

033:07	a wardrobe panelled tuxedo completely thrown back from a shirt
	셔츠와 떨어져 완전히 뒤로 젖혀진 패널 야회복, 근사한 라벨이 붙은 연미복 —

* wardrobe (개인·극단 등의) 소유 의상, 무대의상, 옷장
* panel (드레스 등의) 세로 길게 댄 좁다란 장식용 헝겊
* tuxedo 남자용 약식 야회복→여자의 dinner dress에 해당함

033:08	well entitled a swallowall, on every point far outstarching the
	옛날 원형극장이었던 극장 아래층 무대 정면 뒤편 관람석의

* swallowall: ① swallowtail=tail coat 연미복 ② swallow-all 모두 삼킴
* outstarching: ① out-starching 풀 먹인(셔츠) ② outstanding (천·종이가) 빳빳한, 눈에 띄는

033:09	laundered clawhammers and marbletopped highboys of the pit
	대리석 상판으로 된 2층 옷장에 있던 흠잡을 데 없이 골고루

* laundered→launder 세탁하다, 빨아서 다리다
* clawhammers: ① claw-hammer 연미복 ② clawhammer〔더블린 속어〕=dolt 얼간이[바보]
* marbletopped 대리석 상판 가구
* highboy[tallboy] (옷을 넣는) 높은 서랍장, (다리가 달린) 2층 장롱
* pit (극장) 일층의 뒤쪽 좌석 ☞ (the pits) 최악의 것[장소]

033:10	stalls and early amphitheatre. The piece was this: look at the lamps.
	빳빳하게 풀을 먹인 깨끗한 연미복이었다. 공연 작품은 '램프를 쳐다보세요'였다.

* pit stalls=parterre (극장의) 아래층 무대 정면의 뒤편 관람석
* amphitheatre 원형극장[홀]
* piece (문학·예술상의) 작품, 소품[소곡]

033:11	The cast was thus: see under the clock. Ladies circle: cloaks may
	배역은 '시계 밑을 보세요'였다. 2층 특별석에서는 '외투를 그대로 둬도

* cast 배역, 출연자 전원〈단·복수 양용〉
* Ladies circle: ① ladies'[ladies] 여성용 공중 화장실 ② dress cicle[first balcony] (극장의 2층에 있는) 특별석
  →원래 이 좌석에서는 야회복(evening dress)을 입는 관례가 있었음
* cloak 소매 없는 외투(망토·케이프와 비슷한 겉옷)

033:12	be left. Pit, prommer and parterre, standing room only. Habituels
	무방해요'. 오케스트라석, 입석 표 관객과 일반 관중석, 입석 외 좌석 없음.

* Pit (극장의) 오케스트라석[1층 뒤쪽 좌석(2층 정면 아래)]
* prommer: ① prommer 프로머(입석표를 가지고 프롬 콘서트에 참석하는 사람)→원래 좌석은 없고 참석자는 산책로를 거닐게 됨 ② parterre (극장에서 특히 발코니 아랫부분의) 아래층 좌석[일반 관중석] ☞ prim and proper 짐짓 점잔 빼는[새침 떠는]
* standing room only 입석 외 만원(滿員)

033:13	conspicuously emergent.
	정기 관람자 좌석.

* Habituels conspicuously emergent: ① habitué〔프랑스어〕정기 참석자 ② Habituels conspicuously emergent→HCE

033:14	A baser meaning has been read into these characters the literal
	좀 더 속된 의미가 이들 등장 인물들에게 부여되었는데 문자 그대로의 의미로

* baser→base 천한[속된]
* been read into→read into ~을 ~으로 해석하다[~에 의미를 부여하다]
* character 등장인물, 기호[부호]
* literal sense 문자 그대로의 의미

033:15	sense of which decency can safely scarcely hint. It has been blur-
	그들의 품위 따위는 약간의 기색조차 볼 수 없다. 그가 고약한 질병으로 고통받았다고

* decency 품위[체면] ☞ 적절(fitness)
* safely 별로 틀리지 않을[아무 문제 없이]
* scarcely 겨우[간신히], 거의 ~ 않다
* blurtingly→blurt 말을 불쑥 내뱉다[무심결에 누설하다]

033:16	tingly bruited by certain wisecrackers (the stinks of Mohorat are
	재치 있는 농담을 던지는 사람들의 입 밖으로 무심결에 새어 나왔다

* bruit (소문을) 퍼뜨리다, (소식을) 유포하다
* wisecrackers: ① wisecrack makers 재치 있는 농담을 던지는 사람→HCE에 대한 냉소적 표현 ② wiseacres 현명한[유식한] 체하는 사람, 만물박사인 체하는 사람 ③ firecrackers 폭죽
* stink: ① 악취[고약한 냄새] ② 소동[물의]
* Mohorat: ① mokhorath[히브리어]=tomorrow ② Mohammed=Muhammad 마호메트(이슬람교 창시자) ③ Mount Arafat 사우디아라비아 메카 근처의 무슬림 순례지

033:17	in the nightplots of the morning), that he suffered from a vile
	(아라파트산의 고약한 냄새는 아침나절 침실용 변기에서 나오는 것임)

* nightplots→vase de nuit[프랑스어]=chamberpot 침실용 변기
* vile 고약한[몹시 나쁜], 지긋지긋한

033:18	disease. Athma, unmanner them! To such a suggestion the one
	천식, 그들을 파멸시키다! 그러한 암시에 대해 한 가지 자존심 살리는 대응이라면

* Athma: ① asthma 천식 ② athma 아유르베다 의술(식이 요법·약재 사용·호흡 요법을 조합한 힌두 전통 의술)에서 육체에 존재하는 고유한 정신으로 사후에는 다른 육체로 옮겨 간다고 함 ③ atman 힌두교와 불교 전통에서의 영혼[높은 자기] ④ anathema (이단자 등에게 내리는) 파문, (종교상 공식적인) 저주 ⑤ ethmol[히브리어]=yesterday
* unmanner: ① unman 남성다움을 없애다[무기력하게 하다] ② destroy 파멸시키다

• Ayurveda

| 033:19 | selfrespecting answer is to affirm that there are certain statements |
| | 말해서는 안 되는, 그러면서도 덧붙여 말할 수 있기를 바라고 싶은, |

* selfrespecting 자존심이 있는
* affirm=confirm 단언[확인]하다

| 033:20 | which ought not to be, and one should like to hope to be able to |
| | 그래도 말하는 것을 허용해서는 안 된다는 모종의 주장이 나올 수 있음을 |

* ought not to be ~해서는 안 되는
* should like to ~하고자

| 033:21 | add, ought not to be allowed to be made. Nor have his detractors, |
| | 확인하는 것이다. 그를 비방하는 사람들은, 그런데 그들은 |

* be allowed to do ~하는 것이 허용되는
* detractor=calumniator (명예를 훼손할 목적으로) 마구 욕을 해대는 사람, 비방하는 사람

| 033:22 | who, an imperfectly warmblooded race, apparently conceive him |
| | 어설피 열의에 찬 부류에 속하는 사람들인데, 마음속으로는 틀림없이 그를 |

* imperfectly=incompletely 불완전하게[어설피]
* warmblooded=passionate 열렬한[열의에 찬] ☞ race 부류
* conceive 마음속으로 품다, 생각하다

| 033:23 | as a great white caterpillar capable of any and every enormity in |
| | 불명예스러운 유전적 범죄 가문의 사건 표에 기록된 온갖 범죄 |

* caterpillar=extortioner 남을 등쳐먹는 사람, 강탈자[욕심쟁이]

* any and every 어떤 …도, 무엇이고[모든]
* enormity 범죄행위, 무법[흉악성]

| 033:24 | the calendar recorded to the discredit of the Juke and Kellikek |
| | 행위를 일삼는 무슨 덩치 큰 백발의 강탈자로 생각하고, |

* calendar (공문서의) 기록부, (법원의) 소송 사건 표
* discredit 불명예, 좋지 않은 평판
* Juke and Kellikek families: ① Jukes family 1900년경 뉴욕 교도소에 일가족 6명이 수용된 Juke family를 연구한 결과, 가문의 자손 709명 중에서 77명이 중범죄자, 64명이 정신병자, 131명이 알콜 중독자, 174명이 성범죄자였음 ② Kallikak family 마틴 칼리각(Martin Kallikak)과 저능한 여자와의 사이에서 난 아이들 및 그 자손 488명 중에는 정상인 자가 겨우 46명, 저능한 자가 143명, 사생아 36명, 매춘부가 33명, 알코올 중독자가 24명, 간질 환자가 3명, 요절자가 82명이었음 ☞ 미국의 사회학자 Richard Dugdale의 *The Jukes: A Study in Crime, Pauperism, Disease and Heredity*(1877)와 미국의 심리학자 Henry Goddard의 *The Kallikak Family: A Study in the Heredity of Feeble-Mindedness*(1912)는 유전과 범죄와의 관련성에 초점을 맞추고 있는데, 신체적인 성질이 범죄행위의 원인이 될 수 있고, 비정상적인 신체적 성질이 수 대에 걸쳐 전수될 수 있다고 주장함

• The Jukes: A Study in Crime, Pauperism, Disease and Heredity

• The Kallikak Family: A Study in the Heredity of Feeble-Mindedness

| 033:25 | families, mended their case by insinuating that, alternately, he lay |
| | 그 대신에, 그가 일찍이 피닉스 공원에서 왕립 웨일즈 보병 연대의 |

* mend (잘못·결점 따위를) 바로잡다, 고치다[정정하다]
* case (재판·토론 등에서 한쪽을 지지하는) 주장[논거]
* insinuate 암시하다, 둘러서 말하다
* alternately 그 대신에, 번갈아
* lay under=put into a condition ~한 상황에 놓이다

033:26	at one time under the ludicrous imputation of annoying Welsh
	병사들을 괴롭혔다는 터무니없는 비방에 시달렸음을 넌지시 말해줌으로써

* at one time 일찍이
* ludicrous=foolish[absurd] 터무니없는
* imputation (과실·죄 따위를 남에게) 돌리기, 비방[허물]
* annoying (남을) 성가시게 굴다, (적을) 괴롭히다 ☞ HCE의 범죄가 군인을 성
  적으로 괴롭히는(동성애) 범죄 중 하나임을 암시
* Welch fusiliers→Welch Fusiliers[Royal Welch Fusiliers] 영국군에서 가장 오
  래된 보병연대 중 하나(병사)

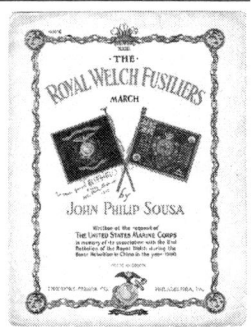
• Royal Welch Fusiliers

033:27	fusiliers in the people's park. Hay, hay, hay! Hoq, hoq, hoq!
	그들의 주장을 바로잡았다. 하, 하, 하! 호, 호, 호!

* people's park: ① Phoenix Park 유럽 최대 규모의 도시 자연 공원 ② People's Park, Dún
  Laoghaire 더블린 남부 Dún Laoghaire에 있는 작은 공원
* Hay, hay, hay! Hoq, hoq, hoq!: ① hoquet[프랑스어]=hiccough 딸꾹(딸꾹질하는 소리) ② hoch!
  hoch! hoch![독일어]=three cheers 3번의 건배 ③ Ho ho ho 1869년에 Joseph Eastburn Win-
  ner가 작곡한 노래 〈Little Brown Jug〉의 가사 ☞ 'Hay, hay, hay! Hoq, hoq, hoq!'는 노래 〈Little
  Brown Jug〉 속의 'Ho, ho, ho. He, he, he, Little brown jug don't I love thee'의 변형

• People's Park

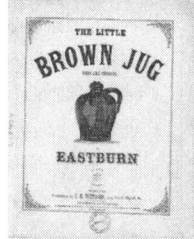
• Brown Jug

033:28	Faun and Flora on the lea love that little old joq. To anyone who
	공원에 있는 두 소녀는 그런 우스꽝스럽고 고리타분한 농담을 무척이나 좋아한다.

* Faun and Flora: ① Fauna (로마신화) 전원의 여신 ② Flora
  (고대 신화) 꽃의 여신 ☞ Fauna and Flora→the two girls ③
  Shaun(Faun) and Shem(Flora)
* lea 초원, 목초지→people's park[Phoenix Park]
* joq→joque: ① joke ② Little Brown Jug【033:27】 ☞ the
  lea love that little old joq=Little brown jug don't I love
  thee

• Flora

033:29	knew and loved the christlikeness of the big cleanminded giant
	총독 각하의 재임 동안 맑은 정신을 지닌 거인 이어위커의

* christlikeness=likeness to Christ 그리스도와 유사함

* big cleanminded giant: clean-minded 깨끗한 마음을 지닌

033:30	H. C. Earwicker throughout his excellency long vicefreegal exis-
	그리스도와도 같은 마음을 알았고 또 사랑했던 누구에게나

* H. C. Earwicker: ① HCE【030:02】 ② earwig 잠자고 있는
사람의 귓속으로 들어가 뇌로 침투한다는 벌레 ③ Eire-Viking
아일랜드는 8세기부터 11세기 초까지 바이킹족의 침공을 받았고,
1172년부터 잉글랜드 침공으로 1937년 독립할 때까지 약 800년
동안 잉글랜드(the Kingdom of England)의 식민지 통치를 받음. 1921
년 12월 6일 영국-아일랜드 조약을 체결함으로써 아일랜드 32개

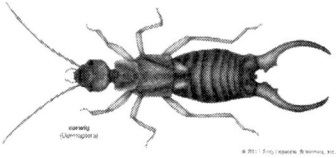

• Earwig

주 가운데 남부 26개 주가 아일랜드 자유국으로 독립했으며, 1937년 왕권 정치가 막을 내리고 국가명
도 에이레(Eire)로 변경됨. ④ awaker 잠들지 않고 깨어있는 사람

* vicefreegal: ① his excellency long vicefreegal→His Excellency the Viceroy (아일랜드 총독의 직함)
총독 각하 ② viceregal 총독의 ③ vice free gal 순결한 처녀(gal)

033:31	tence the mere suggestion of him as a lustsleuth nosing for trou-
	그를 단순히 숨겨진 책략 속에서 코를 킁킁거리며 먹잇감을 찾는 열혈 형사쯤으로

* lust 열의[열정], 욕망[쾌락]

* sleuth=dective 탐정[형사]

* nosing for trouble→nosing for truffles (as a pig) (돼지처럼) 코를 킁킁거리며 트러플을 찾다 ☞ truffle:
① 트러플(동그란 모양의 초콜릿 과자) ② 덩이버섯(땅속에서 자라는 맛있는 버섯)

033:32	ble in a boobytrap rings particularly preposterous. Truth, beard
	에둘러 말하는 것은 유별나게 터무니없는 이야기처럼 들린다. 사실은

* boobytrap (아주 위험한 숨겨진) 책략[음모]

* ring ~처럼 들리다[~의 소리가 나다]

* preposterous=absurd 터무니없는, 불합리한

033:33	on prophet, compels one to add that there is said to have been
	신에게 맹세코, 한때 (쳇! 뛔!) 모종의 범죄행위에 연루되었음을

* Truth beard on prophet 서구 사회는 오랫동안 이슬람교도들이 예언자 무함마드의 수염에 맹세한다
(swear by the beard)는 잘못된 생각을 가져왔음→고대 그리스인들의 '제우스의 수염에 대한 맹세(swear by
the beard of Zeus)'에서 파생

* compel (어떤 반응을) 자아내다[불러오다]
* add (말을) 덧붙이다, (특정 등을) 보태다[더하다]

033:34	quondam (pfuit! pfuit!) some case of the kind implicating, it is
	시사하는 이야기가 덧붙여진 것으로, 가끔 믿게 되는 것이지만,

* quondam: ① quondam 이전[한때]의 ② Fuit, fuit ista quondam〔라
틴어〕=There was, there was once(존재했었다, 한때 존재했었다)←로마의 정
치가 키케로(M.T.Cicero)의 *Oratio In Catilinam*(카틸리나 반박문)에서 인용 ☞
카틸리나 등에 의한 로마 정부 전복 계략을 키케로가 원로원에 폭로한 4
개의 연설문
* pfuit! pfuit!: ① fuit〔라틴어〕=it has been[was] ② fuit〔프랑스어〕=he
flees 그가 도망치다 ③ pfui〔독일어〕퉤, 피, 쳇(혐오·분노·경멸의 표현)
* implicating→implicate (나쁜 짓·범죄에) 연루되었음을 시사하다

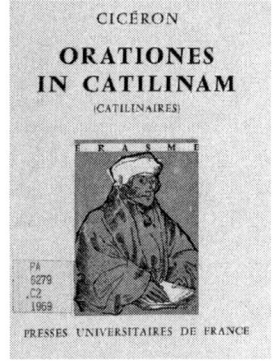

• Oratio In Catilinam

033:35	interdum believed, a quidam (if he did not exist it would be ne-
	어떤 사람이 (만약 그 사람이 실제로 존재하지 않는 인물이라면 그런

* interdum〔라틴어〕=sometimes
* quidam=someone[a certain person] 어떤 사람

033:36	cessary quoniam to invent him) abhout that time stambuling ha-
	사람이 세상에 태어날 필요는 있다) 그 당시에 신용 불량자가 되어

* quoniam: ① quoniam=since ② quoniam tu solus sanctus, tu solus dominus=Because You
alone are Holy, You alone are the Lord(당신만이 거룩하시기 때문에 당신만이 주님이십니다)〈가톨릭 미사의 찬
미가〉 ③ quoniam〔중세 영어〕=vulva ☞ if he did not exist it would be necessary quoniam to
invent him←if the quidam did not exist, it would be necessary for the vulva to birth him.
* abhout that time→about that time 그 당시에는
* stambuling: ① stumbling→stumble 비틀거리며 걷다, 발을 헛디디다 ② Stamboul〔고대 영어〕
=Istanbul

034:01	round Dumbaling in leaky sneakers with his tarrk record who
	구멍 난 운동화를 끌고 더블린 주변을 비틀거리며 걸어 다녔다고 하는데

* haround→Harun al-Rashid=*The Book of the Thousand Nights and a Night*에 나오는 Caliph
of Baghdad(바그다드의 칼리프) ☞ Caliph=칼리프(특히 과거 이슬람 국가의 통치자를 가리키던 칭호)
* Dumbaling: ① Dublin ② dumbbell 아령, 멍청이

* sneaker: ① 몰래 하는[비열한] 사람 ② 〔지방 영어〕작은 음료수통 ③ 〔아메리칸어〕스니커즈(고무창을 댄 운동화)
* tarrk record: ① tearc[t'ark]〔게일어〕=scant 빈약한[부족한] ② track→sneakers ③ Sturk 르파누(Le-Fanu)의 *The House by the Churchyard* 거주자로서 Phoenix Park의 Butcherswood에서 공격을 받았으나 Black Dillon에 의해 회복함 ☞ with a tarrk record=with a bad record 신용이 나쁜

034:02	has remained topantically anonymos but (let us hue him Abdul-
	그는 철저히 익명으로 남아있다. 그러나 (그를 스파이라 부르자)

* topantically: ① to pant ically→to breathe heavily[to put pants on] 거칠게 숨을 쉬다[바지를 입다] ② romantically 낭만적으로 ③ to pan〔그리스어〕=completely 완전히[철저히] ④ tô panti〔그리스어〕모든 면에서 ⑤ topographically 지형적으로 ⑥ totally
* anonymos: ① many nameless men have accused ② anônymos〔그리스어〕=anonymous[nameless] 익명의[이름없는]
* hue: ① hue=color ② huer〔프랑스어〕=boo '우우' 하고 야유하다 ③ hue 추격자의 외침, 소란→hue and cry 아우성[항의]
* Abdullah 예언자 모하메드의 아버지

034:03	lah Gamellaxarksky) was, it is stated, posted at Mallon's at the
	전해지는 바에 의하면, 그는 자경단 감시단원들의 긴급 요청으로

* Gamellaxarksky: ① gammel laks〔덴마크어·노르웨이어〕=old salmon ② gammel〔덴마크어·노르웨이어〕=old ③ ark sky←arc-en-ciel〔프랑스어〕=rainbow ☞ let us hue him Abdullah Gamellaxarksky=let us call him Otto Chorzel(spy) 그를 스파이라 부르자
* post 배치하다, 파견하다
* Mallon's→John Mallon: 피닉스 공원 암살 사건 당시 더블린 경찰서장

• John Mallon

034:04	instance of watch warriors of the vigilance committee and years
	같은 장소에서, 맬런 경찰서장의 부서에 배속되었다. 그리고 몇 년 후,

* instance=urgent solicitation[instigation] 긴급한 요청[선동]
* watch warriors: ① Watch and Ward 보스톤 검열 조직 ☞ 아일랜드의 Vigilance Committee(자경단)와 비슷 ② watch and ward 부단한 경계[주야 감시]

• Watch and Ward Society

034:05	afterwards, cries one even greater, Ibid, a commender of the
	어떤 사람이 호킨스가(街) 옆 랜스터 시장(市場)의 작업반장 집 어딘가에서

* cries→hue【034:02】
* Ibid: ibidem〔라틴어〕=in the same place 같은 장소[책]에
* commender of the frightful→Commander of the Faithful 대교주(大敎主): 이슬람교국의 왕(Caliph)의 칭호

034:06	frightful, seemingly, unto such as were sulhan sated, tropped head
	돼지 갈빗살과 양배추를 만물로 바칠 자신의 차례를 기다리는 동안

* sulhan sated: ① sultan 이슬람교국 군주[왕] ② sulh〔게일어〕=sensual pleasure 감각적인 쾌락 ③ sulkhan〔히브리어〕=table ④ sated 넌더리가 나도록 물린[질린] ⑤ sulhanen〔핀란드어〕=fiancé[bridegroom] 약혼자[신랑] ☞ solemn seated 엄숙한 자리
* tropped head: ① drop dead=die very suddenly 급사하다 ② dropped their heads 머리를 숙이다 ③ troppo〔이탈리아어〕=too much ④ troppo〔영국 속어〕=crazy ⑤ chopped 잘게 썬

034:07	(pfiat! pfiat!) waiting his first of the month froods turn for
	이슬람 대교주인 듯한 사람이 엄숙한 자리에서, 매우 갑작스럽게

* pfiat! pfiat!: ① pfiat di!〔독일어 방언〕=goodbye! ② pfui!〔독일어〕=shame! ③ fiat〔라틴어〕=let there be, so be it 《창세기 1장 3절》의 'Let there be light, and there was light(빛이 있으라, 그러자 빛이 생겼다)'의 패러디
* froods: ① first day of the month ② first fruits 계절 최초의 수확물→만물(옛날에는 신에게 바쳤음) ③ food→dole[ration] 실업수당[배급량]

034:08	thatt chopp pah kabbakks alicubi on the old house for the charge-
	죽은 듯이 보였다고 (안녕! 안녕!) 큰 소리로 외쳤다는 것이다.

* chopp pah kabbakks: ① pork chop and cabbage 돼지 갈빗살과 양배추 ② chop and cabbage 고기 조각과 양배추 ③ chopping cabbage 저미기 위한 양배추 ④ kapakka〔핀란드어〕=tavern 선술집 ⑤ Ka'aba 사우디아라비아 메카에 있는 이슬람교 신전의 명칭→cube-house【005:14】
* alicubi〔라틴어〕=somewhere[anywhere/elsewhere] 어딘가에
* charge hard→charge hand 작업반장 ☞ the old house for the chargehard: Le Fanu의 추리 역사소설 The House by the Churchyard(1863)를 연상시킴

034:09	hard, Roche Haddocks off Hawkins Street. Lowe, you blondy
	금발의 거짓말쟁이 로우 경감님, 무방비로 노출된 공터에서 당신을

* Roche Haddocks: ① Father Roach 르 파뉴의 The House by the Churchyard에 나오는 본당 주임 사제 ② roach 유럽산 잉엇과의 민물고기, haddock 북대서양산 대구의 일종 ③ Rosh Khodesh

히브리력(曆)의 매월 1일 ④ Roche, Sir Boyle 아일랜드의 정치인 ☞ Roche Haddocks→Leinster Market

* Hawkins Street 더블린의 거리, The Theatre Royal이 있는 곳
* Lowe: ① Oliver Lowe 르 파뉴의 *The House by the Church-yard*에 나오는 치안판사 ② J. Lowe 더블린 형사국의 경감 ③ Jove 목성 ④ Love ⑤ lowe=flame 불꽃, lie(거짓말)

• Theatre Royal, Hawkins Street

034:10	liar, Gob scene you in the narked place and she what's edith ar
	목격한 밀고자들이 있고, 그리고 집에 머물러있던 그녀는 집 안의 먹거리를

* Gob scene you: ① obscene 외설적인 ② God has seen you 하나님이 당신을 보았다 ③ gob=mouth→informers ☞ Gob scene you=Informers saw you(정보원들이 당신을 목격했다) ④ scene 장면
* narked place: ① naked place 노출된(무방비의) 장소 ② nark (경찰의) 앞잡이(밀고자) ③ the unconscious 무의식 ④ marketplace 시장(장터)
* she what's edith ar home defileth these boyles!: ① And she that tarried at home divided the spoil(집에 남아있던 여자들은 전리품을 나누었다)《시편 68장 12절》 ② defile=debase 가치를 떨어뜨리다 ③ bowels 창자 ④ boys ⑤ eat out of house and home 남의 재산을 착취하다, 집 안의 먹을거리를 모두 먹어치우다 ⑥ ar(아일랜드어)=on

034:11	home defileth these boyles! There's a cabful of bash indeed in
	몽땅 먹어치웠다! 그 식사를 위한 참으로 넘치도록 즐거운 파티였다.

* cabful of bash: ① calabash 조롱박(나무) ② calipash 바다거북의 등 고기(수프용) ③ cab(아일랜드어)=mouth→cabful=mouthful ④ cupful 한 잔(의 분량) ☞ bash=a good time(entertainment) 매우 즐거운 파티

034:12	the homeur of that meal. Slander, let it lie its flattest, has never
	단호하게 무시하라. 중상모략해 봤자 우리들의 선량하고 훌륭하며

* homeur of that meal: ① honneur(프랑스어)=honor 명예 ② omer(히브리어)용량 ③ 'homeur of that meal'→'Homer himself is called "son of Meles"(호머는 "멜레시의 아들"이라 불린다)' ☞ River Meles(Meles Brook): 멜레시강(고대 도시 Smyrna를 관통하여 흐름)
* slander 모략(비방)→명예훼손
* flat (거부·결심 따위가) 단호한

034:13	been able to convict our good and great and no ordinary Southron
	범상치 않은 남부 토박이 이어위커, 이 이야기의 충실한 장본인이 말했듯이.

* Southron: ① Sovereign 군주(국왕) ② Southron=southerner (남부 사람), Englishman(영국 사람) ☞ 스

코틀랜드 사람들은 영국인을 지칭하고, 북부 사람들은 남부 출신의 미국인을 가리킴 ③ native of South 남부 토박이

| 034:14 | Earwicker, that homogenius man, as a pious author called him, of |
| | 다른 모든 사람들과 다를 바 없는, 저 남자를 두고 몇몇 산림보호관들과 |

* homogenius man: ① homogeneous=just like everybody 다른 모든 사람들과 마찬가지로 ② congrous 적합한[적당한] ③ homo〔라틴어〕=human ④ homo genus=mankind
* pious author: ① a pious author 경건한[충실한] 작가 ② as [author] would say←as a pious author called

| 034:15 | any graver impropriety than that, advanced by some woodwards |
| | 감시인들이 제기했던 그 어떤 것보다 더 엄청난 무례함으로 결코 |

* graver→graver=formidable 어마어마[무시무시]한, 엄청난
* impropriety=unbecomingness[indecency] 온당치 않음[무례]
* woodwards: ① woodwards→towards the woods 숲을 향하여 ② Woodwards and Regarders 사슴 고기(venison) 보호를 담당하는 산림 관리인 ☞ woodward (영국의) 산림보호관, regarder

| 034:16 | or regarders, who did not dare deny, the shomers, that they had, |
| | 유죄판결을 내릴 수는 없다. 그런데 그 목격자들은 자기들 생각나는 대로 |

* regarder 왕실 숲(royal forests) 조사 및 법규 위반자 확인 장교
* shomer=guardian[watchman] 감시인

| 034:17 | chin Ted, chin Tam, chinchin Taffyd, that day consumed their |
| | 지껄이는 3명의 군인이었으며, 그들은 그날 술을 마신 사실을 |

* Chin Ted, chin Tam, chinchin Taffyd: ① chin=talk idly[chatter] 지껄이다[잡담하다] ② chinchin= talk casually 생각나는 대로 지껄이다 ③ Tam→Tam o Shanter (스코틀랜드 사람이 쓰는) 큰 두건형의 검은 모자 ☞ 태머셴터: R. Burns 의 동명(同名)의 시(詩)의 주인공인 농부→술 취한 Tam은 Alloway 의 교회에서 마녀들이 춤추는 것

• Tam o Shanter

• Taffy was a Welshman

을 보고, 젊은 마녀 Cutty Sark에게 칭찬하는 말을 했기 때문에 쫓기다가 Doon 강의 다리 위에까지 도망쳐 간신히 벗어났음 ④ Taffy→'Taffy was a Welshman' 웨일스 사람들에 대한 경멸과 모욕적인

비방으로 만들어진 영어 동요 〈Taffy was a Welshman, Taffy was a thief〉 ☞ taffy=toffee 시시한 이야기, blarney 감언이설 ⑤ Waterloo 장면에서 3명의 군인(three observing soldiers)은 English, Scot, Welsh→Inglis(Shaun), Scotcher grey(Shem-Shaun), Davy(Shem)

| 034:18 | soul of the corn, of having behaved with ongentilmensky im- |
| | 애써 부인하지는 않았는데 그들의 목격담은 이랬다: 골풀이 무성한 |

* soul of the corn: ① whiskey=spirits 증류주 ② Osiris 오시리스(고대 이집트의 저승을 지배하고 죽은 사람을 심판하는 신)는 옥수수(corn)의 화신
* ongentilmensky: ① ungentlemanly 신사답지 못한 ② on-〔네덜란드어〕=un- ③ gentil〔프랑스어〕=nice ④ mensk〔페어(廢語)〕=humanity, honour ⑤ sky
* immodest: ① improper 부적절한 ② modus=manner

• Osiris

| 034:19 | modus opposite a pair of dainty maidservants in the swoolth of |
| | 움푹 파인 분지의 언덕에서 맞은편의 아리따운 두 하녀를 향해 그가 신사답지 못한 |

* opposite (마주 보고 있는 둘 중) 다른 쪽의〔건너편의〕
* dainty 귀여운〔아름다운〕, 섬세한
* maidservant=female servant 하녀
* swoolth: ① swelth=swelling 언덕 ② swoosh 분사〔분출〕

| 034:20 | the rushy hollow whither, or so the two gown and pinners plead- |
| | 부적절한 짓을 저질렀다는 것이다. 한편 드레스를 입고 모자를 쓴 |

* rushy 골풀이 우거진
* hollow 쏙 들어간, 움푹 꺼진
* whither: ① where 장소 ② whether
* gown and pinners: ① Gaunerinnen〔독일어〕=female rogues 여자 악당〔사기꾼〕 ② pinner=woman's cap 여성용 모자〔두건〕
* plead 간청〔변호〕하다

| 034:21 | ed, dame nature in all innocency had spontaneously and about the |
| | 두 여자는 순전히 소변이 마려웠던 것이며 때마침 늦은 오후 시간이고 해서 |

* dame nature→the call of nature=the need to urinate 대소변이 마려움←자연의 본능
* in all innocency 순수하게〔결백하게〕

* spontaneously 자발적으로[자연스럽게]

| 034:22 | same hour of the eventide sent them both but whose published |
| | 자연스럽게 볼일을 보고 있었던 거라고 주장했다. 그러나 드레스 사이로 |

* eventide=evening 오후(정오부터 어두워질 때까지)
* publish 밖으로 드러나다, (비밀 등을) 세상에 퍼뜨리다

| 034:23 | combinations of silkinlaine testimonies are, where not dubiously |
| | 드러난 비단 속옷을 보더라도, 옷감이 갈라져 음부가 노출될 정도여서, |

* combinations→combination-garment 콤비네이션(아래위가 붙은 속옷)
* silkinlaine: ① inlaid silk 무늬를 새겨넣은 비단 ② laine[프랑스어]=wool
* testimony=testament 진술[증언], 공식 고백 ☞ testimonies 하느님의 가르침[계명]
* dubiously 의심스럽게[모호하게]

| 034:24 | pure, visibly divergent, as wapt from wept, on minor points touch- |
| | 두 여자는 애당초 순수함과는 거리가 멀고, 은밀한 성격의 이번 일은 |

* visibly divergent: ① 두 소녀의 증언이 엇갈림 ② 속옷 안의 다리가
벌어져 있음 ③ 속옷이 갈라져서 음부가 보임
* wapt from wept: ① warp (직물의) 날실 ② weft[woof] (직물의) 씨실
③ warp from woof 씨실에서 날실로 ④ right from left 오른쪽에
서 왼쪽으로
* minor points 사소한[가벼운] 문제들

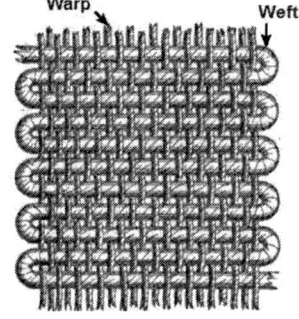

• warp from weft

| 034:25 | ing the intimate nature of this, a first offence in vert or venison |
| | 가볍게 넘어갈 수 있는 문제여서, 그 스스로 인정하는 바와 같이 |

* touching ~에 관하여[대해서]
* intimate 밀접한[본질적인], (흔히 성생활과 관련된) 은밀한→intimate nature 은밀한[친밀한] 성질[성격]
* first offender 초범(자)
* vert: ① vert[프랑스어]=green ☞ 삼림 중의 푸르게 숲이 우거진 곳(특히 사슴이 숨는 장소) ② vert 문장(紋章)의 녹색 ③ invert=homosexual
* venison: ① venison 사슴 고기 ② venery 성적 쾌락의 추구, 성교(coitus) ③ venery 사냥[수렵] ④ vert and venison 소유지에서의 벌목 및 수렵권 ☞ vert and venisnon→royal forest[kingswood] 왕실림

034:26	which was admittedly an incautious but, at its wildest, a partial ex-
	왕실림에서 저지른 초범 행위는 신중하지 못한 처사였다. 충분히

* admittedly 스스로 인정하는 바와 같이[인정하건대]
* incautious=unwary 경솔[방심]한, 신중하지 못한
* wildest: ① Oscar Wilde 오스카 와일드는 '천박한 음란 행위
(gross indecency)', 곧 동성애로 기소되어 2년 동안 교도소에 수감됨
② wildest〉wild 단정치 못한[파렴치한] ③ widest〉wide ☞ at its
wildest 가장 터무니없는→충분히

• Royal Forest in Devon

034:27	posure with such attenuating circumstances (garthen gaddeth green
	정상참작이 되는 상황에서의 부분적 신체 노출은 (영주가 처녀와

* attenuating: ① attenuate 약화[희석]시키다 ② extenuate 죄를 경감시키다, 정상참작하다
* garthen gaddeth green: ① garth 안뜰 ② garden ③ gad〔고어〕=spread (나무가 가지를) 내뻗다 ④
gad〔범슬라브어〕=snake, 〔폴란드어〕=reptile→mean person 비열한 사람 ⑤ goeth〔고어〕=go

034:28	hwere sokeman brideth girling) as an abnormal Saint Swithin's
	결혼식을 올렸던 녹지가 펼쳐진 안뜰 정원) 늦가을 봄날 같은 화창한 날씨와도 같이

* hwere sokeman brideth girling: ① hwere〔중세 영어〕=where ②
sokeman〔고어〕농역적(農役的) 토지 보유 제도하에서의 토지 보유자 ③
bride〔고어〕=marry ④ rideth〔고어〕=ride
* Saint Swithin's: ① Saint Swithin's Day 세인트 스위딘의 날(기독교 축
일의 하나. 7월 15일. 영국에서는 이날 비가 오면 그다음 40일간 비가 온다는 속설이 있음.) ②
Saint Martin's summer (Indian summer 비슷한) 11월의 화창한 날씨

• Saint Swithin's Day

034:29	summer and, (Jesses Rosasharon!) a ripe occasion to provoke it.
	(가을날의 다양한 꽃들이여!) 염탐을 자극하는 절호의 기회였다.

* Jesses Rosasharon!: ① rose of Sharon 샤론의 들꽃(성경에 나오는 식
물)→'I am a rose of Sharon, a lily of the valleys(나는 샤론의 수선화요. 골
짜기의 백합화로구나)'《아가서 2장 1절》② Jesus Rose of Sharon 미국 작
곡가 찰스 가브리엘(1921)이 작곡한 가스펠 ③ Jesse 이새(다윗의 아버지) ④
jesen〔슬라브어〕=autumn ☞ jesse→jesen〔슬로베니아어〕=autumn
⑤ rose of sharon=various flowers
* ripe occasion 무르익은[적합한] 때[기회]
* provoke 자극[유발]하다

• rose of Sharon

2) The Cad
캐드

[034:30-044:21]

034:30	We can't do without them. Wives, rush to the restyours! Of-
	우리는 부적절한 행위에 대한 정상참작 없이는 못 견딘다. 여자들이여,

* We can't do without them→Women, can't live with them, can't live without them: 데시데리위스 에라스뮈스(Desiderius Erasmus Roterodamus)의 〈아다지아(Adagia)〉

* restyours: ① rescue 구제[구출](하다) ② rescuers 구조[구출]자 ③ rest yours 당신의 휴식을 취하시라 ④ rescue you and yours 당신과 당신 주변 사람을 구조하시라

• Adagia

034:31	man will toman while led is the lol. Zessid's our kadem, villa-
	서둘러 자신을 구원하라! 붉은 것은 장미라고 한다면 상남자는 당신 같은 남자.

* toman while led is the lol: ① True men, like you, men. 노래 〈The Memory of the Dead〉의 가사 ② toman=hillock 작은 언덕 ③ led〔볼라퓌크어〕=red ④ lol〔볼라퓌크어〕=rose

* Zessid's our kadem: ① zesüd〔볼라퓌크어〕=necessity (인과의) 필연적인 연관성 ② kadäm〔볼라퓌크어〕=academy ☞ kadem〔터키어〕=good luck

* villapleach: ① villa pleach (나뭇가지를 엮어 별장 울타리를) 만들다 ② with a pleach ③ priest ④ villableach→white villa

The Memory of the Dead

www.traditionalmusic.co.uk

• The Memory of the Dead

* vollapluck: ① volapük 볼라퓌크어(1879년경 독일의 J.M. Schleyer가 창시한 인공언어) ☞ 볼라퓌크의 어휘는 영어를 기초로 하되 크게 변형시켰고, 음운과 문법은 그의 모어인 독일어와 불어의 문법을 참고함 ② full of pluck 용기가 충만한 ③ with a pluck 잡아당겨 뽑아냄↔with a pleach 엮어 설치함

Á	to represent	a	in	all.
Ħ	"	th	"	either or with.
Ł	"	ll	"	mouillé (French).
Ă	"	m	"	temps "
Ă	"	n	"	ronde "
N,	"	ng	"	hang.
Ɉ	"	s	"	leisure.
Ç	"	ch	"	child. (It is proposed to have c take this sound.)
Ç	"	s	"	sin.
Ɍ	"	rr	"	Sierra (Spanish).

• volapük

* fikup: ① Fikop〔볼라퓌크어〕=Africa ② fuck up 일을 개판으로 만들다→엉망진창[실수]
* flesh nelly: ① 'Number ten. Fresh Nelly is waiting on you' 『젊은 예술가의 초상』 ② flesh 살[육체] ③ nelly 어리석은 사람, 여자 같은 남자 ④ Nelij〔볼라퓌크어〕=England
* el mundo nov, zole flen: ① el mundo〔스페인어〕=the world ② mundo novo〔포르투갈어〕=new world ③ nov.→November ④ old ⑤ sole 유일한[독특한] ⑥ flen〔볼라퓌크어〕=friend

* lilyth, pull early! Pauline, allow!: ① Lilith 유대 신화에 등장하는 이브가 만들어지기 전의 아담의 첫 번째 아내→남자의 욕정을 도발해 파멸시키는 피에 굶주린 요부 ② Lily 『경야』에서 염탐하는 두 소녀 중 한 명 ③ a Lilyth, pull→ALP ④ Lillibullero→Lillibullero bullen a la 릴리벌리로(아일랜드의 카톨릭 교도를 비웃는 노래 후렴, 명예혁명 기간 및 그 후 영국에서 유행했음)
* malers: ① males ② blackmailers 공갈[갈취]범→HCE의 고발인 ③ Maler〔독일어〕=painter 화가 ④ maulers 손[주먹]
* abushed: ① abashed 겸연쩍은 ② hidden in the bushes 수풀 속에 숨은 ③ ambushed>ambush 매복하여 습격하다

• Lilith

• Lillibullero Bullen A La

034:34	keep black, keep black! Guiltless of much laid to him he was
	만약 그녀가 요부라면 빨리 붙잡으시오! 폴린 사제여, 허락하시오!

* keep black, keep black!: ① keep back 뒤로 물러나다, 제어[제지]하다 ② keep blackmailing 계속 갈취하다
* guiltless: ① innocent 죄가 없는 ② ignorant 알지 못하는

034:35	clearly for once at least he clearly expressed himself as being with
	그리고 발각된 남자들은, 숨을 숨겨요, 몸을 숨겨! 자신이 덮어쓴

* once at least 적어도[최소한] 한 번
* being with〉be with 사귀다[연애하다], 가지다

034:36	still a trace of his erstwhile burr and hence it has been received of
	비난의 많은 부분에서 명백하게 결백한 그는 지금까지도 여전히

* a trace of 조금[약간]의
* erstwhile=former 이전의[지금까지의]
* burr: ① 목젖을 진동시켜 내는 r음 ② (동판 조각 따위의) 깔쭉깔쭉한 자리, 거친 숫돌 ☞ burr=a lump in the throat (감동으로) 목이 메는 듯한 느낌, 가슴이 벅찬 느낌

035:01	us that it is true. They tell the story (an amalgam as absorbing as
	목이 약간 메는 듯한 느낌이 든다며 어쨌든 즉시 스스로 분명하게 밝혔고

* amalgam 합성물, (여러 가지 요소의) 혼합물
* absorbing: ① absorbent 흡수력 있는 ② absorbing 몰입하게[빠져들게] 만드는, 흥미진진한

035:02	calzium chloereydes and hydrophobe sponges could make it) how
	따라서 우리는 그의 주장을 사실로 받아들이고 있다. 사람들은

* calzium chloereydes: ① calcium chloride 염화칼슘→친수성(親水性)의 ② calzio〔이탈리아어〕=shoe ③ Chloe 레스보스섬의 순수한 두 목동 다프니스와 클로에의 사랑을 그린 고대 그리스 작가 롱고스의 연애소설 Daphnis kai Chloe(다프니스와 클레오)의 여주인공 ④ chlôroeidês〔그리스어〕=greenish 초록빛을 띤
* hydrophobe sponges: ① hydrophobe 소수성(疏水性) 물질(물과 친화성이 적은 물질) ② hydrophobia 공수병(물에 대한 병적인 공포) ③ sponge=sea creature ☞ sponge (남에게) 의지하다[빌붙어 살다]→『율리시스』에서의 스티븐(Stephen Deadalus) ④ sponge=hard drinker[drunkard] 술고래

• Daphnis kai Chloe

035:03	one happygogusty Ides-of-April morning (the anniversary, as it
	어느 운명적인 3월 15일 아침 (자신의 알몸뚱이라고 처음 추정함으로써

Roman Catholic Relief Act 1829

Parliament of the United Kingdom

• Roman Catholic Relief Act

* happygogusty: ① happy-go-lucky 태평스러운[운명에 내맡기는] ② gusty 바람이 거센[돌발적인], 식욕을 돋우는
* Ides-of-April: ① Ides of March (Caesar의 암살일로 예언됨) 3월 15일 ② April 13, 1742 헨델의 〈Messiah〉가 더블린에서 초연됨 ③ April 13, 1829 로마가톨릭구제법(The Roman Catholic Relief Act 1829)→ 가톨릭 신자들에게 영국에서 투표권과 선출직을 맡을 수 있는 권리를 부여했으며, 이는 아일랜드 변호사 다니엘 오코넬(Daniel O'Connell)이 추진하고 당시 수상이었던 웰링턴 공작(Duke of Wellington)의 지지를 받음

035:04	fell out, of his first assumption of his mirthday suit and rights in
	인간에 의한 언어 혼란의 무례한 행위가 빚어진 날과 겹치는 기념일)

* fall (휴일 따위가 ~이) 되다, (어떤 일시에) 해당되다
* assumption: ① 가정[추정] ② 장악[독점] ☞ his first assumption→the feast of the Assumption 성모 승천 대축일(8월 15일)
* mirthday suit: ① birthday suit 국왕[여왕] 생신일에 입는 예복, 알몸뚱이 ② mirth 환희[즐거움]

035:05	appurtenance to the confusioning of human races) ages and ages
	부적절한 행동이었다고 의심받는 일이 있고 나서 한참 동안

* appurtenance: ① rights and appurtenances 권리와 부가 항목[부속물] ☞ appurtenance=contributory adjunct 기여하는 부가물 ② in appurtenance→impertinence 부적절[무례]한 행위[말]
* confusioning: ① confusing 혼란시키는[당황케 하는] ② fusing together=miscegenation 혼합 ☞ mixed race 혼혈 인종 ③ confusion of languages 언어의 혼란→바벨탑의 붕괴와 인종의 분리

035:06	after the alleged misdemeanour when the tried friend of all crea-
	세상의 시련을 견뎌낸 믿음직한 그 양반, 얼룩무늬 나무 지팡이를 짚고,

* alleged (뚜렷한) 증거 없이 주장된, 지목된[혐의를 받는]
* misdemeanour=evil behaviour[misconduct] 나쁜 행실[경범죄]
* tried 시험을 거친[시련을 견뎌낸], 믿음직한
* friend (어리석거나 짜증스러운 짓을 하는 사람을 가리키는 반어적 표현) 양반

035:07	tion, tigerwood roadstaff to his stay, was billowing across the
	프랑스 육군 모자에 큰 벨트를 차고 짧은 양말도 신고 그리고

* tigerwood roadstaff to his stay: ① tigerwood 얼룩무늬[호랑이 반점]가 있는 가구용 목재 ② road-

staff=walking stick 지팡이 ③ stay=support 지주(支柱), 버팀 막대 ④ rod and staff 막대기와 지팡이 ☞ 'Yea, though I walk through the valley of the shadow of death, I will fear no evil: for thou art with me; thy rod and thy staff they comfort me(내가 음산한 죽음의 골짜기를 지나가게 된다 하더라도 나는 겁나지 않습니다. 그것은 주님께서 나와 함께 계시기 때문입니다. 주님의 막대기와 지팡이가 나를 든든하게 보호해 줍니다.)'《시편 23장 4절》

* billow 파도처럼 움직이다[물결을 일으키다], 소용돌이치다

| 035:08 | wide expanse of our greatest park in his caoutchouc kepi and |
| | 면 작업복을 입고 장화에 각반까지 차고 망토를 걸친 채 넓게 펼쳐진 |

* wide expanse 넓게 펼쳐진[광활한]
* our greatest park→Phoenix Park 피닉스 공원(1662년에 조성된 면적 712만 ㎡, 담장 길이 약 16km에 이르는 유럽에서 가장 큰 규모의 공원)
* caoutchouc kepi: ① caoutchouc〔프랑스어〕=rubber, 〔폐어〕=raincoat ② kepi 케피 모자(위가 납작한 프랑스 육군 모자) ☞ HCE가 걸치고 있는 7벌의 옷가지→great belt(벨트), Hideinsacks(양말), blaufunx fustian(면 작업복), Ironsides jackboots(장화), Bhagafat gaiters(각반), rubberised inverness(망토), Caoutchouc kepi(모자)

| 035:09 | great belt and hideinsacks and his blaufunx fustian and ironsides |
| | 피닉스 공원을 가로질러 거닐고 있을 때, 그가 어떻게 하여 |

* great belt: ① large belt 대형 벨트 ② The Great Belt 그레이트벨트 해협(덴마크의 Zealand 섬과 Fyn 섬 사이의 해협)
* hideinsacks: ① hide and seek 숨바꼭질 ② Heidensachse〔독일어〕=heathen Saxon 이교도 색슨족 ③ socks 짧은 양말, 바닥 가죽, 가벼운 신발
* blaufunx fustian: ① blaufuchs〔독일어〕=blue fox 북극여우→북극여우의 청색 모피 ② fustian 퍼스티언(과거 옷감으로 쓰던 두껍고 질긴 면직물)
* ironsides jackboots→ironsides: ① iron-sided=work boots ② Old Ironsides 올리브 크롬웰의 닉네임 ③ ironsides 철기대(鐵騎隊) 1643년 영국의 청교도혁명 때 의회파의 크롬웰이 조직한 기병대 ④ Edmund Ironside 잉글랜드 웨섹스의 왕으로, 크누트가 이끈 데인족의 공격에 격렬하게 저항했음

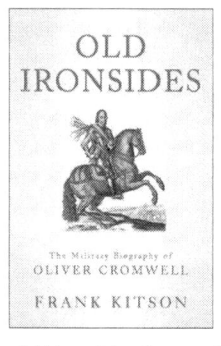
• Old Ironsides Cromwell

• Ironsides

• Edmund Ironside

035:10	jackboots and Bhagafat gaiters and his rubberised inverness, he
	담배를 입에 문 캐드를 만나게 되었는지에 관한 이야기(친수성 물질과

* Bhagafat gaiters: ① Bhagavad Gita 바가바드 기타(산스크

리트어로 '거룩한 자의 노래'라는 뜻으로 인도인의 정신적 지침서) ② bag-o-

fat gaiters 각반(무릎에서 복사뼈까지 혹은 복사뼈만 감는,

베 또는 가죽으로 만든 것

* rubberised inverness: ① 인버네스(남자용의 소매가 없는 외투의

일종) ② 스코틀랜드의 도시 ③ 멕베드(Macbeth)의 성이 있는

곳 ☞ rubberised 고무를 입힌

• Bhagavad Gita

035:11	met a cad with a pipe. The latter, the luciferant not the oriuolate
	소수성 물질의 조화처럼 꾸며낸 이야기)를 늘어놓는다. 후자, 즉 HCE가 아니라 Cad가

* cad with a pipe: ① pipe→penile 음경의 ② tailler une pipe〔프랑스어 속어〕=fellate (남자에게)

펠라티오(fellatio)하다 ③ cap a pie=from head to foot 머리에서 발끝까지〔온몸에〕 ④ cad with a

bike→(휘닉스 파크에서 조이스의 아버지에게 성냥불을 빌리던 '자전거를 탄 캐드'를 만난 일화가 바탕) ☞ pipe (담배의) 한 대

* luciferant: ① Lucifer〔라틴어〕빛의 전달자 ② Lucifer=Venus ③ Lucifer=Satan ④ lucifer=-

matchstick 성냥개비 ☞ Lucifer-ant(=luciferens=light-bearer)→Cad

* oriuolate: ① oriuolo〔이탈리아어〕=pocket watch 회중시계 ☞ ortuolate=he who bears a watch

시계를 차고 있는 남자 ② oriuolate=the watch-bearer→HCE ③ aureoled 후광을 두른〔달무리가 진〕

035:12	(who, the odds are, is still berting dagabout in the same straw
	(그는 아마 지금도 여전히 똑같은 밀짚모자를 쓰고, 뭔가 더

* odds=chances〔greater likelihood〕확률〔가망성〕☞ the odds(=chances) are~

대체로 ~라고 하는 결과로 될 것이다

* berting dagabout: ① Dagobert I 다고베르 1세(프랑스의 메로빙 왕조의 왕

으로 지방분권적인 귀족 세력들을 억누르고 왕권을 중심으로 한 중앙집권화를 추구하는 한편, 성

직자들과 교회의 학문 및 문화 활동을 적극적으로 후원) ② Le bon roi Dagobert[=-

Good King Dagobert 선한 왕 다고베르] 다고베르왕(roi Dagobert)과 성 엘리기우

스(saint Éloi)가 등장하는 프랑스의 옛 노래 ③ gadabout (여행·파티 등에 가

느라 한가히) 잘 돌아다니는 사람 ④ beating about (사냥감을 찾아서) 살살

이 뒤지다 ☞ tack against the wind (바람 방향에 맞춰) 침로를 자주 바꾸

며 나아가다 ⑤ thereabouts 그 근처에

• Dagobert I

035:13	bamer, carryin his overgoat under his schulder, sheepside out, so
	시골 신사인 것처럼 보이고자 어깨 밑으로 안팎이 뒤집힌 외투를

* bamer〔앵글로-아일랜드어〕=straw hat 밀짚모자

* carryin→carrion (죽은 짐승의) 썩어가는 고기 ☞ carry-in ① 가지고 가면 수리해 주는 ② 각자 음식을 지참하는

* overgoat: ① overcoat ② goatskin overcoat 염소 가죽 외투 ③ Aegis 제우스가 그의 딸 Athena에게 주었다는 신의 방패→보호[후원] ④ scapegoat 희생양 ☞ 피고인 HCE가 희생양임을 암시 →schulder

* schulder: ① shoulder (비유적으로) 책임을 지는 두 어깨[능력] ② Schulter[독일어]=shoulder ③ Schuld[독일어]=guilt 죄책감 ④ Schilder[독일어]=markers 표시[표지] ⑤ Schild[독일어] =shield(Aegis)→overgoat

* sheepside out: ① inside out (안팎을) 뒤집어 ② sheep 염소(goat)와 대조적으로 ③ Cheapside 런던 금융 지구의 중심 도로 ④ cheap side out 가난한 사람으로 변장하기 위해 허름한 쪽을 밖으로 뒤집어 입을 수 있는 코트 ⑤ sheepside out 아일랜드의 어린이 노래 〈Brian O'Linn〉의 가사(With the fleshy side out and the wooly side in) ☞ 염소 털(goatskin)과 형 에서(Esau)의 옷으로 위장하고 눈먼 아버지 이삭 (Isaac)을 속인 야곱(Jacob)이 축복을 받음《창세기 27장 16절》

ROBIN WILLIAMSON
Brian O'Linn Lyrics

Brian O'Linn had no britches to wear
So he got him a sheepskin to make him a pair
The leather side out and the wooly side in
"Sure its great summers clothing." said Brian O'Linn

Brian O'Linn had no watch to put on

• Aegis of Athena   • Brian O'Linn Lyrics

035:14	as to look more like a coumfry gentleman and signing the pledge
	끼워 넣은 채, 그리고 금주의 맹세를 하고서 아주 유쾌하게

* coumfry: ① country 시골 ② comfy〔구어〕편안한 ③ comfrey=knitbone 컴프리(잎이 크고 작은 종 모양 의 꽃이 피는 식물) ④ kaum frei〔독일어〕=hardly free 거의 자유롭지 못한 ☞ country gentleman (시골에 넓은 토지를 소유하고 광대한 주택에 거주하는) 신사[귀족] 계급의 사람, 시골 지주[지방 유지]

* signing the pledge→sign[take] the pledge 금주 맹세를 하다

035:15	as gaily as you please) hardily accosted him with: Guinness thaw
	돌아다니고 있을 것이다) 대담하게 그에게 가까이 다가가서

* gaily 유쾌하게[흥겹게], 경솔하게
* as you please 아주[매우], 굉장히
* hardily=boldly[courageously] 대담하게, 마음 든든하게
* accost: ① 가까이 다가가서 말을 걸다(approach and speak to) ② 인사를 하다(speak to greet) ③ (매춘부가) 손 님을 끌다(solicit)

035:16	tool in jew me dinner ouzel fin? (a nice how-do-you-do in Pool-
	'어이 멀끔하게 생긴 신사 양반, 오늘은 기분이 어떠신가?'

* Guinness thaw tool in jew me dinner ouzel fin?: ① Conas tá tú indiu mo dhuine uasal fionn?〔아일랜드어〕=How are you today my fair gentleman? ② Guinness ③ ouzel 지빠귓과의 새→안색이 어두운 사람 ④ The Ouzel Galley 1695년 더블린의 링센드에서 실종되었다가 1700년 가을 Poolbeg 앞바다에 다시 나타났다는 전설의 배 Ouzel(검은노래지빠귀[blackbird]라는 뜻)호

* nice: ① 다정한[기분 좋은] ② 난처한[어려운]
* how-do-you-do: ① 안녕하세요 ② 난처한 상황[곤란한 처지]
* poolblack: ① Blackpool '더블린'은 '검은 웅덩이'라는 뜻 ② Pool-beg lighthouse 리피강 어귀의 등대

• Lounge of Ouzel Galley

035:17	black at the time as some of our olddaisers may still tremblingly
	(당시 더블린에서 살았던 나이 많은 사람들이 지금 들어도

* olddaisers→old-days-ers=old timers: ① (어떤 곳에) 오래 산 사람 ② 늙은이 ③ 시대에 뒤떨어진 사람
* tremblingly=tremulously 전율하여[떨려서]

035:18	recall) to ask could he tell him how much a clock it was that the
	몸이 떨릴 난처한 상황)라고 말을 걸면서, 하느님 맙소사!

* how much a clock it was: ① wie viel Uhr ist es?〔독일어〕=What time is it? ② clock 더블린 술집 벽면의 시계
* by cock's luck: ① God's luck 빅토리아조 영국 시인 브라우닝(Robert Browning)의 시 「Cavalier Tunes」 속의 'God's luck to gallants that strike up the lay(평신도에게 말을 붙이는 용감한 사람들에게 신의 행운이)' ② by cock→by God 하느님께 맹세코![하느님 맙소사!] ③ cock=penis

• Wall Clock in Dublin Bar

• Cavalier Tunes

035:20	bradys. Hesitency was clearly to be evitated. Execration as cleverly
	대답을 머뭇거려서는 당연히 안 될 일이었다. 저주를 퍼붓는 것은

* bradys: ① bradys=slow ② Joe Brady 1882년 휘닉스 공원 살인 사건에서 두 명의 공무원을 살해한 혐의로 처형된 급진적 페니언(영국의 아일랜드 통치를 종식시킬 목적으로 1850년대에 미국과 아일랜드에서 결성된 단체) 당원

• Joe Brady

* hesitency→hesitancy 머뭇거림[우유부단]
* evitated: ① evitated[폐어]=avoided ② éviter[프랑스어]=avoid ☞ hesitency was clearly to be evitated→HCE
* execration=utterance of curses[imprecation] 욕설[저주]
* cleverly=completely[fairly] 완전히[아주]

035:21	to be honnisoid. The Earwicker of that spurring instant, realising
	영락없는 그에 대한 모욕. 이어위커는 그 순간 즉각적으로

* honnisoid: ① honest ② honest sod 정직한 녀석 ③ honest to God ④ homicide=murder ⑤ honni[웨일즈어]=assert[allege] 주장[단언]하다 ⑥ honi soit[프랑스어]=shame on him 창피한[남부끄러운] 줄 알아야지
* spurring instant: ① spur=impel 박차를 가하다[격려하다] ② spur of the moment 충동적인[즉석의]
* realize 실감[체득]하다

035:22	on fundamental liberal principles the supreme importance, nexally
	죽고 사는 육체적 삶의 중요성을 완전히 개방적인 관습에 따라

* fundamental 뿌리 깊은[근원적인], 완전한
* supreme importance 가장 중요함
* nexally: ① nexal←nexum[라틴어](채무 불이행의 경우 채무자가 채권자의 예속하에 있게 되는) 채무 계약 ② nex[라틴어]=death[murder] ③ sexually

035:23	and noxally, of physical life (the nearest help relay being pingping
	실감했으며(피할 수 있는 가장 비슷한 길이라면 의화단 봉기와

* noxally: ① noxalis[라틴어]=harmful ☞ noxally=by way of noxal surrender 부당하게 피해를 본 항복으로 ② noxa[라틴어]=damage[harm] 손상[피해] ③ nox[라틴어]=night

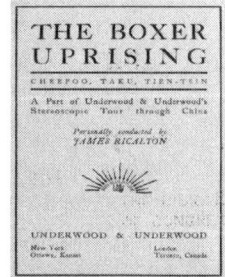
• The Boxer Uprising

* physical life: ① 육체적 삶 ② 물리적 내용 연수(기계 등의 고정 자산이 가동할 수 있는 기간)
* near 비슷한[근사한], 아주 가까운
* help 지원, 피할 길[방법] ☞ relay 새로운 공급, 교체(shift)
* pingping K.O.: ① pingpong→China〈제유법으로〉 ② pingping→

Peiping=Beijing ③ pingping K.O. 의화단 봉기(The Boxer Uprising: 중국 청나라 말기에 일어난 외세 배척 운동. 1900년 6월, 청나라 정부가 의화단을 지지하고 대외 선전 포고를 했기 때문에, 미국을 비롯한 8개국의 연합군이 베이징을 점령·진압한 사건.) 의 패배 ☞ ping (총탄이) '핑' 하고 날다[탁 하고 명중하다]

035:24	K. O. Sempatrick's Day and the fenian rising) and unwishful as
	성 패트릭의 날 그리고 아일랜드 민중 봉기) 그리고 그 순간

* K.O.=knock out 굉장한[훌륭한], 맹렬한
* Sempatrick's Day→Saint Patrick's Day(3월 17일)
* fenian rising→Fenian Rising 1867 ☞ 3월17일+1867→1767: 르 파뉴(Le Fanu)가 「The House by the Churchyard」(1863)의 제1장을 집 필하기 시작한 해가 1767년임 ☞ 페니언(Fenian): 1858년 제임스 스티 븐스에 의해 더블린에서 설립된 아일랜드 공화국 형제단과 1858년 존 오마호니와 마이클 도헤니에 의해 미국에서 설립된 페니언 형제단으 로 구성된 대서양 횡단 연합체로, 그들의 목표는 무력에 의한 독립 아 일랜드 공화국의 설립이었음

• Fenian Rising 1867

035:25	he felt of being hurled into eternity right then, plugged by a soft-
	참호로부터 날아오는 총탄에 자신의 육신이 사라져 없어질 거라는

* be hurled into eternity 영원 속으로 던져지다→죽다
* plugged: ① plagued 만연된[역병에 걸린] ② plug〔속어〕=shoot 총[탄환]을 쏘다
* soft-nosed (총알이) 소프트 노즈드(탄자에 피막을 입히되, 끝부분에는 피막을 입히지 않아 탄심이 노출되어 목표물에 명중했을 때 더 큰 손상을 유발하는)

035:26	nosed bullet from the sap, halted, quick on the draw, and reply-
	느낌이 싫어서, 꿈쩍 않다가, 총집에서 돈은 우리가 쓰고

* sap: ① 대호(對壕)→적진에 접근하기 위한 참호 ② 얼간이(simpleton)
* quick on the draw=quick in drawing a pistol 총을 재빨리 뽑아 꺼내는
* reply 응전(應戰)하다

035:27	in that he was feelin tipstaff, cue, prodooced from his gunpocket
	사용취득은 그에게 돌아간 위르겐센제(製) 값싼 워터베리 시계를 꺼내더니

* tipstaff: ① tipsy 기울어진[불안정한], 얼근히 취한 ② tip-top 최고[최상]의, 정상[절정] ③ tipstaff 끝에 쇠붙이를 붙인 지팡이 (어떤 종류의 관리의 직무를 나타냄)
* cue 행동 개시의 지시를 주다, 신호[단서]
* prodooced→produced (물건을) 꺼내다

035:28	his Jurgensen's shrapnel waterbury, ours by communionism, his
	최상의 순간에 행동을 개시하여 재빨리 총을 뽑아 응사했다.

* Jurgensen's: ① Jurgensen's→Jules Jur-
gensen(쥴스 위르겐센) 1740년 덴마크에서 위르겐
위르겐센이 설립한 시계 회사로 대부분 스위스
에서 생산 ② Jorgenson 미군 소총 ☞ Krag-
Jørgensen 노르웨이제 소총
* shrapnel: ① Military shrapnel 유산탄(榴散
彈)→탄체(彈體) 안에 납으로 된 다수의 소형구가
들어있는 포탄 ☞ 발명자인 H.Shrapnel의 이름
② shrapnel=small change[notes] 소액의 잔돈
[지폐]

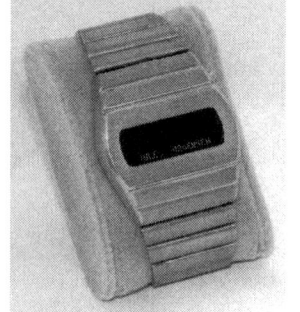 

• Jules Jurgensen　　• Waterbury Watch

* waterbury: ① Waterbury 워터베리(미국 코네티컷주 서부의 도시→이곳에서 제조되는 값싼 시계) ② Waterbury
Watch Company 1880년에 설립된 코네티컷주 워터베리의 시계 회사 ③ bury in water→baptism
침례[세례]
* communionism: ① Communism ② communionism→Roman Catholicism 가톨릭교 ③ con-
sumerism 소비주의[소비문화]

035:29	by usucapture, but, on the same stroke, hearing above the skirl-
	하지만, 똑같은 일격의 소리가, 늙은 종지기 포드 굿맨의 거친

* usucapture→usucaption 사용 취득[재산소유권]
* on the same stroke 동시 타격으로
* skirling 날카로운[새된] 소리

035:30	ing of harsh Mother East old Fox Goodman, the bellmaster, over
	종소리 너머, 남쪽의 황무지를 가로질러 들려왔으며, 점박이 교회의

* Mother East: ① 『Old Mother
West Wind』 미국 작가 Thornton
W. Burgess의 소설 ② Mother
East→강렬한 빛(strong glare)과 거친
소리(harsh skirling)를 내뿜는 태양
* Fox Goodman: ① John Fox
Goodman 1880년 더블린 법원의
서기로 Parnell 사건의 배심원단
에 선임됨 ② Goodman the bell-
master 웨스트민스터 사원에 있는
두 개의 종에 딘 가브리엘 굿맨(Dean

• Old Mother West Wind　　• Dean Gabriel Goodman

Gabriel Goodman)의 이름이 새겨져 있음 ☞ bellmaster 종에 정통한 숙련자[종지기]

035:31	the wastes to south, at work upon the ten ton tonuant thunder-
	10톤짜리 천둥소리 종을 치는 종지기는 (쿨란의 사냥개 울음)

* wastes: ① 불모지[황막한 벌판] ② 쓰레기[찌꺼기]
* tonuant: ① tuonare[이탈리아어]=thunder ② ton[독일어]=thunder 천둥, tone 어조[말투] ③ thundering 천둥(소리) 같은→굉장한[엄청난]

035:32	ous tenor toller in the speckled church (Couhounin's call!) told
	꼬치꼬치 캐묻기 좋아하는 협잡꾼에게, 맹세코, 항성시로나 표준시로나

* toller: ① toller 종 치는 사람, 통행 요금 징수원 ② toll[독일어]=mad ③ James Toller→The Eynesbury Giant(에인즈베리의 거인) 18살이 되었을 때 키가 244cm였으며 20살에 사망함
* speckled church=An Eaglais Bhreac는 스코틀랜드의 32개 자치구 중 하나인 팔커크(Falkirk)의 게일어 표기 ☞ '얼룩덜룩한 교회(speckled church)'라는 표기는 건물이 여러 가지 색깔의 돌로 지어진 데서 유래함
* Couhounin's call!: ① Cúchulainn[Cuhullin] 아일랜드 신화의 영웅이자 스코틀랜드와 맨섬(Isle of Man)의 민담에 등장하는 영웅→세탄타(Sétanta)라는 이름으로 태어난 그는 어린 시절에 자신을 방어하기 위해 쿨란의 사나운 경비견을 죽이고 대체견이 자랄 때까지 그 자리를 대신하겠다고 제안한 데서 '쿨란의 사냥개(Hound[Cú] of Culann)'라는 별명을 얻음 ② kohen[히브리어]=sacrificing soothsayer 점쟁이[예언자]

• The Eynesbury Giant

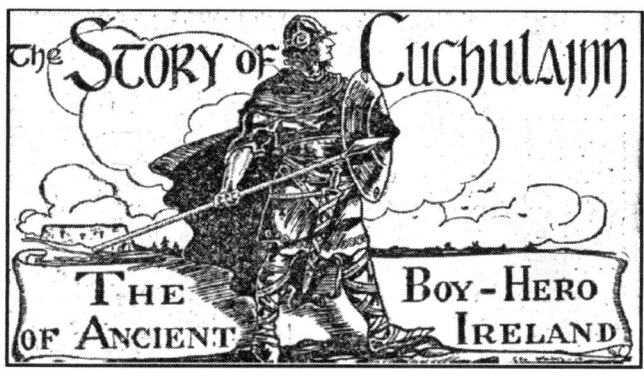

• Cuhullin

035:33	the inquiring kidder, by Jehova, it was twelve of em sidereal and
	12시가 되었다고 말하면서 반박하여 덧붙이면서, 경찰봉을

* inquiring 꼬치꼬치 캐묻기 좋아하는[호기심 많은]
* kidder: ① kid=young goat 새끼 염소 ② kidder=teaser[hawker] 협잡꾼[행상인]
* by Jehova→by Jove: ① (놀람을 나타내어) 어이쿠, (진술을 강조하여) 정말로[천만에], 맹세코 ② Jehovah=God of Israel
* em→a.m.[p.m.] 즉 오전인지 오후인지는 불명확함
* sidereal: ① sidereal 별(자리)의 ② sidereal time 항성시(恒星時: 춘분점을 기준으로 정한 시법) ③ twelve

tribes of Israel 이스라엘 12지파→12라는 숫자는 이스라엘 전체를 상징

| 035:34 | tankard time, adding, buttall, as he bended deeply with smoked |
| | 힘껏 잡아채기 위해 훈제 정어리 냄새 솔솔 풍기는 몸을 |

* tankard time: ① standard time 표준시(한 나라 안에서 편의를 위해 공통으로 사용하는 특정 지방의 평균시→평균 태양이 자오선을 통과하는 때를 기준으로 정함) ② time for a tankard of Guinness 기네스 맥주잔을 들 시간 ☞ tankard(보통 금속 소재에 손잡이가 달린) 큰 맥주잔 ③ tankard 염소 목에 달린 종
* buttall→buttal: ① 경계[범위] ② 반박(rebuttal)

| 035:35 | sardinish breath to give more pondus to the copperstick he pre- |
| | 앞으로 푹 숙이고 (비록 이것이 시큼하고, 새콤하고, 짜고, |

* sardinish→sardin 정어리
* breath 향기(의 풍김)
* pondus: ① pondu〔프랑스어〕=lay (알을) 낳다 ② ponderous=heavy[boring] 묵직한[장황한] ③ pounds =weightiness 무거움[중요함] ④ pondus〔라틴어〕=moral force 도덕적인 힘
* copperstick: ① copperstick=policeman's truncheon 경찰봉, 페니스 ② chopstick[chap-stick]→cumfusium 젓가락

| 035:36 | sented, (though this seems in some cumfusium with the chap- |
| | 달콤하고, 쓴맛이 뒤섞인 붉고 아린 껍질의 생강과 다소 혼동되는 |

* cumfusium: ① confusion 혼란[혼동] ② fused together 결합하다 ③ Confucianism(유교)
* chapstuck: ① chap=red, sore skin 붉고 아린 껍질 ② stuck 맞붙은[고착된]

| 036:01 | stuck ginger which, as being of sours, acids, salts, sweets and |
| | 것이긴 할지라도, 우리는 그가 그러한 혼합물을 뼈와 근육과 |

* ginger 공자는 생강 뿌리 씹는 것을 좋아했음←Confucianism
* sours, acids, salts, sweets and bitters: 고대 중국 의학에서 'sour is used to nourish bones, acid for muscles, salt for blood, sweet for flesh, and bitter to improve the general vitality(시큼한 맛은 뼈에, 신맛은 근육에, 짠맛은 피에, 단맛은 살에 영양을 주고, 쓴맛은 전반적 활력을 증진시킨다)'라고 전해짐

| 036:02 | bitters compompounded, we know him to have used as chaw- |
| | 그리고 활력을 위해 사용해 왔음을 알고 있다) 자신을 향한 |

* compompounded: ① twice compounded=combined twice 두 번 결합[화합]하다 ② stuttering 발음장애[말더듬] 때문에 compompounded라고 말함
* chawchaw→chowchow (중국·인도의) 잡탕[음식물]

| 036:03 | chaw for bone, muscle, blood, flesh and vimvital,) that where- |
| | 빌어먹을 소문에 지나지 않는 비난이 믿을 만한 소식통인 |

* vimvital: ① vim=vigor[energy] 활력[힘] ② vitalis[라틴어]=life-giving 활력적인(vital)
* whereas ~인 까닭에(since)

| 036:04 | as the hakusay accusation againstm had been made, what was |
| | 모닝 포스트 신문에 기사로 실렸으나 사실은, 표준 이하의 몸집에 |

* hakusay: ① haku[일본어]=say[wear] 말하다[입다] ② the heck to say!→heck 제기랄[빌어먹을] ③ hearsay 풍문[소문] ④ Hokusai=Katsushija Hokusai 일본 화가이자 판화 제작자
* accusation 비난[트집], 고발[고소]
* againstm=against him ☞ accusatin against him 그에 대한 비난[고소]

| 036:05 | known in high quarters as was stood stated in Morganspost, by |
| | 머리가 아홉 개나 달린 고대 히드라 뱀보다도 수준이 한참 |

* quarter: ① 구역[지구], 지역 ② source (정보 등의) 출처 ☞ high[good] quarter 확실한[믿을 만한] 소식통
* stated 정해진[공식의], (명백히) 진술된
* Morganspost: ① Berliner Morgenpost 1898년에 창간된 독일 신문 ② The Morning Post 1772년부터 1937년까지 런던에서 발행된 보수적인 일간지 ③ morning erection→in high quarters as was stood 높이 치솟아 서있다[발기하다] ④ Morgan le Fay 요희(妖姬) 모건 (Arthur 왕의 아버지가 다른 누이로 왕에게 악의를 품고 왕비 Guinevere와 기사 Lancelot의 사랑을 밀고함)

• Berliner Morgenpost

• The Morning Post

| 036:06 | a creature in youman form who was quite beneath parr and seve- |
| | 낮은 한 군복 입은 사람에 의한 짓거리였다는 것이었다. |

* in youman: ① in uniform 제복[군복]을 입고 ② human ③ your manhood→your little man=penis
* beneath parr: ① below par=smaller than average→penis anxiety 음경 고민 ② beneath Parr 152세까지 살았고 100세를 넘긴 나이에 아이를 얻었으며 122세에 두 번째 아내와 결혼했다고 주장되는 영국인 Thomas Parr[Old Parr]보다 아래인 ☞ below par 표준 이하[정상이 아닌]

• Thomas Parr[Old Parr]

036:07	ral degrees lower than yore triplehydrad snake. In greater sup-
	그의 말을 전폭적으로 옹호하자면 (그의 말은, 묘하게도

* yore: ① your ② yore 옛날[옛적]
* triplehydrad: ① triple-headed=three-headed ② hydra (그리스 신화 속의) 히드라→머리가 아홉 개 달린 뱀으로, 신체 일부가 잘려도 재생되는 능력을 가졌으나 결국 헤라클레스의 손에 죽게 됨
* in greater support of ~를 전폭적으로 지지[옹호]하여

036:08	port of his word (it, quaint anticipation of a famous phrase, has
	어떤 유명한 구절을 연상시키는데, 구어 형식에서 강요된 침묵 속에

* quaint anticipation 색다르고 재미있는 기대[예상]

036:09	been reconstricted out of oral style into the verbal for all time
	의례적 운율을 갖춘 영구적인 문어 형식으로 재구성된 것으로,

* reconstricted: ① reconstructed 재건[복원·개조]된, 재생의 ② constricted again 다시 수축[위축]된, 억제[제한]된 ③ boa constrictor 보아뱀(동물을 졸라 죽여서 먹는 큰 뱀)
* oral: ① oral style into the verbal for all time with ritual rhythmics→프랑스 인류학자 마르셀 주스(Marcel Jousse)의 책 제목 『Études de psychologie linguistique: Le style oral rythmique and mnémo-technique chez les verbo-moteurs(언어 심리학 연구: 언어운동의 리듬 및 기억적 구술 스타일)』 ② rhythmics 음률법[음률학] ☞ 1920년대 유행했던 프리 댄스 운동 ③ 구어[구전]의
* verbal=literal 축어적인[문자 그대로의]
* for all time 영원히

036:10	with ritual rhythmics, in quiritary quietude, and toosammen-
	H.C. 이어위커에게 한정된 발언이라는 제목으로 알려져 있는,

* ritual (단순히) 의례적인, 의식을 위한
* quiritary: ① quiritary←quiritium〔라틴어〕=full Roman citizenship 완전한 로마 시민권 ☞ quiris는 원래 창(spear)을 의미하므로 시민권은 곧 병역의무를 뜻함 ② quiritary right 로마 시민의 토지, 말, 가축, 노예를 소유할 권리 ☞ quiritary=legal 강제[의무]적인, 적법한
* quietude=quietness[stillness] 침묵[정적]
* toosammen→zusammenstueckeln〔독일어〕=piece together 잘라 맞추기

036:11	stucked from successive accounts by Noah Webster in the re-
	가격은 1실링으로 매겨져 있고 우편 발송 요금은 무료인 개정판 격이고,

* stucked→stuck〉stick 꼼짝 못(하게) 하다, 찌르다, 달라붙다
* successive: ① muslim/califatic succcession 무슬림/칼리프 계승 ☞ caliph 칼리프(Mohammed의 후손, 이슬람교 교주로서의 터키 국왕 Sultan의 칭호) ② successive=ages that found great success 큰 성공을 거둔

시대

* account: ① narrative 말[이야기] ② 설명[보고] ③ 계산[계좌]
* Noah Webster: ① Noah Webster 미국의 사전 편찬자·저술가 ☞ 미국인들 사이에서 '웹스터'하면 '사전'을 뜻할 정도로 유명 ② webster[고어]=weaver 방직공

036:12	daction known as the Sayings Attributive of H. C. Earwicker,
	노아 웹스터에 의해 대대로 내려오는 해설을 잘라 맞춘 것이다)

* redaction=revised edition 개정판, 편집[교정]
* saying 발언[말], 속담[격언]
* attributive 귀속적인[속성적인], 한정적인

036:13	prize on schillings, postlots free), the flaxen Gygas tapped his
	금발의 거인 HCE는 페니스를 가볍게 두드리며 자위를 하고 있었고,

* prize on schillings→price one shilling 1실링 가격을 매기다
* postlots: ① poshlost 지난날의 호화로움이 없어진[지난날에는 호화로웠던] ☞ (러시아 문화에서) 잘난 척하는 속물주의(smug philistinism), 자기만족에 빠진 속됨(self-satisfied vulgarity) ② postage free 우편요금 무료
* flaxen Gygas: ① flaxen (머리털이) 아마빛[옅은 황갈색]의, 금발의 ② Gyges 기원전 7세기 리디아(Lydia)의 왕·칸다올레스(Candaules)왕을 죽이고 그 비(妃)

• Ring of Gyges

와 결혼하여 메름나다(Mermnad) 왕조를 열었음 ☞ 기게스의 반지(Ring of Gyges)는 고대 그리스의 철학자 플라톤의 저서 〈국가〉 2권에 나오는 가공의 마법 반지. 이 반지는 소유자의 마음대로 자신의 모습을 보이지 않게 할 수 있는 신비한 힘이 있음. 플라톤은 반지 이야기를 통해 일반인이 만약 그 자신의 행동에 대한 결과를 책임질 필요가 없다면 어떻게 행동할 것인가에 대해 토론하고 있음. ③ gigas[그리스어]=giant 거인, 즉 HCE
* tap 가볍게 두드리다[박자를 맞추다]

036:14	chronometrum drumdrum and, now standing full erect, above
	지금은 페니스가 잔뜩 발기된 상태로, 한쪽 팔꿈치에는 얇은 흰색

* chronometrum: ① chronometer 크로노미터(특히 항해 때 쓰는 정밀 시계) ② chronometric drum-drum=masturbation 자위 ③ Dundrum 더블린 외곽에 있는 마을 ④ dum-dum bullet 덤덤탄(여러 조각으로 터지면서 심한 상처를 입히는 탄알) ⑤ conundrum 수수께끼
* full erect=erection 발기, 직립[건립]

036:15	the ambijacent floodplain, scene of its happening, with one Ber-
	면장갑을 낀 채, 자신이 맹세를 건 상대인 우람한 *웰링턴 공작*

* ambijacent floodplain: ① ambijacent 양쪽으로 인접한 ② floodplain 범람원(강이 범람하면 물에 잠기는 강가 평지) ☞ ambijacent floodplain=Phoenix Park

036:16	lin gauntlet chopstuck in the hough of his ellboge (by ancientest
	기념비를 32도 각도로 가리키면서 사건의 현장인 피닉스 공원에

* Berlin gauntlet→Berlin gloves 얇은 흰색 면장갑(검사·웨이터·경찰관 등이 자주 착용. 저렴하기 때문에 낮은 등급으로 간주)
* chopstuck: ① chop 잘게 썰다[자르다] ② stuck 갇힌[막힌] ③ chopstick 젓가락→발기(erection)의 의미 ☞ chopstuck in the hough of his ellboge→HCE
* hough: ① hock (개·말 따위의 뒷발의) 무릎[복사뼈 마디] ② 비절(짐승의 뒷다리 가운데 부분 관절) ③ hamstring 힘줄을 잘라 불구가 되게 하다 ④ adze 자귀(나무 다듬는 도구), hoe 괭이
* ellboge→elleboog[네덜란드어]=elbow ☞ ellbogen[독일어]

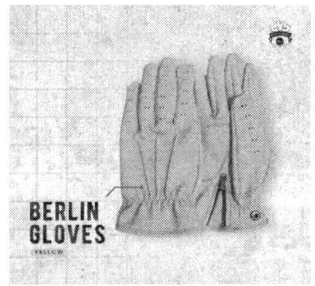

• Berlin Gloves

036:17	signlore his gesture meaning: ⴺ!) pointed at an angle of thirty-
	우두커니 서있다가 잠시 의미심장한 침묵이 흐른 뒤 (최고로

* signlore→lore=knowledge
* gesture: ① 구부러진 왼쪽 팔꿈치에 오른쪽 주먹을 놓으면 E가 거꾸로 된 모양이 됨 ② Vico에 의하면 신성한 언어는 몸짓의 형태에서 나옴 ☞ 'E'의 4가지 방향: ⊔【006:32】ⴺ【036:17】E【051:19】⊓【119:17】

036:18	two degrees towards his *duc de Fer's* overgrown milestone as
	오래된 지식에 의하면 그의 자세가 의미하는 것은 ⴺ 모양!)

* *duc de Fer's*: ① le duc de fer[프랑스어]=The Iron Duke(철의 공작)→영국의 장군 Wellington 공작의 별칭 ② le comte de la Fère 알렉상드르 뒤마(Alexandre Dumas)의 소설 『삼총사(The Three Musketeers)』에 등장하는 허구적 인물→역사상 인물인 총잡이 Armand d'Athos(1615~1644) ☞ The three fusiliers→the three musketeers
* overgrown milestone→the Wellington monument(웰링턴 기념비)의 옛날 별명 ☞ overgrown(너무 커진)은 '발기된 페니스'

• The Three Musketeers

036:19	fellow to his gage and after a rendypresent pause averred with
	엄숙한 감정의 불길에 휩싸인 채 확신에 찬 목소리로 말했다:

* fellow 상대(方), 필적하는 사람
* gage: ① gage〔프랑스어〕=pledge[token] 서약[표시] ② fellow to his gage 그의 면장갑(Berlin gauntlet)의
  다른 한쪽(fellow)→여기서 gage는 서약(pledge)의 표시(token)로 던진 장갑을 의미
* rendypresent: ① rendez present〔프랑스어〕선물을 만들다 ② ready ③ pregnant pause 의미심
  장한 중단[침묵]
* averred→aver=affirm 단언[확언]하다

036:20	solemn emotion's fire: Shsh shake, co-comeraid! Me only, them
	악수합시다, 동지여! 나는 혼자, 그들은 다섯, 그와 맞붙어 볼 만한 싸움.

* solemn emotion's: ① solemn 엄숙한[심각한] ② emotion 감정[정
  세] ☞ St. Elmo's fire 기상 현상의 일종으로 뇌우(雷雨)가 일어날 때
  교회의 탑이나 선박의 돛대와 같은 지상의 뾰족한 물체 끝부분에
  대기 전기가 방전되면서 나타나는 불꽃→중세기 지중해 Neapolis
  의 선원들이 폭풍을 전후해 배 돛대 위에 파란 불을 발견하고 자신
  들의 수호성인 St. Elmo의 보호의 징표로 해석
* Shsh shake: ① Sh sh 말더듬으로 인한 발음 현상→HCE의 죄악
  을 상징 ② shake hands 악수 ③ masturbation 자위 ☞ snake
* co-comeraid: ① comrade 동료[친구]→말더듬으로 인한 발음 현
  상→HCE의 죄악을 상징 ② emerald=Isle 섬

• St. Elmo's Fire

036:21	five ones, he is equal combat. I have won straight. Hence my
	내가 연승을 거뒀소. 우리 피차 딸들의 명예를 위한 전국 규모의

* won straight: ① one straight→erection 발기 ② strait〔고어〕=narrow 좁은 ☞ win straight 연속
  으로 이기다

036:22	nonation wide hotel and creamery establishments which for the
	호텔과 유제품 제조 공장을 걸 테니 나를 믿어주시오, 나야말로

* nonation wide: ① wide↔strait ② notation 표기, 주석[기록] ③ nation-wide ④ nonation=not
  nation-wide ⑤ no-nation 말더듬으로 인한 발음 현상 ☞ nonation=remote[scarcely known] 멀리 떨
  어진[거의 알려지지 않은]
* creamery (버터와 치즈를 만드는) 유제품 제조 공장
* establisnment 시설, 점포[영업소]

| 036:23 | honours of our mewmew mutual daughters, credit me, I am woo- |
| | 바로 이 순간을 하나의 대항 수단의 날로 잡고 또 나와 같은 |

* mewmew mutual→말더듬으로 인한 mutual의 발음 현상
* credit=trust[believe] 믿다, 신뢰[신용]하다
* woowoo willing: ① willing 기꺼이[쾌히] 하는 ② wooing 구애(하는) ③ 말더듬으로 인한 발음 현상

| 036:24 | woo willing to take my stand, sir, upon the monument, that sign |
| | 죄 많은 사람들에게 맹세하고자 구원의 상징인 저 웰링턴 |

* take my stand: ① take the stand=in court 법정에서 ② take my stand=defend myself 자신을 지키다[방어하다] ③ stand=erection 발기 ☞ take one's stand on ~의 입장을 취하다[태도를 정하다], ~을 주장하다
* momument: ① Wellington Monument 웰링턴 기념비 ② The Monument 1666년의 런던 대화재(The Great Fire of London)를 기념하는 런던 브리지의 북쪽 가장자리 근처에 있는 도리아식 기둥(doric column) ☞ solemn emotion's life【036:20】

• The Monument

| 036:25 | of our ruru redemption, any hygienic day to this hour and to |
| | 기념비를 두고 기꺼이 나의 입장을 밝힐 용의가 있소, 설령 |

* ruru redemption: ① 말더듬으로 인한 발음 현상 ② sign of redemption 구원의 표시(the cross)
* hygienic→hygiene 예방 조치[대항 수단], 위생적인[청결한]
* to this hour 바로 지금까지

| 036:26 | make my hoath to my sinnfinners, even if I get life for it, upon |
| | 그것 때문에 종신형을 받는 한이 있더라도 말이오. 성경에 |

* hoath: ① oath→make my oath 맹세[선서]하다 ② Howth 아일랜드 카운티 핑걸(County Fingal)에 있는 소도시
* sinnfinners: ① Sinn Fein 1905년 결성된 아일랜드의 민족주의적 공화주의 정당('신페인'은 아일랜드어로 '우리들 자신' 또는 '우리들만으로'라는 뜻) ② sinners 죄 있는[많은] 사람들 ☞ (사회적 규율·관습 따위의) 위반자, 품행이 좋지 않은[음란한] 여자 ③ Finn 핀란드를 중심으로 스칸디나비아반도 등 북유럽에 거주하는 우랄알타이어계에 속하는 인종 ④ fingers
* get life=receive a life sentence 종신형[무기징역]을 받다

036:27	the Open Bible and before the Great Taskmaster's (I lift my hat!)
	손을 올리고, 절대자 앞에서(나는 모자를 살짝 치켜올려 예를 표한다!)

* Taskmaster's 밀턴(John Milton)의 『Milton: other works』(Sonnet VII)에 'my great task Masters eye(내게 일을 시키는 주인의 눈)'가 나옴 ☞ taskmaster=overseer 감독관[관리인]
* lift my hat: 모자를 약간 올리며 인사하다

036:28	and in the presence of the Deity Itself andwell of Bishop and
	그리고 우리 모두의 마음속에 깃들어 있는 바로 그 신(神)과

* in the presence of ~의 입회하에[면전에서]
* the Deity Itself=the God Itself
* andwell→indwell ~안에 살다(dwell in), 내재하다[깃들다]

036:29	Mrs Michan of High Church of England as of all such of said
	주교님 또 영국 국교회의 세인트 미칸스 교회 그리고 지금 당장

* Michan→St Michan's Church(세인트 미칸스 교회): 더블린 소재 St Michan's Church(교회의 지하 납골당에 매장된 미라들은 1798년에 일어난 아일랜드 공화국의 독립을 위한 민중 봉기에 참여했던 독립 운동가와 수녀들로 무덤의 뚜껑이 열려있어 관람객은 실제로 미라를 볼 수 있음)
* Church of England 영국 국교회[성공회]

• Mummified Remains within the Vaults of St Michan's Church

036:30	my immediate withdwellers and of every living sohole in every
	나와 같은 공간에서 살아가는 사람들과 아울러 순전한 영어와

* immediate withdwellers: ① immediate withdrawal 즉각적 철수[탈퇴] ② Mitwohner(독일어)공동 거주자
* sohole: ① soul ② Soho 소호가(한때 작가와 예술가의 고향이었던 런던 중앙부 Oxford Street의 극장 및 엔터테인먼트 지구)

• Soho in London

| 036:31 | corner wheresoever of this globe in general which useth of my |
| | 진실이라고는 티끌만큼도 없는 교환 정의를 사용하는 이 세상 |

* in every corner 구석구석
* wheresoever 어디에나[모든 곳에]
* useth[고어]=uses

| 036:32 | British to my backbone tongue and commutative justice that |
| | 구석구석 모든 곳의 모든 사람들 앞에서 맹세코 그대에게 |

* British 영국 영어, (고대) 브리튼 말
* backbone tongue 근본 언어 ☞ to the backbone 골수까지[철저하게]
* Commutative justice 교환 정의(상품이나 서비스 등 재화를 교환함에 있어서 서로 교환되는 재화의 가치가 동등할 것을 요구하는 정의)

| 036:33 | there is not one tittle of truth, allow me to tell you, in that purest |
| | 이실직고하지만, 그들이 지껄이는 말들은 모두 완전히 날조된 |

* tittle=whit 극히 적음[극소], 티끌
* purest of fabrication→pure[total] fabrication 새빨간 거짓말[전적인 날조]

| 036:34 | of fibfib fabrications. |
| | 새빨간 거짓말이란 말이오. |

* fibfib fabrications: ① fibs (사소한) 거짓말 ② fabrications 꾸며낸 것[거짓말], 위조[제작] ③ 말더듬으로 인한 발음 현상

| 036:35 | Gaping Gill, swift to mate errthors, stern to checkself, (diag- |
| | 실수는 금방 저지르면서도 자신을 질책하는 데는 엄격한 캐드라는 녀석은, |

* Gaping Gill: ① the Cad=fishy character (눈·말투가) 냉정한 인물, 의심스러운[수상한] 인물 ② Gaping Ghyl[Gaping Gill] 영국 잉글보로힐(Ingleborough Hill)에 있는, 펠벡(Fell Beck)이라는 하천이 흘러 들어가는 깊이 95m의 동굴

• Gaping Gill

* swift 금방[바로] ~하는, ~하기 쉬운
* mate errthors: ① mate→make ② errors ③ Thor 뇌신(북유럽 신화에서 천둥·전쟁·농업을 주관)
* stern: ① stern 단호[엄중]한, (배의) 고물 ② John Sterne 조나단 스위프트(Jonathan Swift) 이전의 St Patrick's Cathedral의 주임 사제 ③ Laurence Sterne 영국계 아일랜드인 소설가이자 성공회 성직자로 *The Life and Opinions of Tristram Shandy*를 썼음 ☞ Sir Tristram【003:04】 ④ sterne[독일어]=stars ☞

Stella & Vanessa→morning & evening star(Stella=star, Vanessa=Venus)【003:12】
* check=restrain[stop] 견제[저지]하다, 질책하다

| 036:36 | nosing through eustacetube that it was to make with a markedly |
| | (유스타키오관을 통해 진단하건대 그 녀석은 하이델베르크의 |

* eustacetube: ① Eustachian tube 유스타키오관→중이(中耳)와 인두를 연결하는 관으로 주로 귀 내부와 외부의 압력을 같도록 조절해 주는 역할 ② Eustace II[Eustace aux Grenons] 볼로뉴 백작(Count of Boulogne)→1066년 헤이스팅스(Hastings) 전투에서 정복자 윌리엄의 동맹이었음
* markedly=in a marked manner 현저[명백]하게, 두드러지게

| 037:01 | postpuberal hypertituitary type of Heidelberg mannleich cavern |
| | 난폭한 사내의 전형인 사춘기 이후에 겪는 뇌하수체 기능 항진 증세가 |

* postpuberal: ① postpubertal 사춘기 후의 ② postpuberal 사춘기 후의 ☞ 사춘기를 겪으면서 성장하는 데는 pituitary gland (뇌하수체)가 제어함
* hypertituitary: ① hyperpituitarism 뇌하수체 기능 항진(증)→이상성장 ② hyper tits 큰 유방 ③ hyper titular 과장된 이름
* Heidelberg mannleich: ① Heidelberg man 하이델베르크 근교에서 1907년에 발굴되고 네안데르탈(Neanderthal)인에 속한다고 추정함 ② mannlike→mannish 여자가 남자 같은 ③ männlich〔독일어〕=male ④ Leiche〔독일어〕=corpse
* cavern ethics: ① cave ② caveman 동굴 거주자, (여성에게) 난폭한 사람 ③ ethics (개인·어떤 사회·직업의) 도덕 원리[윤리]

| 037:02 | ethics) lufted his slopingforward, bad Sweatagore good mur- |
| | 명백했다) 비스듬히 경사진 자신의 이마를 높이 쳐들고, 기분이 좋지 않은 |

* lufted: ① lifted〉lift 해제하다 ② left 왼쪽 ③ lofted〉loft (공을) 높이 쳐올리다 ④ Luft〔독일어〕=air 항공
* slopingforward: ① sloping forehead 비스듬히 경사진 이마 ② sloping foreward=sloping penis 비스듬한 페니스
* bad 기분이 좋지 않은
* sweatagore: ① Svyatogor 슬라브 신화 속의 거인 ☞ 여기서는 HCE를 지칭 ② Sweatipore〔속어〕=India ③ sweat, gore 땀, 피 ④ Rabindranath Tagore 인도의 시인[사상가]→1913년 노벨 문학상을 수상한 최초의 비유럽인

• Svyatogor

037:03	rough and dublnotch on to it as he was greedly obliged, and
	HCE에게 엄청나게 감사라도 한 건지 아침 인사와 저녁 인사를 했다. 그리고

* good murrough: ① good morrow=good morning ② mir〔러시아어〕=peace〔world〕 ③ bad/ good→cavern ethics【037:01】 ④ Gilbert Murray 영국 고전학자로 그리스극을 현대의 무대에 부활시킴 ⑤ Murrough O'Brien 토몬드(Thomond)의 마지막 왕으로 1543년 헨리 8세에게 왕국을 양도하고 성공회로 개종함 ⑥ Diarmaid MacMurrough 내부 분쟁 해결을 위해 영국에 도움을 요청한 라인스터(Leinster)의 아일랜드 왕으로 노르만의 침공과 영국의 아일랜드 정복을 촉발함
* dublnotch: ① Dublin ② dobrie noch〔러시아어〕=good night ③ double knock 우체부의 노크 ☞ Shaun the Post
* greedly→greedily 탐욕스럽게〔욕심부려〕 ☞ greatly
* obliged 고마운〔감사한〕

037:04	like a sensible ham, with infinite tact in the delicate situation seen
	마치 분별 있는 성인인 양, 위험한 주제를 내포한 까다로운 속성의

* ham: ① ham〔덴마크어〕=he ② 초심자〔서툰 배우〕 ③ 노아(Noah)의 차남 ④ man 성년 남자〔어른〕
* tact 재치〔요령〕, 날카로운 감각

037:05	the touchy nature of its perilous theme, thanked um for guilders
	민감한 상황에서도 굉장한 재치를 보여주면서, 자신이 받은 안내와

* touchy=risky〔precarious〕 까다로운〔위태로운〕
* perilous 위험을 내포한〔모험적인〕
* um→'em〔구어〕=them
* guilders: ① guilder〔gulden〕 길더 (네덜란드의 이전 화폐 단위) ② guiders ③ gilders 금박공 ④ guidance ⑤ guilt 죄책감→Cad가 그에게 묻지 않았음에도 불구하고 HCE가 소문을 부인함

037:06	received and time of day (not a little token abock allthe same that
	그 내용에 관해 고마워했으며 (그것이 신의 시계인 올빼미였다는 것은

* time of day: ① 시계가 가리키는 시각 ② 현재 ③ 실정〔진상〕
* not a little 적지 않게〔크게〕
* abock→bock ① 독일산의 독하고 진한 라거〔맥주〕 ② 〔독일어〕숫염소 ③ 〔프랑스어〕맥주 한 잔 ☞ token abock→take aback 깜짝 놀라게〔어리둥절하게〕 하다
* all the same 똑같은〔아무래도 좋은〕, 그래도〔여전히〕

037:07	that was owl the God's clock it was) and, upon humble duty to
	여전히 어리둥절케 했다) 또, 자신의 주인님을 섬겨야 하는 변변찮은 신분으로

* owl 올빼미→밤에 나다니는 사람〔밤잠을 안 자는 사람〕

* humble 보잘 것 없는 ☞ humble duty 변변치 않은 직책

037:08	greet his Tyskminister and he shall gildthegap Gaper and thee his
	그는 혼돈 상황과 우울한 공허함을 덮으려고 자기 볼일을 보러

* Tyskminister: ① taskmaster (흔히 하기 힘든) 일을 시키는 사람[감독] ② Tysk〔덴마크어〕=German ③ minister 장관[목사]
* gildthegap Gaper: ① Gunninga Gap 북유럽 신화에서 창조 이전에 존재했던 큰 공백[혼돈] ② gild 금박[도금] ③ gaper→Gaping Gill【036:35】 ④ gilt cover with gold 금박 덮개
* thee: ① 〔네덜란드어〕=tea ② you(thou의 목적격)

037:09	a mouldy voids, went about his business, whoever it was, saluting
	분주하게 쏘다니면서, 그것이 누구든 간에 죽은 사람에게까지 인사를 건네고,

* mouldy voids: ① mighty voice 《시편 68장 33절》 'lo, he doth send out his voice, and that a mighty voice(보라, 그가 그의 음성을 보내시나니, 그건 강력한 음성이로다)' ② mouldy〔앵글로-아일랜드 속어〕=drunk ☞ mouldy 곰팡이가 핀[케케묵은] void 공간[틈], 공허감[허전함]
* went about his business (늘 하는) 일을 보러 다니다, 자기 일을 하다[일에 착수하다]

037:10	corpses, as a metter of corse (one could hound him out had one
	당연히 (작은 언덕을 닮은 두상과 뚝뚝 떨어지는 머리비듬이 그의 흔적을

* corpses (특히 인간의) 시체, 송장(dead body)
* corse: ① course→as a matter of course 당연히[마땅히] ② corse〔고어〕=corpse ③ Corse〔프랑스어〕=Corsica(나폴레옹의 출생지) ④ coarse=unrefined 거친[정제되지 않은]
* hound (사람을) 맹렬하게 추적하다

037:11	hart to for the monticules of scalp and dandruff droppings blaze
	보여주는 것이므로, 사슴 한 마리만 있으면 누구나 그를 추적할 수 있음)

* hart (특히 붉은 사슴의) 수사슴
* monticules: ① monticules 작은 산[언덕] ② bumps (두개골의) 융기, (미발육의 작은) 유방 ③ molecules 분자
* scalp 머리 가죽[두피], 둥근 민둥산의 꼭대기
* dandruff=scurf (머리의) 비듬, 찌꺼기, 사회의[인간] 쓰레기
* dropping 뚝뚝 떨어짐[방울져 떨어지기], 낙하
* blaze his trail→blaze the trail=indicate a path 새로운 길을 열다[보여주다]

037:12	his trail) accompanied by his trusty snorler and his permanent
	믿음직스럽게 호통치는 사람의 면모와 변치 않는 정확한 기억력을 갖춘

* accompanied by 동반한, 데리고
* snorler: ① snarler 으르렁거리는 개→딱딱거리는[호통치는] 사람 ② snorer 코고는 사람 ③ schnor-rer〔이디시어〕=begger(거지), sponge(식객) ☞ 이디시어(중앙·동부 유럽에서 쓰이던 유대 언어)

037:13	reflection, verbigracious; I have met with you, bird, too late,
	그가 반복적으로 말하기를; 나는 당신을 만났었지, 이쁜 아가씨,

* reflection: ① shadow ② photographic memory (머릿속에 사진을 찍듯 상세히 기억하는) 정확한 기억력
* verbigracious: ① verbigeration 언어 반복증(의미 없는 말이나 문장을 반복하는 상태, 조현병에서 흔히 보임) ② ver-bi gratia〔라틴어〕=for instance ☞ voracious=greedy 탐욕적인
* bird〔영국 속어〕매력적인 소녀[아가씨], 〔미국 속어〕매춘부 ☞ (반어적으로) 매우 훌륭한 사람

037:14	or if not, too worm and early: and with tag for ildiot repeated
	너무 늦게 말이야, 그렇지 않으면, 너무 일찍이: 그러면서 바보에게나

* too worm and early: ① The early bird gets the worm 일찍 일어나는 새가 벌레를 잡는다 ② I have met with you, bird, too late→조이스가 예이츠를 처음 만났을 때 'We have met too late. You are too old for me to have any influence on you.(우리는 너무 늦게 만났어요. 당신은 내가 당신에게 영향을 미치기에는 너무 늙었어요.)'라고 말한 것으로 전해짐 ③ warm and early→premature ejaculation 조기 사정[조루] ④ worm 벌레→(벌레 같은) 한심스러운 인간
* tag for ildiot: ① label 꼬리표 ② tak for ilden〔덴마크어〕=thanks for the light ☞ tag for ildiot=epithet for idiot 바보에게 던지는 모욕적 언사

037:15	in his secondmouth language as many of the bigtimer's verbaten
	던질 법한 눈에 띄게 많은 금기 언어를 동원해 가며 모욕적 언사를

* second=inferior 열등한, 질 낮은 ☞ secondmouth language 저열한 입 밖으로 내뱉는 언어
* as many 같은 수만큼의
* bigtimer's: ① bit time=outstanding 눈에 띄는, 일류의[최고 수준의] ② big timer=top ranker 일류 배우[인물], 중요 인물
* verbaten: ① verbatim 말[글자] 그대로 ② verboten〔독일어〕=forbidden 금지된

037:16	words which he could balbly call to memory that same kveldeve,
	연거푸 저열한 입에 올렸는데, 모두 그날 저녁에 간신히 기억해 낸 것들이었다.

* balbly: ① barely 간신히 ② ably 능숙하게 ③ palpably 명백[분명]히 ④ balbus〔라틴어〕=stam-mering 말더듬 ⑤ balbutier〔프랑스어〕=stutter 말을 더듬다 ⑥ Lucius Cornelius Balbus the elder 로마의 부유한 정치인이자 포에니족(Punic) 출신의 사업가였고 히스파니아의 가데스(Gades) 출신으

로, 로마에서 공국(principate)의 출현에 중요한 역할을 했음
* call to memory 생각해 내다, 상기하다
* kveldeve: ① kveld〔노르웨이어〕=evening ② Belvedere←kveldeve+ere 아일랜드 웨스트미스(West-meath)주 Lough Ennell의 북동쪽 해안에 위치한 집과 정원. 1740년 1대 벨베데레 백작인 로버트 로크포트(Robert Rochfort)의 사냥터로 조성됨.

037:17	ere the hour of the twattering of bards in the twitterlitter between
	그 시간은 어디에도 오갈 데 없는 새들이 황혼을 틈타 하염없이 지저귀는

* ere: ① air ② Eire=Ireland ③ before
* twattering of bards: ① twittering of birds 새들의 지저귐(얼스터 지방의 발음) ② twat 여성의 음부[섹스의 대상으로서의 여자], 꼴 보기 싫은 사람[여자] ③ Celtic Twilight school→Celtic Twilight 켈트의 여명(아일랜드 민화의 신비스러운 분위기, W.B. Yeats의 민화집 제목에서 유래)
* twitterlitter=twilight (해 뜨기 전·해 진 후의) 여명→(전성기·영광·성공 뒤의) 쇠퇴기 [황혼기]

• Celtic Twilight

037:18	Druidia and the Deepsleep Sea, when suppertide and souvenir to
	때였으며 저녁 식사 시간과 샤를몬트 거리의 추억이 동시에 조용히 찾아드는

* between Druidia and the Deepsleep Sea: ① between the devil and the deep blue sea→choose between two undesirable situations 진퇴양난에 빠진, 빼도 박도 못하는→어쩔 수 없는 처지 ② Druidia=land of Druids 드루이드(고대 켈트족 종교였던 드루이드교의 성직자)의 땅 ③ deepsleep 숙면
* suppertide→suppertime 저녁 식사 시간
* souvenir→remembrance 추억[기념]

037:19	Charlatan Mall jointly kem gently and along the quiet darkenings
	순간이기도 했다. 그리고 해 질 무렵 적막이 흐르는 대운하와 로열 운하의,

* Charlatan (전문 지식이 있는 체하는) 협잡꾼(impostor), 허풍선이[사기꾼]
* Mall: ① Charlemont Mall 더블린 남부 거리, Portabello 근처 대운하(Grand Canal)와 접해있음 ② Charleville Mall 더블린 북부 거리, North Strand Road 근처 Royal Canal과 접해있음
* jointly kem gently: ① Johnny-come-lately 신출내기(newcomer), 풋내기(beginner), 벼락부자 ② jointly→together ③ kem→came
* quiet 고요한, 평화스러운[차분한]
* darkenings→darkening=nightfall[dusk] 해질녘[땅거미]

• Charlemont Mall

• Charleville Mall

037:20	of Grand and Royal, ff, flitmansfluh, and, kk, 't crept i' hedge
	빌어먹을, 난간을 따라, 귀뚜라미가 울타리를 살금살금 기어오르고 있었으며

* Grand and Royal=Grand Canal(리피강에 있는 운하 선 착장에서 시작하여 섀넌강까지 2개의 운하가 더블린 시내를 둘러싸고 있음)과 Royal Canal(수도 더블린과 섀넌강 연안의 터먼바리를 연결하는 운하) ☞ 두 곳 모두 해가 진 후 연인들이 자주 찾는 장소(lovers' haunts)

* ff ... kk→fuck 제기랄[우라질]

* flitmansfluh: fluh[독일어]=precipice 낭떠러지 [위기]

* 't ... i'→it ... in ☞ ,kk,'t=cricket 귀뚜라미

* crept→creep 살금살금 움직이다, 기어오르다

* hedge 울타리[장벽]

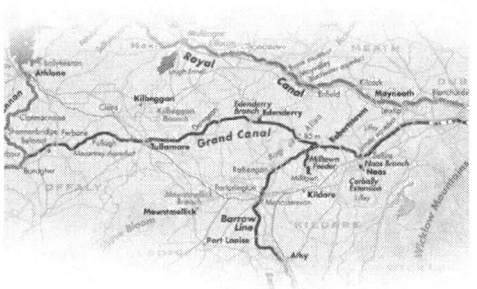

• Grand and Royal

037:21	whenas to many a softongue's pawkytalk mude unswer u sufter
	수없이 주고받은 부드러운 대화에 대해 무언으로 화답하며 한층 부드럽게

* whenas=when[inasmuch as] ~할 때[~이므로], 그런데

* softongue's pawkytalk: ① soft talk=gentle talk 부드러운 대화 ② A soft tongue breaks the bone(부드러운 혀는 뼈도 녹인다)→A soft answer turns away wrath(부드러운 대답은 진노를 쉬게 하느니라)《잠언 25장 15절》 ③ pawky[스코틀랜드어]=sly[cunning] 교활한

* mude unswer: ① mute answer 무언의 대답 ② un-answer 무응답 ③ unswear=retract an oath 선언을 파기하다 ④ müde[독일어]=tired ⑤ mudo[스페인어]=mute[dumb] ⑥ unser[독일어]=our

* u sufter=a softer

037:22	poghyogh, Arvanda always aquiassent, while, studying castelles
	입맞춤만 하던 노련한 HCE는 언제나 순종적이었으며, 공상에 잠기거나

* poghyogh: ① pogue[앵글로-아일랜드어]=kiss ② pog ma thoin[아일랜드어]=kiss my ass 빌어먹을![우라질!] ③ pogh 사막 가시덤불 ④ you ⑤ yogh 중세 영어의 알파벳 3자

* Arvanda: ① Arvada, Colorado 로키산맥에서 금이 최초로 발견된 장소 ② Nirvana (불교에서) 열반(涅槃)→모든 번뇌를 없앤 지복의 경지, (힌두교에서) 해탈(解脫)→생명의 불꽃 소멸 ☞ Arvanda→(모든 일에 달관한 듯) 노련한 HCE
* aquiassent→acquiescent 묵인[순종]하는
* castelles: ① castelles in the blowne=Castello Brown 이탈리아 북부 포르토피노(Portofino) 항구의 높은 곳에 위치한 박물관으로 로마 시대부터 군사 방어를 위해 사용되어 왔음 ② Castle Browne →Clongowes Wood의 별칭 ③ castles in the air=daydreams 공중누각[백일몽] ④ im Blauen[독일어]=in the blue 멀리 떨어진 곳에

• Nirvana(Realization of Ultimate Truths)

| 037:23 | in the blowne and studding cowshots over the noran, he spat in |
| | 소의 배설물을 강물에 던지기도 했다. 한편 캐드는 자신의 *가정*을 |

* studding: ① Studd 영국의 크리켓 선수 가족 ② stud 장식용 금속 단추로 꾸미다 ③ (보석 등을) 박다 ④ 부딪치다
* cowshots: ① cowshot (크리켓에서) 허리를 굽히고 치는 강타 ② cowshit〔속어〕소의 배설물을 강물에 던지다 ③ cowshots 소똥 등불 ④ cushats〔스코틀랜드어〕=pigeons

• Up the Noran Water

* noran: ① Nora Barnacle ② Noah 노아(헤브라이의 족장으로 대홍수에서 살아남아 인류의 조상이 됨) ③ the Noran Water 스코틀랜드의 강 ☞ 노래 제목〈Up the Noran Water〉
* spat: ① he spat into the hearth→hearthstone 벽난로에 침을 뱉다→벽난로의 바닥돌 ② expectorate 침을 뱉다(spit)

| 037:24 | careful convertedness a musaic dispensation about his *hearthstone*, |
| | 둘러싸고 있는 기독교 교리에 사악한 짓궂음으로 침을 뱉긴 했지만, |

* convertedness→pervertedness=wickedness[distortion] 짓궂음[왜곡], 사악
* musaic: ① music ② mosaic 모자이크의, 잡동사니의 ③ Mosaic 모세(Moses 고대 이스라엘의 입법자)의
* dispensstion: ① 분배 ② (특히 종교 지도자의) 특별 허가 ③ (특정 시기의 정치적·종교적) 제도[체제] ☞ Mosaic dispensation 모세의 율법(시대)→Christian dispensation 기독교 제도[체제]
* hearthstone 벽난로의 바닥돌, 가정(家庭)

| 037:25 | if you please, (Irish saliva, *mawshe dho hole*, but would a respect- |
| | 미안하게도, (아일랜드어로, *모쉬 호 호울*, 하지만 그는 앵글로-아이리쉬 |

* if you please ① (남의 행동에 대해 짜증스러움·놀라움을 나타내며) 세상에 ② 미안하지만
* saliva=spittle 침[타액]
* mawshe dho hole→má's é do thoil é[아일랜드어]=if you please ① 괜찮으시면, 미안[죄송]하지만
  ② 세상에

| 037:26 | able prominently connected fellow of Iro-European ascendances |
| | 지배 세력과 연줄이 닿는 제법 괜찮은 사람으로 세련된 생각의 |

* respectable 훌륭한[존경할 만한], 꽤 괜찮은
* prominently 두드러지게, 현저히
* connected 관련이 있는, 연줄이 있는
* Iro-European: ① Indo-European 인도-유럽 어족의 ② Iro-European: Irish-European 아일랜
  드계 유럽인 ③ iro[라틴어]=I rage 몹시[격렬히] 화를 내다
* ascendances=going back in time 과거로 돌아감 ☞ Anglo-Irish Ascendancy 앵글로-아이리쉬 지
  배권[지배적 세력]

| 037:27 | with welldressed ideas who knew the correct thing such as Mr |
| | 소유자였는데 저딴 식으로 아무렇지 않게 침을 뱉고 있다니 |

* welldressed 몸치장을 잘한[복장이 훌륭한]→세련된

| 037:28 | Shallwesigh or Mr Shallwelaugh expectorate after such a callous |
| | 한숨을 지어야 할지 웃어야 할지 모르겠지만, 아니 그건 됐고! |

* Mr Shallwesigh or Mr Shallwelaugh→Shall we sigh or Shall we laugh
* expectorate: ① spit 침을 뱉다 ② ease[relieve] one's mind 안심시키다
* callous=unfeeling[hardened] 냉담한[굳어진], 예사인

| 037:29 | fashion, no thank yous! when he had his belcher *spuckertuck* in his |
| | 당시 그는 *침 뱉는 사람들*이 사용하는 손수건을 자신의 주머니에 |

* yous 너희들(화자를 제외한 상대를 일컬을 때 사용하는 비격식적인 표현) ☞ thank-yous: thank-you의 복수형
* belcher: ① belcher 청색 바탕에 흰 물방울무늬가 있는 목도리 ② bandanna code 반다나(목이나 머리
  에 두르는 화려한 색상의 스카프) 코드
* spuckertuck: ① stuck 움직일 수 없는[갇힌] ② Spucker[독일어]침을 뱉는 사람 ③ Tuch[독일어]
  =cloth 옷감[천]

037:30	pucket, pthuck?) musefed with his thockits after having supped
	꽃고 있지 않았나요?) 메뉴가 못마땅하여 냉동 프랑스 요리라고 이름 붙인

* pucket: ① puke(구토하다)+bucket(양동이) ② pocket
* musefed with→busy with
* thockits→thoughts
* supped→sup=take supper 저녁밥을 먹다

037:31	of the dish sot and pottage which he snobbishly dabbed Peach
	접시 요리와 수프를 저녁 식사로 먹고 난 후 그는 생각에 골몰하고 있었다.

* dish sot: ① dish meat 접시에 요리한 음식 ② sot 술고래[주정뱅이]
* pottage 진한 채소 수프[스튜], 잡동사니[뒤범벅]
* snobbishly 못마땅하여 우월감에 젖은, 속물근성으로[신사인 체하여]
* dabbed: ① dab 가볍게 두드리다[살짝 누르다] ② dub 별명[호칭]을 붙이다
* Peach Bombay→Peach Bombé=French frozen dessert

037:32	Bombay (it is rawly only Lukanpukan pilzenpie which she knows
	(그의 저녁 메뉴로 올라온 요리라고는 정말 겨자와 후추를 곁들인

* rawly: ① really 정말로 ② barely 간신히[가까스로]
* Lukanpukan→Lucan 더블린 교외 리피 강변의 도시로 스트로베리 베드(Strawberry Beds)와 루칸 위어 (Lucan Weir) 근처, 그리고 그리핀(Griffeen)강의 합류점에 위치함
* pilzenpie: ① Georgie Porgie Pudding and Pie→전래 동요[자장가] ② Lucan ③ puking→puke 【037:30】 ④ pocán〔아일랜드어〕=little he-goat 새끼 숫염소 ⑤ mushroom pie←버섯파이

037:33	which senaffed and pibered him), a supreme of excelling peas,
	루칸 지방의 버섯 파이뿐인데). 냉동 프랑스 메뉴는 최상급의 완두콩과,

* senaffed and pibered: ① senaf〔레토로만어〕=mustard 겨자 ② senep〔덴마크어〕=mustard ③ Senf〔독일어〕=mustard ④ pibe〔레토로만어〕=pepper 후추 ⑤ peber〔덴마크어〕=pepper
* supreme: ① suprême 최상품 고기 ② suprême de volaille 날개뼈가 붙은 닭가슴살 ③ sauce suprême 크림과 치킨 스톡으로 만든 진한 화이트 소스 ④ supreme 쉬프렘(닭국물과 크림으로 만드는 소스) ⑤ soup
* excelling=superior
* peas: ① peas 완두류 ② shelling peas 껍질을 벗긴 완두콩

037:34	balled under minnshogue's milk into whitemalt winesour, a pro-
	어린 암염소의 우유를 끓여 만든 흰 맥아 식초로 요리 한 쉬프렘이었는데.

* ball: ① 쥐어짜서 공 모양을 만들다 ② 남자가 여자와 성교하다 ☞ balled→boiled 삶은

* minnshogue's: ① minnshogue〔앵글로-아일랜드어〕첫 새끼를 낳은 어린 암염소 ② minnseog〔아일랜드어〕=young she-goat 어린 암염소
* whitemalt winesour→white malt vinegar 흰 맥아 식초
* proviant=food supply 식량 공급[배급]

037:35	viant the littlebilker hoarsely relished, chaff it, in the snevel season,
	꼬마 사기꾼이 매우 좋아하는 음식이었는데, 빌어먹을, 눈이 내리는 계절에,

* bilker: ① bilker 사기꾼→택시 요금을 내지 않는 사람 ② Little Billee 영국 소설가 William Makepeace Thackeray의 시 제목
* hoarsely: ① horse ② horseradish 서양 고추냉이(고기용 소스) ☞ hoarsely 쉰 목소리로[귀에 거슬리게]→highly 크게[높이]
* relished→relish 즐기다[좋아하다], 맛이 나다[풍미가 있다] ☞ 렐리시(과일, 채소에 양념을 해서 걸쭉하게 끓인 뒤 차게 식혀 고기, 치즈 등에 얹어 먹는 소스)
* chaff it: ① dash it 제기랄[빌어먹을] ② damn it 제기랄[빌어먹을] ③ Japhet=son of Noah ☞ chaff 밀가루 반죽을 말아서 둥근 덩어리로 만들다
* snevel: ① sne〔덴마크어〕=snow ② snivel 콧물을 흘리다, 훌쩍[칭얼]거리다
* season: ① 계절[절기] ② 조미료[양념]

• The Ballad of Little Billee

037:36	being as fain o't as your rat wi'fennel; and on this celebrating
	생쥐들이 회향풀에 이끌리듯 좋아했다. 이런 행복한 도피를

* being as fain o't as your rat wi'fennel→being as fond of it as your rat with fennel 생쥐들이 회향풀에 이끌리듯 좋아하는 ☞ fennel은 쥐약 성분 중의 하나임

038:01	occasion of the happy escape, for a crowning of pot valiance,
	축하하는 순간에, 술김에 내는 만용의 절정을 위하여, 스페인 올리브를

* happy 교묘한, 행운의, 마음이 놓이는
* crowning→crown 절정, 극치
* pot valiance: ① pot-valiant 술김에 용감한 ② valiance〔고어〕=valor 용기 ☞ pot valiance=Dutch courage 술김에 내는 용기

038:02	this regional platter, benjamin of bouillis, with a spolish olive to
	천정까지 쌓아둔 채, 삶은 고기에 벤조인 향신료를 곁들인

* regional platter→plat regional〔프랑스어〕=local dish 향토음식[지방 요리]
* benjamin: ① Benjamin 베냐민(야곱이 귀여워하던 막내아들) ② benjamin〔프랑스어〕(일반적으로) 막내아들[귀

염둥이] ☞ benjamin=benzoin 벤조인 수지, 안식향(安息香: gum benjamin, gum benzoin→남양산 benjamin tree에서 채취하는 일종의 balsam, 약품 및 향수로 씀)

* bouillis: ① bouilli〔프랑스어〕=boiled meat 삶은 고기 ② Benjamin of bullies→bullies 집단 따돌림 가해 집단
* spolish: ① Spanish 스페인어 ② Polish 폴란드어

038:03	middlepoint its zaynith, was marrying itself (porkograso!) ere-
	향토 요리가 (살진 돼지!) 1798년 아일랜드 반란 무렵의 기네스 맥주 1병으로

* middlepoint 중점
* be married→marry (음식물·술 따위를) 다른 재료와 혼합하다[잘 어울리다, 조화하다]
* zaynith: ① zaynith〔앵글로-아일랜드어 발음〕=zenith 정점[절정], 천정(天頂) ② zayit〔히브리어〕=olive
* porkograso: ① porco grasso〔이탈리아어〕=fat swine[pig] ② porcograso〔에스페란토〕=lard 라드 (돼지비계를 정제하여 하얗게 굳힌 것)

038:04	busqued very deluxiously with a bottle of Phenice-Bruerie '98,
	때깔 좋고 맛있게 조미되었다. 그리고 뒤이어 두 번째로 피에스포르테 화이트 와인과

* erebusqued: ① herbed 향료 식물로 조미한 ② débusqué〔프랑스어〕=driven[flushed] out 내쫓다[물리치다] ③ Erebus 에러버스(이승과 저승 사이에 있는 암흑계) ④ eructed=puked 구토하다 ⑤ arabesqued=ornamented[decorated] 화려한[장식된]
* deluxiously: ① deluxe 호화로운[사치스러운] ② delicious 아주 맛있는[아주 즐거운]
* Phenice-Bruerie '98: ① Phoenix Brewery[Phoenix Porter Brewery Co] 19세기말 Phoenix Porter를 생산하던 더블린에서 세 번째로 큰 양조장이었으며 1905년 기네스에 인수됨 ② Brouwerij〔네덜란드어〕=brewery ③ 1798→〈The Memory of the Dead〉의 가사: 'Who fears to speak of Ninety-Eight?' ☞ The Irish Rebellion of 1798[Eiri Amach 1798] 아일랜드 반란

• Erebus

• Phoenix Porter

038:05	followed for second nuptials by a Piessporter, Grand Cur, of
	그랑크뤼 와인이 나왔으며, 두 가지 모두 책상 조명을 소담스럽게

* nuptials: ① wedding ② for the second time

* Piessporter: ① Piessporter 독일 모젤(Moselle) 계곡에서 생산되는 가볍고 드라이한 화이트 와인 ② piss porter→Phenice-Bruerie '98 ③ Porter→HCE ④ piss-poor〔속어〕지독히 형편없는[끔찍하게 저질인]

* Grand Cur: ① cur (성질 사나운) 똥개→불량배[하등 인간] ② Grand Cru 그랑크뤼(프랑스의 버거니와 보르도 지역의 최상의 샤또에 생산된 최고급 와인)

• Piesporter

| 038:06 | both of which cherished tablelights (though humble the bounquet |
| | 받고 있었는데 (그 연회가 비록 변변찮은 자리이긴 했지만 연인과의 |

* tablelights→tablets 서판[명판] ☞ tablelight 탁상 조명
* humble=make humble[destroy the power] 겸허하게 만들다[힘을 꺾다]
* bounquet: ① Though Humble the Banquet 무어(Thomas Moore)의 노래 〈Humble the Banquet〉→'Though humble the banquet to which I invite thee,/Thou'lt find there the best a poor bard can command(내가 당신을 초대하여 베푸는 연회가 소박할지라도/가난한 음유 시인이 구사하는 최상의 것을 발견할 것입니다)' ② bouquet 술의 향기

• Though Humble the Banquet

| 038:07 | 'tis a leaman's farewell) he obdurately sniffed the cobwebcrusted |
| | 작별을 위한 것) 그는 숙성 포도주의 코르크 마개에 코를 대고 킁킁거리며 |

* 'tis→it is
* leaman's: ① leman〔고어〕연인, 정부(情婦) ② teaman〔속어〕마리화나 중독자, 죄수 ③ teaman's farewell 『경야』의 마지막 단어에 대한 암시 ④ seaman 뱃사람
* obdurately=stubbornly 완고[냉혹]하게
* sniffed: ① sniffed=smelled ② sniffed=suspected
* cobwebcrusted→crusted: ① (포도주가) 숙성한 ② 겉껍질이 있는[표면이 딱딱한]

| 038:08 | corks. |
| | 냄새를 맡았다. |

* corks (특히 포도주병의) 코르크 마개

| 038:09 | Our cad's bit of strife (knee Bareniece Maxwelton) with a quick |
| | (나중에 들었던 주장대로) 타구(唾具)를 눈치 빠르게 알아차린 바로 그 캐드의 아내는 |

* our (화제의 인물 또는 특히 상호 간에 흥미 있는 사람을 가리켜) 문제[화제]의, 예 (例)의
* bit of strife: ① trouble and strife 마누라 ② bit of stuff (성 적 대상으로서의) 젊은 여자

• Berenice

* knee Bareniece Maxwelton: ① née〔프랑스어〕구성(舊姓)은 ~인(기혼 여성의 미혼 시절의 성을 가리킴) ② Berenice 헤롯(Herod) 가문 과 프톨레마이오스(Ptolemaic) 왕조 모두에서 흔히 볼 수 있는 이 름 ☞ Berenice 에드거 앨런 포(Edgar Allen Poe)의 고딕 공포 이야기의 제목 ③ Baroness 남작 부인[여자 남작] ④ bare knees 맨 무릎 ⑤ bare niece 벌거벗은 조카딸→근친상간적인 결혼이 흔했던 헤롯 가 문의 사례 ⑥ Bernicia 6~7세기 앵글로색슨 왕국 ⑦ Maxwelltown 잉글랜드와 접한 스코틀랜드의 Dumfriesshire라는 옛 카운티 내의 작은 도시로 1928년 덤프리스(Dumfries)와 통합됨 ☞ Maxwelton 스코틀랜드 민요 〈Annie Laurie(애니 로리)〉의 지리적 배경→Maxwellton ☞ 애니 로리는 1685년 Max- weltown의 초대 준남작의 작위를 받은 Sir John Laurie의 막내딸【038:21】

| 038:10 | ear for spittoons (as the aftertale hath it) glaned up as usual with |
| | (결혼 이전의 이름은 Bareniece Maxwelton) 여느 때와 다름없이 |

* quick ear=sharp ear 날카로운 귀→quick perception 눈치가 빠른
* spittoon 타구(唾具)→과거 가래나 침을 뱉는 데 쓰던 그릇
* aftertale: ① 뒤이은 평가[판단] ② 비방[험담]
* hath=have ☞ have it 주장하다
* glaned up: ① gleaned 이삭을 줍다[정보를 수집하다] ② cleaned up 청소[정화]하다 ③ glan〔아일랜드어〕 =clean ☞ lined up 줄을 서다[이루다]
* as usual 평상시와 다를 바 없이[여느 때처럼]

| 038:11 | dumbestic husbandry (no persicks and armelians for thee. Pome- |
| | 집안일을 했다 (당신에게 줄 복숭아나 살구는 남아있지 않아요. 오렌지 양반!) |

* dumbestic husbandry: ① domestic husbandry 가사(家事) 관리 ② dumb beast of a husband 어리석은 짐승 같은 남편
* no persicks and armelians for thee: ① Persians ② persic〔레토로만어〕복숭아 ③ Prunus persica 복숭아 ☞ persicum〔라틴어〕복숭아, Pfirsich〔독일어〕복숭아 ④ Armenians 아르메니아인 ⑤ Prunus armeniaca 살구나무 ⑥ melons ⑦ Persse O'Reilley→perce oreille〔프랑스어〕=ear-

wig→Earwicker

* Pomeranzia: ① Pomerania 포메라니아(발트해 연안의 옛 독일의 주, 현재는 독일과 폴란드에 분할 소속) ② poma-ranza(레토로만어)=orange ③ Pomeranze(독일어)=bitter orange ④ pomme(프랑스어)=apple ☞ orange 오렌지당(북아일랜드가 영국에 계속 통합되어 있어야 한다고 믿는 신교도 정당)의

| 038:12 | ranzia!) but, slipping the clav in her claw, broke of the matter |
| | 그러나 사건의 단서를 손에 쥔 그녀는 다음 날 밤에 자신의 |

* slipping the clav in her claw: ① taking the key in her hand 열쇠를 챙기다 ② clav(레토로만어)=key ③ clava(이탈리아어)(촉각의) 구간부(球桿部)→곤봉 모양의 촉각의 맨 끄트머리가 굵은 몇 개의 마디 ④ klao(그리스어)=break 휴식 ⑤ slip the calf (소 따위가) 유산(流産)하다 ⑥ (경멸적으로) 사람의 손
* broke of the matter→break a matter=divulge 폭로하다

| 038:13 | among a hundred and eleven others in her usual curtsey (how |
| | 평소 방식대로 차 한 잔을 앞에 두고 ALP의 자식 3명이 있는 자리에서 |

* a hundred and eleven: ① 111=ALP ☞ Aleph=1, Lamedh=30, Pe=80→A+L+P=111 ☞ aleph(히브리어 알파벳의 1번째 글자) lamedh(히브리어 알파벳의 12번째 글자) pe(히브리어 알파벳의 17번째 글자) ② 1+1+1=3 ALP의 3명의 자식
* curtsey: ① courtesy 예의[공손] ② course→in one's usual course 평소 방식대로 ③ Kürze(독일어)=brevity 간결성[짧음] ☞ curtsy(왼발을 빼고 무릎을 굽혀 몸을 약간 숙이는 여자의) 절[인사]

| 038:14 | faint these first vhespers womanly are, a secret pispigliando, amad |
| | (여자들이 오줌을 누는 소리는 남자들이 화장실에서 내는 소음에 비하면 |

* faint 아련한[어렴풋한], 연약한[가냘픈]
* vhespers: ① vespers 저녁기도[예배] ② Hesperus 그리스 신화에 나오는 저녁 별 ③ whispers 속삭임 ④ Hesperides 헤스페리데스(Hera가 Zeus와 결혼한 날에 대지의 여신으로부터 받은 황금 사과의 낙원을 지킨 네 자매: Aegle, Arethusa, Erytheia, Hesperia) ☞ how faint these first vhespers womanly are, a secret pispigliando, amad the lavurdy den of their manfolker!(여자들이 오줌을 누는 소리는 남자들이 화장실에서 내는 소음보다 조용하다)
* secret(레토로만어)화장실
* pispigliando(이탈리아어)=whispering(물이 졸졸 흐르는 소리)+pis(게일어)=vulva(여자의 음문)
* amad: ① amid 한가운데 ② ama-da(레토로만어)=loved

| 038:15 | the lavurdy den of their manfolker!) the next night nudge one |
| | 얼마나 조용한 것인가!) 아테네의 웅변가처럼 주의를 환기시키며 |

* lavurdy: ① lavurdi(레토로만어)=weekday ② loerdag(덴마크어)=Saturday ③ lavatory 화장실
* den: ① din 소음 ② den 소굴

* manfolker!: ① menfolk 남자들 ② mannfolka〔노르웨이어〕=menfolk ③ Volker〔독일어〕남자
이름
* nudge (주의를 끌기 위해 보통 팔꿈치로) 슬쩍 찌르다〔조금씩 밀다〕, 설득하다

038:16	as was Hegesippus over a hup a' chee, her eys dry and small and
	HCE의 (피닉스 공원에서의) 외설적 행위를 폭로했다. 그녀의 두 눈은

* Hegesippus: ① Saint Hegesippu〔Hegesippus the Nazarene〕초기 교회의
기독교 연대기 편자 ② Hegesippus 기원전 4세기 아테네의 웅변가
③ sipping→sip 홀짝이다〔한번 홀짝임〕
* hup a' chee=cup of tea
* eys: ① eyes ② eys〔폐어〕=eggs, 〔고어〕=islands

• Hegesippus

038:17	speech thicklish because he appeared a funny colour like he
	메말랐고 작았으며 말투는 신경질적이었는데 그 이유는 그가 더 이상은

* thicklish: ① ticklish 간지럼 타는〔불안정한〕 ② thick tongue=poor articulation〔stuttering〕발음이 서
툰〔말을 더듬는〕
* funny colour 우스꽝스러운 표정

038:18	couldn't stood they old hens no longer, to her particular reverend,
	도저히 참을 수 없겠다는 듯 우스꽝스러운 표정을 짓고 있었기 때문이었다.

* couldn't stood they old hens no longer: ① 마크 트웨인의 Huckleberry Finn에서 'I couldn't
stood it much longer(더 이상 참을 수가 없었다)' ② the old ones 옛날 것 ③ hens〔속어〕=women ④
hen〔웨일스어〕=old, 〔그리스어〕=one
* reverend: ① 목사〔신부〕 ② 존경할 만한〔존귀한〕

038:19	the director, whom she had been meaning in her mind primarily
	그는 바로 그녀가 신뢰하는, 누구보다 먼저 이야기를 나누고 싶어

* meaning 의도〔취지〕, 중요성

038:20	to speak with (hosch, intra! jist a timblespoon!) trusting, between
	마음속으로 남다른 의미를 품고 있던 특별히 존경할 만한 신부, 즉 목회자였다.

* hosch, intra!: ① hoscha!〔레토로만어〕=come in! ② hush! ③ intrar〔레토로만어〕=intro 도입부

④ enter! 들어가다[시작하다]

* jist a timblespoon!: ① just a thimbleful (특히 술에 대하여) 아주 조금　② just a tablespoon (식탁용의) 큰 숟가락 정도　③ gist (말·글·대화의) 요지[골자]　④ ejaculation (정액 따위의) 사출

038:21	cuppled lips and annie lawrie promises (mighshe never have
	(쉿, 안으로 들어오세요! 한 숟가락만 떠보세요!) 앙다문 입술과 진실한 사랑의

* between cuppled lips: ① between the cup and the lips 확실하다고 생각되는 일　② coupled lips 결합된[포개진] 입술　③ cupped hands 바가지처럼 오므려 붙인 양손 ☞ cupple→couple 연결[결합]하다, 짝짓기하다
* annie lawrie promises: ① ALP　② Annie Lawrie→〈Annie Laurie〉 영국의 스코틀랜드 민요(1825년 스코틀랜드의 존 스콧이 작곡한, 티 없이 아름답고 고왔던 소녀를 그리워하며 천천히 부르는 5음 음계의 곡) ☞ Maxwellton braes are bonnie(맥스웰톤 언덕이 아름답구나) Where early falls the dew(이슬이 일찍 내려와 있는) And it's there that Annie Laurie(그리고 그곳은 애니 로리가 있지) Gaed me her promise true(내게 사랑의 참된 약속을 준 곳이지) Gaed me her promise true(내게 사랑의 참된 약속을 준 곳이지)　③ lawrie→lowrie=fox

• Annie Laurie

038:22	Esnekerry pudden come Hunanov for her pecklapitschens!) that
	맹세 사이에서 (참회 화요일에 만든 작은 케이크에 에니스케리산(産) 푸딩을

* Esnekerry→Enniskerry 아일랜드 위클로우(Wicklow) 주의 마을
* pudden come: ① pudendum 여성의 외음부 ☞ pudding[속어]=penis　② cum[라틴어]~이 딸린[함께, [속어]정액
* pecklapitschens: ① pech[레토로만어]유방　② pieck[레토로만어]유방　③ peclas[레토로만어]참회 화요일(Shrove Tuesday)에 만든 케이크　④ pitschen[레토로만어]=small

• Enniskerry

038:23	the gossiple so delivered in his epistolear, buried teatoastally in
	곁들이진 않았을 것이고) 편지 형식으로 전해지던 그에 관한 소문이, 아이리시 스튜 속에

* gossiple: ① gospel 그리스도의 복음　② gossip 험담[뜬소문]
* epistolear: ① epistle (신약성서) 사도의 서한 ☞ (의례적인) 편지　② pistoleer 권총 사용자　③ ear　④ epistemology 인식론
* teatoastally: ① totally　② tea and toaster 영양부족으로 노쇠하고 병약한　③ teetotal 술을 입에도

대지 않는 ④ tautology 동의어[유의어] 반복

038:24	their Irish stew would go no further than his jesuit's cloth, yet
	완전히 묻혀버려 음모가의 식탁 밖으로 새어 나가지는 않을 터였다. 그러나

* Irish stew 아일랜드의 전통 음식으로 고기와 감자 등을 주재료로 하여 오랫동안 끓인 스튜 요리
* go no further (비밀이 다른 사람에게로) 새어 나가지 않다
* jesuit ① (음흉한) 술책가(intriguer), 궤변가(casuist) ② 예수회(Society of Jesus)의 일원[수사]
* cloth 보자기, 식탁보

038:25	(in vinars venitas! volatiles valetotum!) it was this overspoiled
	(술 속에 진실이 있는 법이다! 헛되고 헛되다!) 사실관계가 파악됐을 때,

* in vinars venitas→in vino veritas=in wine there is truth[라틴어]술 속에 진실이 있다[취하면 본성이 나타난다]
* volatiles valetotum: ① vanitas vani-tatum[라틴어]→vanity of vanities 허영 중의 허영[헛되고 헛된 것] ② volatilis[라틴어]하루살이의[하늘을 나는] ③ vale[라틴어] (헤어질 때) 잘 있어라[안녕]
* overspoiled→spoiled 제멋대로인[버릇없는]

• In Vino Veritas

• Vanitas Vanitatum

038:26	priest Mr Browne, disguised as a vincentian, who, when seized
	밀고자라는 제2의 인격으로 무심코 엿듣고 있던 사람은 바로

* Mr Browne: ① Giordano Bruno 후기 르네상스 이탈리아의 철학자이자 수도사(1600년 2월 17일, 로마의 캄포 디 피올리 광장에서 화형에 처해짐) ② Browne and Nolan 더블린의 서적상 ☞ Bruno→Bru-no of Nola(1584년 나폴리 왕국의 Nola에서 출생)=No-lan ☞ Browne and Nolan=Shem and Shaun/Shaun and Shem(Shem과 Shaun이라는 이름은 Bruno of Nola에서 유래함)
* vincentian: ① Vincentian→Lazarist 라자리스트, 빈센시오회[會] 회원(1625년에 프랑스에서 창립되

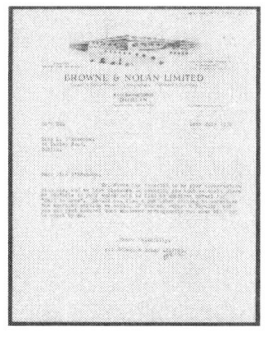
• Browne and Nolan

• Vincent de Paul

어, 주로 선교와 성직자를 양성하는 신학교 경영에 종사한 선교 수도회의 회원) ☞ St. Vincent de Paul 협회 회원(가난한 사람들을 돕는 데 전념하는 국제 가톨릭 자원 봉사 단체) ② Vincentio 셰익스피어 '법에는 법(Measure for Measure)'에서 비엔나 공작으로 어지럽혀진 나라의 기강을 잡기 위해 엔젤로를 대리인으로 내세우고 자신은 수도승으로 변장해 엔젤로의 통치를 암행한 후에 정체를 드러내고 문제를 수습하는 인물

| 038:27 | of the facts, was overheard, in his secondary personality as a |
| | 신학교 수도사로 변장한, 버릇없기 짝이 없고 제대로 훈련도 받지 못한, |

* overheard→overhear (상대방 모르게) 무심코 엿듣다, 몰래 듣다(eavesdrop)
* secondary personality 제2의 인격

| 038:28 | Nolan and underreared, poul soul, by accident if, that is, the |
| | 불쌍한 영혼 브루노였다. 무심코 그랬던 거라면, 다시 말해서, |

* Nolan: ① 아일랜드 작가 Liam O'Flaherty (1896~1984)의 소설 『밀고자(The Informer)』(1925)의 주인공인 Gypo Nolan. 그는 술값을 위해 혁명동지를 배반한다. ② Giordano Bruno(르네상스 이탈리아의 철학자) ③ Browne & Nolan【038:26】
* poul soul: ① poor soul 불쌍한 영혼→가엾어라 ② Paul/Saul (사도) 바울(그리스도의 제자→사도 Paul의 원래 이름)
* by accident 뜻밖에, 우연히, 무심코

• Liam O'Flaherty

• The Informer

| 038:29 | incident it was an accident for here the ruah of Ecclectiastes |
| | 가령 그 사건이 은총의 성(聖) 안나를 탄생시킨 솔로몬 전도서의 |

* ruah: ① ruach〔히브리어〕=정신 ② ruadh〔게일어〕=red
* Ecclectiastes of Hippo: ① Ecclesiastes 전도서(구약성서 중의 한 권)→Solomon이 썼다고 전해짐 ② eklektoi astoi〔그리스어〕=elite ③ hippos〔그리스어〕=horse ④ Eclectic 절충적인[다방면에 걸친] ⑤ ecclesiastic (기독교의) 성직자 ⑥ St. Augustine of Hippo 성 아우구스티누스(4세기 북아프리카인 알제리 및 이탈리아에서 활동한 기독교 보편 교회 시기의 신학자)

| 038:30 | of Hippo outpuffs the writress of Havvah-ban-Annah to |
| | 정신에서 곱사등이 HCE가 자신의 고백을 약간 변형시켜 아주 |

* outpuffs→output=produce[publish] 생산[출판]하다
* writress=female writer[authoress] 여류 작가[여성 저자]
* Havvah-ban-Annah: ① Yes! we have no bananas! 1922~1923년 브로드웨이 시즌에 윈터 가든 극장(Winter Garden Theatre)에서 96회 공연된 뮤지컬 가극 〈Make it Snappy〉에서 에디 캔터(Eddie Cantor)가 주연을 맡아 히트곡 〈Yes! We Have No Bananas〉를 소개함 ② Havvah or

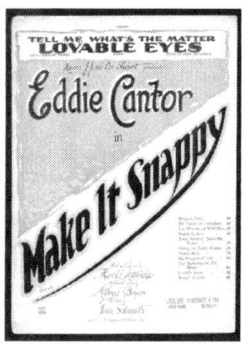
• Make it Snappy

• Let's All Go Down the Strand

Hawwah 하와(하나님이 아담의 갈빗대 하나를 뽑아 만든 최초의 여자) ☞ 히브리어 이름은 Eve ③ Annah→Saint Anne 성모 마리아의 어머니인 성 안나의 이름으로, 히브리어로 은총(은혜)을 의미 ④ Annah→ALP ⑤ bean〔게일어〕=woman ⑥ have a banana〔속어〕=have sex ☞ Have a Banana! 19세기 말과 20세기 초에 인기 있던 영국의 music hall 노래 〈Let's All Go Down the Strand〉(1904)의 코러스 가사 ☞ Have a Havana 옛날 담배 상업광고 문구

| 038:31 | pianissime a slightly varied version of Crookedribs confidentials, |
| | 완곡하게 저지른 일이었다면 (마더 구스가 말했던 동요 같은 |

* pianissime→pianissimo 매우 여리게〔아주 부드럽게〕
* varied=various
* Crookedribs→crookback(곱사등이)+crookedribs(비뚤비뚤한 갈비뼈=Eve)
* confidentials: ① confidential 은밀한〔비밀의〕 ② confession 고백〔자백〕

| 038:32 | (what Mère Aloyse said but for Jesuphine's sake!) hands between |
| | 내용은 제발!) 틈틈이 충성 맹세로 행한 것 (나의 최고로 용감한 |

* what Mere Aloyse said but for Jesuphine's sake!: ① Mère l'Oye〔프랑스어〕=Mother Goose 마더 구스(영국 민간 동요집 *Mother Goose's Melody*의 작자로 알려진 가공의 인물) ② Marie Louise and Josephine 나폴레옹의 아내들 ③ for Jesus's sake 제발
* hands between (hahands)→between hands (of a clock)=at intervals 틈틈이〔사이사이에〕

| 038:33 | hahands, in fealty sworn (my bravor best! my fraur!) and, to the |
| | 형제여! 잘하고 있도다!) 뮤지컬 수록곡인 *그녀 출생의 비밀* |

* fealty sworn→swear fealty (왕·영주에 대한) 충성 서약〔맹세〕 ☞ 전통적으로 영주에 대한 충성 맹세는 서로 손을 맞잡고 행해짐
* my bravor best! my fraur!: ① mon frère〔프랑스어〕=my brother ② mein Braver〔독일어〕=my good one ③ frar〔레토로만어〕=brother ④ Frau〔독일어〕=wife〔woman〕 ⑤ friar (과거 로마 가톨릭교에서 탁발을 다니던) 수사(monk) ⑥ fraud 속임수 ⑦ bravo 브라보!〔잘한다!〕

• Swear Fealty

| 038:34 | strains of *The Secret of Her Birth*, hushly pierce the rubiend |
| | 선율에 맞춰, 농사에 문외한이고 비만 체구에 사투리가 강한 |

* to the strains of ~의 노래〔선율〕에 맞춰
* *The Secret of Her Birth*→*The Secret of My Birth* 마이클 윌리엄 발프(Michael William Balfe)가 작곡하

고 알프레드 번(Alfred Bunn)이 대본을 쓴 아일랜드 낭만주의 오페라 〈The Bohemian Girl〉의 뮤지컬 수록곡(Act 2:11) ☞ '보헤미안 소녀(The Bohemian Girl)'는 『더블린 사람들』의 「클레이(Clay)」와 「이블린(Eveline)」에서도 언급됨

• The Bohemian Girl

* hushly→hush 조용한
* pierce: ① pierce→perce ☞ perce-oreille〔프랑스어〕집게벌레(forticule) ② Persse O'Reilly 【038:11】 ③ conceptio per aurem 옛날 신학자들 중에 성모 마리아가 귀를 통해서 임신했다고 믿는 자들이 있었음 ④ penetrate 꿰뚫다, 관통하다
* rubiend: ① rubied→ripe 기회가 무르익은〔준비가 다 된〕 ② rubbed→rub 문지르다〔비비다〕 ③ Rubus 나무딸기에 속하는 각종 관목

038:35	aurellum of one Philly Thurnston, a layteacher of rural science
	40대 중반으로 접어든 HCE의 진홍색 귀에 조용히 들어간 것.

* aurellum: ① Oreille〔프랑스어〕=ear 청력〔청각〕, 경청〔주의〕 ② O'Reilly【038:34】 ③ conceptio per aurem【038:34】
* Philly Thurnston: ① Philly=Philadelphia(미국 Pennsylvania주 동남부의 도시. 독립 선언지) ② filly 암망아지 ③ turnstone 꼬까도요 ☞ Philly Thurnston→Philip[Phil/Pip] 『경야의 서』에서는 대부분, 특히 술 취한 HCE와 관련이 있다
* layteacher 평교사
* rural science→agriculture science 농경, 전원에 관한 지식

038:36	and orthophonethics of a nearstout figure and about the middle
	바로 그날 그가 성직자처럼 안전빵으로 소액을 걸었던, 장애물 경주 경마 대회와

* orthophonethics: ① orthophonetics 표준 음성학〔음성 체계〕 ② thick (목소리가) 불명료한〔탁한〕, (사투리 억양이) 강한 ③ ethics 윤리학
* nearstout: ① nearly stout 거의 비만인 ② near stout→Guinness ③ tout〔프랑스어〕=everything ☞ nears tout=comes close to everything→Here Comes Everyone[HCE]

039:01	of his forties during a priestly flutter for safe and sane bets at the
	더블린 선발 경주마(馬) 그리고 퍼킨 말(馬)과 폴락 말(馬)의 복식 경주,

* priestly 성직자〔사제〕 같은
* flutter〔속어〕=small bet (경마 등에서 거는) 소액의 돈, (도박·투기로) 한 몫 걸기
* safe and sane→sauf et sain〔프랑스어〕=safe and sound 무사히〔탈없이〕, 안전빵으로

039:02	hippic runfields of breezy Baldoyle on a date (W. W. goes
	귀족 혈통의 말(馬)과 평민 혈통의 말(馬)들이 시합을 벌이던

* hippic: ① hippic 말(horse)과 관련된 ② epic 서사시(의)→장대[방대]한
* runfield 활주로
* breezy 산들바람이 부는→쾌활[상쾌]한, 기분 좋은
* Baldoyle: ① Baldoyle 발도일(더블린 북쪽에 위치한 해안가 교외 지역)→조이스 당시 더블린 경마장 3곳 중 하나가 있었음 ② Bishop Doyle 사제와 경마를 다룬 Michael MacDonagh의 책→*Bishop Doyle J.K.L. A Biographical and Historical Study*
* on a date 당일(當日)에, 바로 그날
* W.W.=Winny Widger=horse jockey (경마에서 특히 직업적으로 말을 타는) 전문 기수

• Bishop Doyle J.K.L. A Biographical and Historical Study

• Horse Jockey[Winny Widger]

039:03	through the card) easily capable of rememberance by all pickers-
	한껏 들뜬 분위기의 발도일 경마장에서 (모든 경마에서 전문 기수가 이김)

* goes through the card→go through the card: ① (선택할 때) 모든 것을 고려[검토]하다 ② 〔속어〕기수가 모든 경마에서 이기다
* rememberance→remembrance 기억[추억], 회상
* pickers-up 따는[줍는] 사람, 채집자

039:04	up of events national and Dublin details, the doubles of Perkin
	정보 수집가들에 의해 손쉽게 소환되었던 것. 당시 승용마 장려 시합의 상배(賞盃)는

* national→Grand and national【013:32】: ① Grand National 리버풀의 에인트리 경마장(Aintree Racecourse)에서 매년 열리는 영국 장애물 경주 경마 ② Irish Grand National 매년 Meath 카운티의 Fairyhouse에서 열리는 아일랜드 장애물 경주 경마
* Dublin details→Dublin Details 더블린 경주마에 관한 신문 칼럼 ☞ detail 선발[파견], 분견(分遣)
* doubles 복식시합, (경마에서 마권의) 복식→다른 경주에 출장하는 2필의 말에 한꺼번에 거는 방식(어느 한쪽이라도 이기면 건 돈은 건질 수 있으나 위험도 큼)
* Perkin→Perkin Warbeck 자신을 에드워드 4세의 둘째 아들인 요크 공작 리처드(Richard of Shrewsbury, Duke of York)라고 사칭함

039:05	and Paullock, peer and prole, when the classic Encourage Hackney
	두 번의 시합에서 근소한 차이로 결승점을 통과하여 획득한 것이었는데.

* Paullock: ① St. Paul 성 바울(그리스도의 12사도 중의 하나) ② St. Patrick 성 패트릭(아일랜드의 수호성인)

* peer and prole: ① peer (영국의) 귀족 ② prole (경멸적으로 쓰여) 노동자 계급의 사람
* classic (전통적인) 대시합 ☞ Classics 영국의 5개 주요 경마 대회
* encourage→encouragement 장려[격려]
* Hackney 승마용 말, (보통) 타는 말(군사용 말·사냥용 말·경마용 말과 구별 하여)

• The Classics

039:06	Plate was captured by two noses in a stablecloth finish, ek and nek,
	담황색의 어린 순수 혈통의 경주마 크롬웰을 비롯하여, 출발이 순조로웠던

* plate=prize cup (경마·경기 따위의) 금[은] 상배(賞盃)→금[은] 상배가 나오는 경마[경기]
* capture (상을) 획득[차지]하다
* nose (경마에서) 근소한 차이로 이기다
* stablecloth finish: ① tablecloth finish 급커브 부 근에 서있는 결승점 ☞ finish 결승선의 양 끝에 세우 는 나무 기둥→테이프를 치기 위하여 사용함 ② photo finish (경주에서 주자들에 대한) 사진 판정

• Horse Racing Plates

* ek and nek: ① ek and nek〔볼라퓌크어〕=some and none 일부 그리고 전혀 ☞볼라퓌크(1879년 독일의 언어학자 J. M. Schleyer가 고안한 국제 인공어) ② each〔게일어〕=horse ③ neach〔게일어〕=anyone

039:07	some and none, evelo nevelo, from the cream colt Bold Boy
	주장 채플린 블라운트의 얼룩 버새 말(馬) 세인트 달로그, 딱히 이렇다 할

* evelo nevelo〔볼라퓌크어〕=ever never[never ever] 결코 ~않다[아 니다]
* cream colt 크림[담황]색 수망아지 ☞ colt 어린 말(보통 4-5세 망아지)
* Bold Boy 아일랜드에서 태어나 자라고 영국에서 훈련된 순혈 의 경주마(thoroughbred racehorse)

• Bold Boy

039:08	Cromwell after a clever getaway by Captain Chaplain Blount's
	다른 특징은 없고 다만 앞다리 동작이 비정상이던 세 번째 말

* Cromwell→Oliver Cromwell ☞ 청교도 혁명을 완수하고 왕당파의 중심지였던 아일랜드와 스코틀랜 드를 정벌하여 영국 내전을 승리로 이끌었던 크롬웰('Chief of Men')은 독실한 청교도 신앙을 바탕으로 극 장을 폐쇄하고 도박과 경마를 금지함으로써(1654년) 대중의 반발을 불러일으켰고('Brave Bad Man') 그가 죽 은 후 King Charles II가 재집권하면서 1664년 영국 동부 Suffolk주의 Newmarket에 Newmarket

Town Plate 경마장을 개장함

* getaway (경마의) 출발[스타트], 도망[탈주] ☞ a clean get-away 순조로운 출발
* captain (스포츠 팀의) 주장, 조장(組長)
* Blount's: ① Baron Mountjoy 마운트조이(Mountjoy)라는 칭호는 블라운트족(Blounts)과 그 후손, 라멜튼족(Ramelton)의 스튜어트족(Stewarts)과 그 후손들을 위해 여러 차례 만들어짐 ② Kingston Blount 영국 Oxfordshire의 Chinnor 근처에 있는 경마장 ☞ Mountjoy(→joyfully mounting)는 cream colf(→sperm)와 hinny(→woman)의 결합으로 보면 sex를 연상시킴

Newmarket Town Plate

FOURTEEN-YEAR-OLD Miss Scarlett Rimell was successful in the 292nd Newmarket town Plate (over four miles) on the July Course on Newmarket Heath to-day. Result:—**Hippocampe** (Miss S. Rimell) 1. **Vulpes** (Mrs. T. Nicholson) 2. **Sea Smoke** (Miss Angela Covell) 3. Also ran—Le Moussaillon II. Jumbo Geste. King Henry's Road. Arbaris, Dark Tor. Minstrel Sld.—Winner trained T. F. Rimell. at Kinnersley. Worcester. No betting. 15 lengths; 1 length.

Belfast Telegraph - Thursday 10 October 1957

• Newmarket Town Plate

| 039:09 | roe hinny Saint Dalough, Drummer Coxon, nondepict third, at |
| | 콕슨 등이 수립한 것은 결코 아니었다. 승산 자체가 무모했던 |

* roe hinny: ① Rahney=Dublin district ② roe=speckled 얼룩무늬가 있는[반점이 있는] ③ hinny 버새(수말과 암나귀 사이에 난 잡종)
* Saint Dalough: ① Saint Doolagh 발도일(Baldoyle)과 라헤니(Raheny) 근처의 마을 ② Duagh(듀아그) 아일랜드어로 '검은 여울(black ford)'이라는 뜻의 Duagh는 아일랜드 케리주(County Kerry)에 있는 마을
* Drummer Coxon: ① drummer〔속어〕앞다리 동작이 비정상인 말 ② coxswain (보트의) 키잡이
* nondepict→nondescript 무어라 말하기 어려운

| 039:10 | breakneck odds, thanks to you great little, bonny little, portey |
| | 경마 시합에서, 고마운 기수는 작은 체구지만 볼품 있고, 작은 체구지만 |

* breakneck 무모한, 위험천만의[정신없이 달려가는]
* odds (어떤 일이 있을) 공산[가능성], (경기에서 약한 쪽에 주어지는) 유리한 조건, 우열의 차[승산] ☞ (내기에서) 배당률
* bonny: ① bonny〔스코틀랜드어〕=comely[pretty] ② bonne〔프랑스어〕=good[nice]
* portey→poetry 우아함[우아한 아름다움]

| 039:11 | little. Winny Widger! you're all their nappies! who in his never- |
| | 우아했던, 바로 위니 위저였다! 당신은 모든 기수들의 본보기라오! |

* Winny Widger: ① Joe Widger 1895년 그랜드 내셔널 레이스에서 우승한 아마추어 기수→보르네오에서 온 와일드 맨(Wild Man)이라는 말을 탐 ② widge〔고어 방언〕=steed 승마용 말 ③ widger (묘목 이식용) 작은 삽
* nappies: ① daddy of them all 최고 또는 최상의 본보기 ② nappy=ale[liquor] 주류
* neverrip: ① neverrip=condoms ② never-rip 내구성이 뛰어난 대량 생산 의류에 대한 광고주의 용어

039:12	rip mud and purpular cap was surely leagues unlike any other
	빠른 속도로 질주하는 것이 당치도 않던 진창에서 자주색 모자를 쓰고

* rip 빠른 속도로[거칠게] 돌진하다 ☞ 폐마(廢馬)
* mud: ① Mud Island→Ballybough 아일랜드 더블린시 북동부
의 도심 지역 ② king of Mud Island 17세기 노상강도, 밀수업자,
도둑, 온갖 종류의 무법자 무리의 우두머리에게 부여된 모호한 칭
호 ☞ mud 시시한 것[쓰레기], 저주스러운 것[놈]
* purpular cap: ① purpular=purple 자주색, 화려한[현란한] ②
purpular=popular ③ purpular cap→purple-headed penis
발기되어 귀두가 보랏빛으로 변한 음경

• Ballybough

039:13	phantomweight that ever toppitt our timber maggies.
	달리던 당신은 그 어떤 허들 경기용 말보다 기량이 뛰어났기에

* phantomweight: ① phantom 유령 ② bantamweight 밴텀급 선수(권투에서는 체중 53kg 이하, 레슬링에서는
57kg 이하)
* toppitt our timber: ① timber topper 허들 경기용 말 ② toppitt→topped=fucked 성교하다 ☞
top ~보다 뛰어나다[능가하다]
* maggies: ① maggies=girls ☞ temptresses(유혹녀)→Issy ② naggy=pony 작은 말

039:14	'Twas two pisononse Timcoves (the wetter is pest, the renns are
	다른 체급의 기수와는 확연히 다른 경기 모습이었다. 불쾌하기 짝이 없는

* 'Twas=It was
* pisononse: ① poisonous 유독한[지독히 불쾌한] ② pensioners 연금 수급자 ③ business ④ piss on
us (혐오감을 나타내어) 제기랄 ⑤ pisononse→*The Restored Finnegans Wake*(Danis Rose와 John O'Hanlon
공저)에서 pisonouse로 수정됨
* Timcoves: ① coves[속어]=fellows 동료 ② tinkers 떠돌이 수리공[부랑자]→서투른 직공[솜씨없는 사람]
* wetter is pest: ① wetter[독일어]=weather ② wette[독일어]=bet[wager] 내기 ③ pest[독일어]
=plague 전염병 ④ 'The winter is past' ⑤ The weather is best ⑥ The weather is plaguey 날
씨가 지독하다 ⑦ The water is past=passing water 흘러가는 물 ☞ pass water 소변을 보다
* renns: ① rains→wetter 더 습한 ② Rennen[독일어]=racing[running] 경마[경주] ③ wren 굴뚝새

039:15	overt and come and the voax of the turfur is hurled on our lande)
	두 명의 부랑자 (도박은 끝났고 경마도 마쳤는데 경마장 열광자들의

* overt: ① over→the weather is past, the rains are over ② over→the betting is past, the run-
ning is over(도박은 끝났고, 경마도 마쳤다) ③ the rain is over and gone 비가 완전히 그쳤어! ④ overt 공

공연한[명백한] ⑤ vert〔프랑스어〕=green ☞ The rains are turning everything green.
* voax of the turfur is hurled on our lande: ① 'the voice of the turtle is heard in our land(우리 땅에는 산비둘기의 노랫소리가 들린다오)'《아가서 2장 12절》 ② tunfur〔라틴어〕=turtledove 멧비둘기 ③ turtledove→dove ④ turfer 경마장 열광자 ⑤ voax【004:02】→koax(개구리 울음소리) ⑥ vox〔라틴어〕=voice

039:16	of the name of Treacle Tom as was just out of pop following the
	함성은 경주 트랙 위로 우렁차게 올려 퍼졌다) 즉, 햄과 베이컨 공장에서

* Treacle Tom: ① Treacle Tommy=George Formby Sr. 영국의 희극배우이자 가수로, 20세기 초 가장 위대한 음악 홀 공연자 중 한 명 ② Treacle Town〔속어〕=Bristol 영국 서부의 항구도시 ☞ treacle (말·태도 따위의) 찰싹 달라붙는 달콤함
* out of pop: ① out of pawn〔속어〕=out of prison 출소[출옥] ② out of pop〔속어〕=out of pawn 전당 잡힌 물건 회수

• George Formby Sr.

039:17	theft of a leg of Kehoe, Donnelly and Packenham's Finnish pork
	핀란드 돼지고기의 다리 부위를 훔친 죄로 투옥되었다가 막 출소한 트레클 탐

* Kehoe, Donnelly and Packenham's→KEHOE, DONNELLY AND PAKENHAM=Ham and bacon curers 햄·베이컨 공장
* Finnish pork: ① Phoenix Park ② finest port 멋진 항구 ☞ Finnish pork 핀란드 돼지고기 ③ finest pork 품질 좋은 돼지고기

• KEHOE, DONNELLY AND PAKENHAM

• KEHOE, DONNELLY AND PAKENHAM

039:18	and his own blood and milk brother Frisky Shorty. (he was, to be
	그리고 그와 피를 나누고 모유를 함께 먹고 자란 형제 프리스키 쇼티가 있었는데,

* blood and milk brother: ① blood and milk brother→twin ☞ Lugaid Cichech는 Crimthann의 두 아들인 Aed와 Laegaire를 자신의 가슴으로 키웠는데 Laegaire에게는 우유를 그리고 Aed에게는 피를 주었다. Aed는 용맹함(fierceness)으로, Laegaire는 검약함(thrift)으로 특징된다.→Eoin MacNeill의

Celtic Ireland ② blood brother (혈연으로) 피를 나눈 형제, (피로 맹세한) 의형제 ③ milk brother 같은 여성의 모유를 먹은 두 남자
* Frisky Shorty: ① Frisky Shorty 문학적 방랑자: 'Boston Slim'과 'Frisky Shorty'로 알려진 트럭 운전사(knight of the road)들과 함께 화물 열차(freight trains)에 무임승차하기 ② Frank Friskly 쉘비(Shelby)의 *Boots at the Swan*에 나오는 등장인물 ③ whisky ④ shorty 위스키 한 잔

| 039:19 | exquisitely punctilious about them, both shorty and frisky) a tip- |
| | (자신들의 문제에 대해서 지극히 세심했던 그는 키가 작고 성격이 |

* exquisitely 극히[더할 나위 없이], 절묘[정교]하게
* punctilious 격식을 차리는, 세심[꼼꼼]한
* shorty=shortie 키가 작은 사람
* frisky=lively[playful] 기운찬[활발한]
* tip-: ① tipster 정보 제공자 ② tipsy 얼근히 취한[취해서 비틀거리는] ☞ (경마·시세 따위의) 내보자(内報者)

| 039:20 | ster, come off the hulks, both of them awful poor, what was out |
| | 활달한 편이었다) 감옥선을 빠져나온 그는 경마장 내부 정보 제보자였다. |

* come off: ① (시합 등에서) 잘하다[바라던 대로 되다] ② ~에서 떨어져 나가다[떨어지다]
* hulks: ① 쉘비(Shelby)의 *Boots at the Swan*에서 'Hush! I am a convict escaped from the hulks(쉿! 난 감옥선에서 탈출한 탈옥수다)' ② prison ships (옛날의) 감옥선

• Boots at the Swan

| 039:21 | on the bumaround for an oofbird game for a jimmy o'goblin or |
| | 그들 형제는 둘 다 끔찍하게 가난했으므로 경마용 말을 사기 위해 |

* bum=wander 빈둥빈둥 지내다[방랑하다]
* oofbird=rich person 부자←돈을 낳는 상상의 새[돈을 낳는 거위 ☞ oof〔속어〕=money
* game 기르고 있는 짐승 떼(집오리 등), 사냥감
* jimmy o'goblin→Jimmy O'Goblin: ① 옛 영국의 1파운드 금화(sovereign coin) ② 경마용 말

| 039:22 | a small thick un as chanced, while the Seaforths was making the |
| | 황금알을 낳은 거위를 사냥하거나 뜻밖의 금화를 찾으러 이리저리 |

* a small thick un→thick 'un: ① sovereign 옛 영국의 1파운드 금화 ② crown 크라운 화폐(영국의 옛 5

실링 은화)

* chanced: ① 우연한[뜻밖의] ② changed 달라진[다른]
* Seaforths→The Seaforth Highlanders 영국군의 스코틀랜드 연대로, 원래 연대를 일으킨 마지막 Seaforth 백작의 이름을 따서 명명됨

•The Seaforth Highlanders

039:23	colleenbawl, to ear the passon in the motor clobber make use of
	떠돌아다니던 참이었다. 한편 그 군인은 운동복 차림의 교구 목사가

* colleenbawl: ① 'The Colleen Bawn' 아일랜드 극작가 디온 부시코(Dion Boucicault)의 멜로드라마(1860) ② colleen bawn 사랑스러운 소녀(darling girl), 연인(sweetheart) ③ bawling colleen 울부짖는 (아일랜드) 처녀
* passon: ① person ② parson 교구 목사[성직자] ③ passion ④ bassoon 바순(저음용의 대형 목관 악기)
* motor (근육에 의한) 운동의, 운동 신경의
* clobber: ① motor clobber=motor club ② clobber[속어]=clothes 의복[장비] ☞ clobber→motor car

• Dion Boucicault

• The Colleen Bawn

039:24	his law language (Edzo, Edzo on), touchin the case of Mr Adams
	지껄이는 전문용어에 (기타 등등) 귀 기울이며, 지인 명단에 들어있는

* law language 법률 용어[전문어]
* Edzo, Edzo on: ① Edzo[에스페란토어]=husband ② and so on 기타 등등
* touch 가볍게 언급하다, 말하다
* the case 피닉스 공원에서 HCE가 소녀들을 훔쳐본 사건
* Mr. Adams 변장한 HCE

039:25	what was in all the sundays about it which he was rubbing noses
	사람 중에서 자기와 막역하게 지내는 술친구가 소속된 일요 신문의 지면을

* sundays→Sunday newspapers 일요 신문

* rubbing noses with→rub noses with (미개인·동물이) 코를 비비며 인사하다[(남과) 친하게 사귀다]

| 039:26 | with and having a gurgle off his own along of the butty bloke in |
| | 온통 도배했던 피닉스 공원에서의 HCE 추문 기사를 소녀처럼 큰 소리로 |

* a gurgle off his own along of the butty bloke: ① gargle〔속어〕=a drink 음료[술] ② butty〔더블린 속어〕=drinking companion 술친구 ③ batty=crazy[insane] ④ as blind as a bat 앞을 잘 못 보는 ⑤ bootblack (거리의) 구두닦이 ⑥ butty 동료, 샌드위치 ☞ along of ~와 함께 ☞ bloke 사람[녀석]

| 039:27 | the specs. |
| | 떠들어댔다. |

* specs: ① specification 명세서[설계서] ② specs〔구어〕=spectacles 안경

| 039:28 | This Treacle Tom to whom reference has been made had |
| | 지금까지 언급된 트레클 탐이라는 이 사람은 그 일이 생기기에 앞서 |

* Treacle Tom【039:16】
* make reference 언급하다

| 039:29 | been absent from his usual wild and woolly haunts in the land |
| | 평상시 그토록 뻔질나게 드나들던 경마장 구역의 단골 장소에 |

* absent from 부재(不在)인, 무관한
* wild and woolly 거친[야성적인], 무법의
* haunts 자주 가는 곳[단골 장소], 소굴[은신처]

| 039:30 | of counties capalleens for some time previous to that (he was, in |
| | 한참 동안 코빼기도 보이지 않다가 (사실, 그는 공동으로 쓰는 숙소에 |

* capalleens→capaillin[kopilin]〔게일어〕=little horse 조랑말
* for some time 한동안, 상당한 기간 동안

| 039:31 | fact, in the habit of frequenting common lodginghouses where |
| | 빈번하게 드나들었는데, 그곳에서 주변의 아무에게나 건성으로 친한 척 굴면서, |

* in the habit of ~하는 버릇이 있는
* frequent 뻔질나게 출입하다, 자주 가다
* lodginghouses 하숙집[간이 숙박소]

039:32	he slept in a nude state, hailfellow with meth, in strange men's
	모르는 사람의 간이침대에 벌거벗은 채 벌러덩 드러눕는 버릇이 있었다)

* in a nude state 나체 상태로
* hailfellow with meth→hail fellow well met 겉치레로[지나치게] 친절한 (사람)[친구] ☞ 긍정적인 의미로,
행동이 따뜻하고 다정하며 마음이 맞는 사람을 지칭할 때 사용되는 영어 관용구

039:33	cots) but on racenight, blotto after divers tots of hell fire, red
	경마 시합이 열리던 날 밤에, 덕 앤 독 술집, 갤럽핑 프림로즈 술집,

* cots→portable bed (휴대용) 간이침대
* blotto after divers tots of hell fire: ① blotto〔속어〕
만취한 ② blottet〔덴마크어〕=naked ③ divers〔고어〕
=sundry 여러 가지[잡다한] ④ tot (술잔에 들어 있는 독한 술) 한
모금 ⑤ Hell Fire Club 술·방탕·거친 행동으로 유명한
18세기 영국과 아일랜드의 신사들의 비밀 사교 단체
* red biddy 싸구려 적포도주(메틸알코올을 혼합한 술)→더블린
술주정뱅이의 값싼 음료

• Hell Fire Club

039:34	biddy, bull dog, blue ruin and creeping jenny, Eglandine's choic-
	브리지드 양조장, 코크 선술집, 포스트보이 혼 여관, 리틀 올드 맨 술집, 단골 술집,

* bull dog→Bulldog Highball 불독
하이볼(얼음을 넣은 텀블러에 드라이진, 오렌지 주
스를 따르고, 차게 식힌 진저 에일로 채워서 가볍게
저어 만든 술)
* blue ruin 싸구려 술
* creeping jenny: ① creeping jen-
nie 좀가지풀[포복 식물] ② spinning
jenny 암당나귀→(여러 동물·새의) 암컷

• Bulldog Highball

• Engadine

* Eglandine's: ① eglantine 들장미→rosehip wine에 쓰임 ☞ hip 들장미의 열매 ② Engadine 앵
가딘(스위스 동부의 Danube강의 지류 Inn강 상류의 골짜기→휴양지) ③ Eglandine's choicest herbage→HCE ④
Herberge〔독일어〕=hostelry 여인숙[술집] ☞ herbage 풀[목초]

039:35	est herbage, supplied by the Duck and Doggies, the Galop-
	스트럽 컵 술집 등에서 제공하는 싸구려 적포도주, 불독 하이볼 칵테일,

* Duck and Doggies: ① Duck and Dog Tavern 18세기 더블린의 펍 ② deoch an dorais(=drink of
the door)〔앵글로-아일랜드어〕=parting drink 이별주
* Galopping→galop=lively dance 갤럽(19세기에 유행한 2/4박자의 빠른 춤)

• Duck and Dog Tavern

039:36	ping Primrose, Brigid Brewster's, the Cock, the Postboy's Horn,
	싸구려 진 증류주와 좀가지풀 술, 앵가딘산(産) 허브로 빚은 술 등

* Primrose 프림로즈(앵초과의 야생화
  로 연한 노란색의 꽃이 핌)
* Brigid Brewster's: ① Brigid
  〔게일어〕=strength, goddess
  of poetry ② Brewster〔고어〕
  =Brewer 양조자 ☞ St. Brigid
  (AD 450~AD525) 아일랜드 유일의

• The Cock

• The Postboy

여성 수호성인(female patron saint)이며 AD 450년에 Dundalk에서 태어나 Kildare에 최초의 아일랜드 수
도원을 설립했다. 당시 나환자의 목욕물을 맥주로 바꿨다고 전해진다.
* the cock: ① The Cock 18세기 더블린의 펍 ② Cock 선술집 이름 ☞ cock=penis
* Postboy's Horn: ① post horn or coach horn 마차 나팔(옛날 우편 마차 따위의 도착을 알리는) ② The
  Postboy 영국 여관의 이름 ③ post, horn→남근(phallic) 상징

040:01	the Little Old Man's and All Swell That Aimswell, the Cup and
	극심한 고통을 가져오는 여러 가지 술을 홀짝홀짝 마시는 바람에 인사불성이 되도록

* Little Old Man's: ① Little Old Man (수확한 곡식의) 마지막 묶음[다
  발] ☞ little old man=penis ② old man〔앵글로-아일랜드 속어〕
  재사용한 맥주 찌꺼기 ☞ old man=penis
* All Swell That Aimswell→All's Well That Ends Well 끝이 좋
  으면 모두 좋다. 즉 도중에 잘되지 않는 일이 있다고 해도 마지막
  만 잘 되면 좋다는 것을 뜻하는 속담(이것은 셰익스피어의 희곡 제목이지만 오
  늘날에는 상투어로 쓰임).

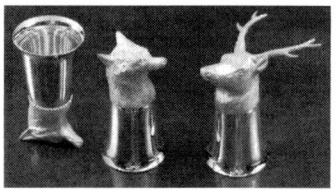

• Stirrup Cup

* the Cup and the Stirrup→stirrup cup: ① 먼 길 떠나는 사
  람에게 건네는 한 잔의 술 또는 음료 ② 19세기 미국 시인 Sid-
  ney Clopton Lanier의 시 「The Stirrup-Cup」 ☞ stirrup
  cup→parting glass→parting drink【039:35】

• Stirrup Cup Pub

| 040:02 | the Stirrup, he sought his wellwarmed leababobed in a hous- |
| | 잔뜩 취해있었으며, 그 와중에 그는 리버티 구역, 펌프 코트, W.W. 블록의 |

* wellwarmed 난방이 잘된
* leababobed: ① leaba〔아일랜드어〕=bed ② lieabed→lie-abed=late riser 늦잠꾸러기
* housingroom: ① rooming house 하숙집, 아파트 ② lodging-room 침실

| 040:03 | ingroom Abide With Oneanother at Block W.W., (why didn't |
| | (그가 경마에 돈을 걸지 않은 이유는 뭘까?) 공동주택에서 자기가 누울 |

* abide: ① 머물다〔체류하다〕, 살다 ② Abide With Oneanother→〈Abide with Me(저의 삶에 함께해 주소서)〉 스코틀랜드 성공회 성직자 헨리 라이트(Henry F. Lyte)가 부른 기독교 찬송가
* Oneanother→one another 서로(서로)
* block (건물) 단지, (내부가 많은 살림집·상점 따위로 간막이가 된) 한 채의 빌딩

• Abide with Me

| 040:04 | he back it?) Pump Court, The Liberties, and, what with |
| | 따뜻한 침상이 어디 없나 하고 침실을 살살이 뒤졌다. 그리고 과음한 탓에 |

* back (경마 등에서) 돈을 걸다, 후원〔지지〕하다
* Pump Court: ① Pump Court, London 런던 템플(Temple)에 있는 안뜰(courtyard)로, 현재는 주로 변호사 회의실이 들어서 있음 ② Pump Alley, Dublin 더블린의 Liberty Lane과 교차함 ☞ courtyard (일부분은 건물로 다른 부분은 담 등으로 둘러싸인) 안뜰
* The Liberties 더블린시는 리피강(The River Liffey)과 그 지류 중 하나인 포들강(The Poddle)이 합류하는 지점에 있는 두 개의 작은 정착지, 즉 Áth Cliath(The Ford of Hurdles)와 Dubh Linn(The Black Pool)에서 성장하여 훗날 영어 지명인 더블린(Dublin)이 되었는데 그것만큼 오랜 역사를 지닌 The Liberties는 아일랜드 더블린 중심부의 지역으로 도심의 남서쪽에 위치함
* what with ~ 때문에(여러 가지 이유를 나열할 때 씀)

• Pump Court London

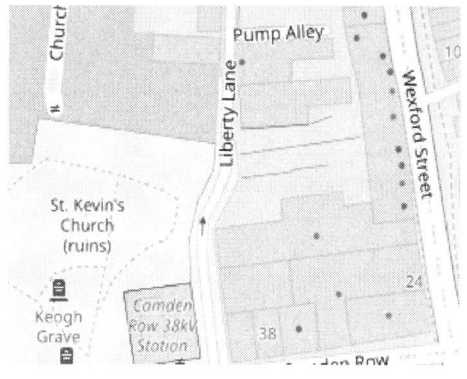

• Pump Alley Dublin

040:05	moltapuke on voltapuke, resnored alcoh alcoho alcoherently to
	한 번 더 토했기 때문에, *꾸물대는 말을 타고 나는 간다네*라는 노래의 후렴구를

* moltapuke: ① molto di piu[molto più][이탈리아어]=much more ② multi-puke 과음 탓에 여러 차례 토하다 ③ motapük[볼라퓌크어]=mother-tongue
* voltapuke: ① Volapük 볼라퓌크어(1879년경 독일의 J.M. Schleyer가 창시한 인공 언어) ② una volta di piu[이탈리아어]=once more
* resnored→snore 코 고는 것 같은 소리를 내다[코를 골다]
* alcoh alcoho alcoherently: ① incoherently 조리가 닿지 않아[모순되어] ② alcohol

040:06	the burden of *I come, my horse delayed*, nom num, the sub-
	앞뒤가 맞지 않는 코 고는 것 같은 소리로 불러댔는데, 가명이지만, 복음을 열렬히

* burden (노래의) 반복구[후렴]→undersong
* 'I come, my horse delayed'→'I come, I come my heart's delight' 줄리어스 베네딕트(Julius Benedict)가 작곡한 3막 오페라 〈The Lily of Killarney〉(1862)의 노래 "The Moon Has Raised Her Lamp Above"의 가사→Dion Boucicault의 'Colleen Dawn'을 기반으로 작곡
* nom→pseudonym 필명[가명]
* num→name
* substance 본질[핵심]

• 'The Moon Has Raised Her Lamp Above' from 'The Lily of Killarney'

040:07	stance of the tale of the evangelical bussybozzy and the rusinur-
	전파하듯 참견하기 좋아하는 사람과 러시아 여성이 지껄이는 이야기의 핵심은

* evangelical: ① 복음 전도의 ② (자기 생각을) 남에게 강요하려는[열렬히 전파하려는]
* bussybozzy: ① busybody 참견하기 좋아하는 사람[주제넘게 나서는 사람] ② bossy 두목 행세를 하는[위세 부리는] ③ boozy 술 취한[술을 많이 마시는] ④ buss=kiss ☞ Georges Bizet(1838~1857) 프랑스 작곡가 ☞ Ckaude Debussy(1862~1918) 프랑스 작곡가
* rusinurbean: ① ruiseñor[스페인어]=nightingale→natigal's [Nachtigall][독일어] ② bean[아일랜드어]=woman ③ Russian ④ urban 도시(특유)의, 도시에 익숙한 ⑤ rus in urbe 도시 속의 시골(나무나 잔디가 많은 곳)

040:08	bean (the 'girls' he would keep calling them for the collarette
	(그는 그 '소녀들'이 레이스로 장식된 옷과 스커트를 입고, 햇볕 차양 모자를 쓰고

* collarette: ① collarette 칼라렛→작은 깃(레이스·모피 따위로 된 대개는 여자 옷의 뗄 수 있는 칼라) ② collerette[프

040:09	and skirt, the sunbonnet and carnation) in parts (it seemed he
	카네이션 꽃을 들고 있었다고 계속 떠들었다) 부분적으로는 (그[HCE]의 행위는

* sunbonnet (여자·갓난아이의) 햇볕 가리는 모자
* in parts 여기저기[곳곳], 부분적으로는[어느 정도는]

040:10	was before the eyots of martas or otherwales the thirds of fossil-
	3월의 배신자들 혹은 3명의 군인들이 보는 앞에서 공원에서의 스캔들을

* Eyots of martas: ① The Ides of March(-Caesar의 암살일로 예언된) 기원전 44년 3월 15일 ② eyot〔영국 방언〕(호수·강 가운데의) 작은 섬 [ait] ③ Marta=Martha 전 3막의 낭만적 코믹 오페라. 쥘앙리 드 생조르주(Jules-Henri de Saint-Georges)가 쓴 발레-팬터마임 『레이디 앙리에타(Lady Henrietta)』 또는 『그리니치의 하녀 (La servante de Greenwich)』를 바탕으로 프리드리

• The Ides of March   • Martha

히 빌헬름(Friedrich Wilhelm)이 대본을 썼으며 제목은 『리치먼드의 장터(Der Markt zu Richmond: The Market of Richmond)』로도 불린다. ☞ Beware of the Ides of March 3월 15일을 조심하라(앞으로 일어날 불길한 사태에 대한 사전 경고의 뜻)

* otherwales the thirds of fossilyears→Welsh fusiliers 휘닉스 공원에서 HCE가 짜증 냈던 세 명의 군인 ① Welsh 웨일스(Wales)의 ② fusilier 퓨질리어 연대(예전에 수발 총을 가진 영국의 보병 연대) ③ otherwales→otherwiles=at another time[otherwise] 딴 때에[다른 방법으로]

040:11	years, he having beham with katya when lavinias had her mens
	저지른 것으로 보였다. 한편 라비니아가 생기 없는 모습으로 소변을 보면서

* beham: ① Sebald Beham(1500~1550) 독일 Nuremberg 태생의 화가이자 판화 제작자 ② be hammered 완전히 취하다[팔라가 되다]
* katya: ① 〔산스크리트어〕=middle-aged widow 중년의 과부 ② 〔러시아어〕=Catherine의 별명 ☞ Katya=Kate

• Sebald Beham's Work   • Lavinia

* lavinias→Lavinia ① 고대 로마 시대 퇴폐적 궁정 생활을 배경으로 한 셰익스피어의 잔혹한 복수 비극 『타이터스 앤드러니커스』(Titus Andronicus)의 여주인공 ② 그리스 로마 신화에 등장하는 아이네이아스(Aeneas)의 아내이자 라티움의 왕인 라티누스(Latinus)의 딸
* mens〔라틴어〕=mind 마음[정신]

040:12	lease to sea in a psumpship doodly show whereat he was looking
	바닷물에 정신줄 놓고 있을 때 그는 중년의 과부와 만취해 있었으면서 한편으로

* psumpship doodly show: ① pump ship〔속어〕소변(을 보다) ② Punch and Judy Show(곰사등에다 매
부리코인 괴상한 얼굴의 광대 Punch와 그의 아내 Judy가 엎치락뒤치락 요란한 연극을 벌이면서 만나게 되는 갖가지 회비극적인 사건을 다룬
영국의 전통 아동극) 인형극 ③ dood〔네덜란드어〕=dead ☞ doodly show→dead show 생기 없는[김빠진]
모습
* whereat: ① whereas=in contrast 반면에[그에 반해서] ② wherat=whereupon 그래서[그 때문에]

040:13	for fight niggers with whilde roarses) oft in the chilly night (the
	흰 엉덩이를 가진 검은 말이 시합하는 광경을 보고 있었다) 가끔 고요한 밤이면

* niggers=Negroes
* Whilde roarses: ① wild horses ② white arses ③ white roses
④ wild roars 야생의 포효 ⑤ black people with white arses=-
mixing of races 인종 혼합
* oft in the chilly night→〈Oft, in the Stilly Night(가끔 조용한 밤이면)〉
토마스 무어(Thomas Moore)가 작곡한 노래

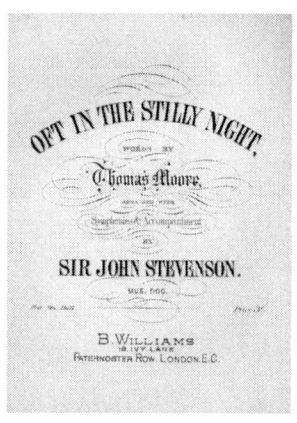

• Oft in the Stilly Night

040:14	metagonistic! the epickthalamorous!) during uneasy slumber in
	(안달복달하며! 서사적으로!) 살림살이가 거덜 나서 쪽박을 차게 된

* metagonistic: ① metagnostic 현재의 지식을 초월하는 ② metagnostikos〔그리스어〕=fit to be
translated ③ met 'agôna〔그리스어〕=with struggle 힘겹게
* epickthalamorous: ① epic 서사시적인 ☞ 엄청난[영웅적인] ② epithalamium 결혼 축가 ③ amo-
rous 사랑[연애]의
* slumber 잠[수면] ☞ uneasy slumber 뒤숭숭한[거북한] 잠

040:15	their hearings of a small and stonybroke cashdraper's executive,
	모직물 소매상 지배인 피터 클로란 (해고되었음), 일정한 거처가 없는

* hearings 들리는 거리[범위]→청력
* stonybroke=flatbroke 완전 거덜 난[쪽박을 차게 된]
* cashdraper's→welshdraper: woolen draper 모직물 소매상인
* executive 지배인

040:16	Peter Cloran (discharged), O'Mara, an exprivate secretary of no
	전직 개인 비서 오마라가 (어떤 곳에서는 밝고 부드럽게 미소 짓는 리사로

* Cloran→Mac Labhran=Clan MacLaren(클랜 맥라렌) 스코틀랜드 하이랜드(Highlands)의 친족 집단
* discharged (의무·부담에서) 해제된[벗어난]
* O'Mara: ① O'Mara, Joseph 아일랜드의 테너 ② O' Meadhra 오메드라 친족 집단은 달카이스(Dal gCais) 가문의 후손
* exprivate secretary 전직 개인 비서[보좌관]

• Clan MacLaren

• O' Mara[O' Meadhra] Irish Clan

040:17	fixed abode (locally known as Mildew Lisa), who had passed
	알려져 있음) 그에 관한 소문을 지껄대는 소리가 뒤숭숭한 잠결에 들렸다.

* fixed abode 일정한 거처[거주지]
* Mildew Lisa: ① Mild und leise(독일어)=mild and genty(밝고 부드럽게) 바그너의 오페라 〈트리스탄과 이졸데(Tristan und Isolde)〉에서 실성한 이졸데가 트리스탄의 시신 위에 쓰러져 죽어가면서 부르는 '사랑의 죽음(Liebestod=death in love)'으로 유명한 아리아 〈밝고 부드럽게 그가 미소 짓고(Mild und leise wie er laechelt)〉 ② mildew 흰 곰팡이

• Mild und leise wie er laechelt

040:18	several nights, funnish enough, in a doorway under the blankets
	그런데 그 비서는, 무척이나 흥미롭게도, 구석진 곳에 싸늘한 침대가 놓인 곳의

* funnish=quite fun 꽤 흥미로운
* doorway 출입구[문간]
* blankets of homelessness→newspapers(노숙자들이 담요 대신에 신문을 깔고 덮은 데서 유래)

040:19	of homelessness on the bunk of iceland, pillowed upon the stone
	문간에서 노숙자처럼 담요만 걸치고 남자의 무릎이나 여자의 가슴보다

* homelessness 집 없음[노숙자임]
* bunk of iceland: ① icy bed 얼음같이 찬[싸늘한] 침대→이층 침대 ② Bank of Ireland 더블린 중심부의 칼리지 그린(College Green)에 있는 은행 건물로, 원래 1729년 에드워드 로벳 피어스(Edward Lovett Pearce)가 아일랜드 의회를 주최하기 위해 설계 ③ bunk 수면용 침대(sleeping berth), 구석진[으슥한] 곳
* pillow (머리를) ~에 올려놓다[베개로 삼다]

040:20	of destiny colder than man's knee or woman's breast, and
	더 차가운 운명의 돌을 베개 삼아 몇 날 며칠 밤을 보낸 적이 있었다.

* stone of destiny[stone of scone(운명의 돌) 무게 150kg의 사암으로 고 대 스코틀랜드 왕권을 상징하며 1296년 잉글랜드의 에드워드 1세가 전 리품으로 이를 챙겨 런던 웨스트민스터사원에 안치했으나, 1996년 대 관식 때마다 런던으로 가져온다는 조건으로 스코틀랜드 에든버러성에 영구 반환됨→대관식의 돌【025:31】

• Stone of Destiny

040:21	Hosty, (no slouch of a name), an illstarred beachbusker, who,
	그리고 호스티, (평범한 이름), 해변을 헤매는 팔자 사나운 떠돌이 악사인 그는,

* Hosty: ① hostis〔라틴어〕이방인[적] ② Hostie〔독일어〕=Host of Catholic Mass ③ ostiarius〔라틴 어〕=doorman 문지기
* no slouch: ① no slouch of=poor[indifferent] 평범한[변변치 못한] ② no slouch of a name 마크 트웨 인의 *Adventures of Huckleberry Finn*(17장)
* illstarred=ill fated 팔자가 사나운[액운을 타고난]
* beachbusker: ① beach busker 해변의 떠돌이 악사 ② busquer〔프랑스어〕배회하다[떠돌다] ☞ beachcomber 부두를 헤매는 떠돌이 백인

040:22	sans rootie and sans scrapie, suspicioning as how he was setting
	먹을 빵도 없고 버터도 없어, 막 스스로 목숨을 끊기 직전, 쫄쫄 굶은 상태에서,

* sans rootie and sans scrapie: ① sans=without ② rootie〔속어〕=bread ③ scrapie→scrape〔속 어〕=butter ☞ scraps (식사 때 먹고) 남은 음식
* suspicioning→suspicion 어렴풋이 알아챔[눈치챔]

040:23	on a twoodstool on the verge of selfabyss, most starved, with
	세상 모든 일에 우울한 채, 자신이 어떻게 해서 옥외 화장실에

* twoodstool: ① toadstool 버섯 ② two wood stools→two-seater=outhouse (건물 밖에 따로 지어져 있는) 변소[옥외 화장실]
* selfabyss: ① self-abuse=masturbation ② abyss 깊은 구렁[나락] ③ suicide→on the verge of suicide 자살 직전에
* most starved→'you must be most starved' 마크 트웨인의 *Adventures of Huckleberry Finn*(8장)

| 040:24 | melancholia over everything in general, (night birman, you served |
| | 있게 되었는지 어렴풋이 알아차리고는, (밤의 바텐더인 그대는 그 사람에게 |

* melancholia 우울증
* birman: ① Burman 버마 사람 ② barman=bartender 술집 주인[지배인], 바텐더

| 040:25 | him with natigal's nano!) had been towhead tossing on his shake- |
| | 밀고자의 젖을 내주었다오!) 침대 위에서 느닷없이 자신의 연한 황갈색의 |

* natigal's→Nachtigall〔독일어〕=nightingale ☞〔속어〕밀고[배신]자
* nano: ① nwa-no〔버마어〕=milk ② nano〔이탈리아어〕=dwarf
* towhead: ① 연한 황갈색의 머리칼(인 사람) ② (강의) 모래톱→마크 트웨인의 *Adventures of Huckleberry Finn*(12장)
* toss (머리 등을) 갑자기 쳐들다[젖히다]
* shakedown=makeshift bed 임시의 잠자리[침대]

| 040:26 | down, devising ways and manners of means, of what he loved |
| | 머리를 뒤로 젖혔다. |

* devising ways and manners of means: ① planning his suicide 그의 자살 계획 ② by any manner of means=in any way whatever 아무렇게도 ③ 'What manner of man is this?(이분은 어떤 분이십니까?)《마태복음 4장 41절》

| 040:27 | to ifidalicence somehow or other in the nation getting a hold of |
| | 그 지역에서 어떻게든 총기 소지 허가를 받아낼 좋은 방법을 짜내다가 |

* ifidalicence→if he'd a license '총기 소지 허가(firearm license)를 취득할 수 있는 능력'을 언급
* somehow or other 어떻게 해서든[그런대로]
* in the nation→how in the nation 마크 트웨인의 *Adventures of Huckleberry Finn*(13장) ☞ nation 부족의 특별 거주 지역
* getting a hold of→get a hold of ① ~을 잡다[~와 연락하다] ② ~을 통제하다[~에 대한 통제권을 얻다]

| 040:28 | some chap's parabellum in the hope of taking a wing sociable |
| | 지붕 없는 4륜 마차를 타고 멀리 달아난 뒤 달키 던러어리와 블랙락 전차 노선으로부터 |

* chap: ① 녀석[친구], 고객[단골손님] ② chaplain (교도소·병원·군대 등에 소속된) 사제[목사] ③ red, sore skin 빨갛게 벗겨진 살갗
* parabellum: ① Parabellum-Pistole 일반적으로 Luger 또는 Luger P08로 알려진 반자동 권총 ② Parabellum MG14 비행기 동체에 설치해 사용하기 위해 개발된 특수 무기 ③ Si vis pacem, para bellum〔라틴어〕=If you wish for peace, prepare for war(평화를 원한다면 전쟁을 준비하라)
* taking a wing→take wing (멀리) 날아가다[더 큰 힘을 얻다] ☞ wing〔속어〕=penny (일반적으로) 돈

* sociable: ① 사교적인[붙임성 있는] ② (2명씩 마주 앉게 되어 있는) 지붕 없는 4륜 마차

040:29	and lighting upon a sidewheel dive somewhere off the Dullkey
	약간 떨어진 어딘가에서 내려야겠다는 기대감을 품고 어떤 손님의 권총을

* lighting→light=dismount (말·차 등에서) 내리다
* sidewheel: ① (배의) 외륜(外輪) ② 'side-wheel' 마크 트웨인의 *Adventures of Huckleberry Finn*(19장)
* dive: ① dive 잠수, 전념 ② dive (지하실의) 싸구려 술집[도박장] ③ Dive 프랑스의 강 이름
* somewhere off ~로부터 떨어진 어딘가에
* Dullkey Downlairy→Dalkey Dún Laoghaire: ① 달키(Dalkey)는 더블린의 부유한 교외 지역으로 도시의 남동쪽에 있는 해변 휴양지이자 아일랜드 더블린의 전통적인 주 던라오헤어-라스다운(Dún Laoghaire-Rathdown) 카운티의 마을 ② 던라오헤어(Dun Laughaire)는 더블린 교외의 해안 도시로 1821년 조지 4세의 방문을 기념하여 킹스타운(Kingstown)으로 개명하기 전까지는 던리어리(Dunleary)라는 이름으로 알려짐

040:30	Downlairy and Bleakrooky tramaline where he could throw true
	몰래 빼내 손에 넣었다. 그리고 도착한 그곳에서 총을 정확하게 발사하면

* Bleakrooky→Blackrock 더블린의 교외 지역으로, 던라오헤어(Dún Laoghaire)에서 북서쪽으로 3km 떨어진 곳에 위치
* tramline=tramway[tram-rail] 전차 노선
* throw true: ① (가축이) 어미의 종(種)과 같은 새끼를 낳다 ② 'throw true' 마크 트웨인의 *Adventures of Huckleberry Finn*(11장) ☞ throw (총알을) 발사하다
* true=exactly 정확하게

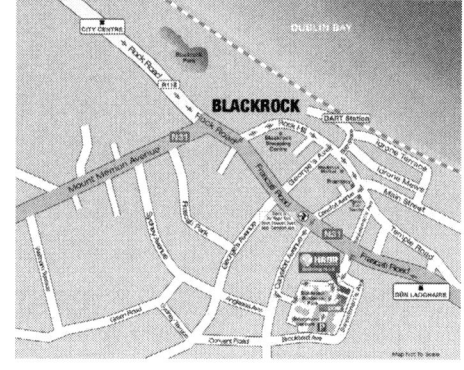

• Blackrock

040:31	and go and blow the sibicidal napper off himself for two bits to
	피융 소리 내며 날아간 총알이 자살하려는 하찮은 그의 몸뚱아리로부터

* go (종, 대포가) 울리다[소리가 나다]
* sibicidal: ① suicidal 자살을 하고 싶어 하는[자살 충동을 느끼는] ☞ (행동·정책 따위) 자멸적인 ② sibicidal 카인(Cain)과 아벨(Abel)처럼 형제를 죽임 ☞ sibling=brother or sister
* napper: ① [속어]=head ② 낮잠[선잠] 자는 사람
* for two bits→worth two bits 마크 트웨인의 *Adventures of Huckleberry Finn*(9장) ☞ two bits 25 센트→two-bits 하찮은

040:32	boldywell baltitude in the peace and quitybus of a one sure shot
	머리를 날려버릴 테니 틀림없이 평온과 고요 속에서 술에 취한 듯

* boldywell baltitude: ① beatitude 더할 나위 없는 행복[지복] ☞ the Beatitudes (그리스도가 산상 수훈에서 가르친) 여덟 가지 참 행복 ② baldidude=state of baldness 마크 트웨인의 *Adventures of Huckleberry Finn*(19장) ☞ baldness 대머리임[꾸밈없음]
* quitybus: ① 'quitibus chawibus et smokibus'[라틴어]씹고 피우는 담배를 끊으라는 금연 처방 문구 ② quietus (괴로운 삶의 종지부로서의) 죽음 ☞ (사람·상황을) 조용히 잠재우는[종지부를 찍는] 것 ③ quietus→quiétus[라틴어]쉬고 있는, 조용한
* sure shot=sure thing 틀림없음[물론]

040:33	bottle, he after having being trying all he knew with the lady's
	더할 나위 없는 희열을 맛볼 수 있을 터여서, 자신이 알고 있는 모든 방법을

* bottle[구어]술고래[대주가], 술[술병]

040:34	help of Madam Gristle for upwards of eighteen calanders to get
	스티븐스 병원의 후원자인 그리젤다 부인의 도움으로 패트릭 던 병원을 빠져나와,

* Madam Gristle: ① Griselda[Grizelda] 중세 문학에 등장하는 모범적인 정숙한 여자→귀족 남편에게 가혹한 대우를 받아도 순종하는 참을성 있고 순종적인 아내 ② gristle=cartilage 연골[물렁뼈]→masturbation을 암시 ③ Grizell Steevens[Griselda Steevens] 더블린의 킬메인햄 (Kilmainham)에 있던 아일랜드에서 가장 유명한 18세기 의료 기관 중 하나로 1987년에 문을 닫은 Dr Steevens' Hospital[Ospidéal an Dr Steevens]의 후원자

• Grizell Steevens   • Dr Steevens' Hospital

040:35	out of Sir Patrick Dun's, through Sir Humphrey Jervis's and
	시도하고 난 후, 험프리 제르비스 병원을 거쳐서 애들레이드 병원의

* Sir Patrick Dun's→Sir Patrick Dun's Hospital 더블린의 그랜드 캐널 스트리트(Grand Canal Street)에 위치했던 병원이자 임상 교육기관
* Sir Humphrey Jervis's→Jervis Street Hospital 1718년 더블린의 외과 의사 6명이 자비로 Cook Street에 세운 자선병원(Charitable Infirmary), 1728년에 Jervis Street로 이전함

• Sir Patrick Dun's Hospital

040:36	into the Saint Kevin's bed in the Adelaide's hosspittles (from
	'휴식의 침대'에 눕기까지 (오오! 보살핌을 받지 못하는 저들 가운데

* Saint Kevin[Kevin of Glendalough] 아일랜드의 성인으로 위클로 주 글렌달로(Glendalough)의 설립자이자 최초의 수도원장 ☞ Saint Kevin's bed '세인트 케빈의 침상'은 산의 가장자리에 아주 가까운 바위 면에 인공적으로 절개된 동굴→세인트 로렌스 오툴(St Laurence O'Toole)이 특히 사순절 시즌에 글렌다로우를 방문하여 '침상(휴식처)'을 사용했다는 전설이 있음
* Adelaide's hosspittles 더블린 Peter Street에 1839년 설립된 병원

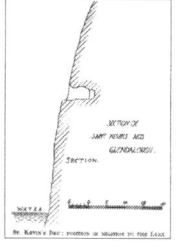

| • Saint Kevin's Bed Glendalough | • Saint Kevin's Bed | • Adelaide Hospital(Dublin) |

041:01	these incurable welleslays among those uncarable wellasdays
	아아! 치료할 수 없는 이들을 조가비가 달린 산티아고의 순례 모자를 걸고,

* incurable 치유할 수 없는[바꿀 수 없는]
* wellesay: ① alas! 아아, 슬프도다[가엾도다] ② Garrett Wellesley(Lord Mornington) 앵글로-아이리쉬의 정치인이자 작곡가이며 Charitable Musical Society(당시 불치 환자 치료병원에 경제적 지원을 함)를 설립함. Wellington의 아버지
* welladay〔고어〕=wellaway 아아![오오!], 슬프도다

• Garrett Wellesley

041:02	through Sant Iago by his cocklehat, good Lazar, deliver us!)
	선량한 나사로여, 우리를 구할지어다!) 어쨌거나 엉성한 계략이라도

* Sant Iago by his cocklehat: ① Santiago→Compostela, Santiago de 1095년경 교회 중심지가 이곳으로 이전되면서 이슬람교도들에 대한 대항 운동 중심지가 되었으며 이곳의 성 야고보 예배소는 8세기부터 전 스페인의 순례지가 됨 ② cockle hat 조가비가 달린 순례자의 모자 →『햄릿』(4막 5장) 'How should I your true love know/From another one?/By his cockle hat and staff,/And his sandal shoon.'
* Lazar: ① Lazarus 나사로(예수에 의해 죽음에서 되살아난 성서 속 인물) ② Lazarist=Vincentian 라자리스트, 빈센시오회(會) 회원: 1625년에 Saint Vin-

• Cockle Hat

cent de Paul이 창립한, 주로 선교와 성직자를 양성하는 신학교 경영에 종사한 선교 수도회의 회원
③ lazar house=lazaretto 격리 병원[나병 환자 병원]
* deliver us! 우리를 구하소서!

| 041:03 | without after having been able to jerrywangle it anysides. Lisa |
| | 부릴 수 있겠거니 하지 않고 18개월 넘게 걸렸다. 오디비스와 로치 몽간은 |

* jerrywangle: ① jerry 엉성한[땜질식의] ② wangle (남을 설득하거나 꾀를 부려) 얻어내다[해내다], 속임수[책략]

| 041:04 | O'Deavis and Roche Mongan (who had so much incommon, |
| | (이들에 관한 에피소드를 보면, 그 두 사람은 닮은 구석이 꽤 많은데, |

* Lisa O'Deavis→Thomas Osborne Davis (1814~1845)
19세기 아일랜드의 시인·정치가. 아일랜드 국민운동을
제창하고, 주간지 《네이션》을 발간했으며, '젊은 아일랜
드인(Young Irelander)' 운동을 일으킴.
* Roche Mongan→James Clarence Mangan(1803~1849)
아일랜드의 시인이자 민족주의자. 알코올 중독자였으
며, 계속되는 기근의 끔찍한 상황 속에서 콜레라로 일찍
사망함.

• Thomas Osborne Davis • James Clarence Mangan

* have in common (특정 등을) 공통적으로 지니다

| 041:05 | epipsychidically; if the phrase be permitted *hostis et odor insuper* |
| | 만약 이런 표현이 허락된다면, 두 사람은 모두 원수 같은 놈들이자 땡전 한 닢 없는 |

* epipsychidically: ① epi[독일어]=upon ② psychidion[독일어]=a little soul 좁은 도량 ③ epi-sodically 삽화적[에피소드풍]으로

| 041:06 | *petroperfractus*) as an understood thing slept their sleep of the |
| | *지겨운 녀석들*) 모종의 양해된 행동으로서 위대한 사랑스러운 어머니 |

* hostis et odor insuper peteroperfractus[변칙 라틴어(dog Latin)]: ① an enemy and a stink be-sides stony broke 적과 무일푼의 지겨운 녀석 ② odor insuper[라틴어]=smell above 고약한 냄새를 풍기다 ③ perfractus[라틴어]=frustrated 실망한[욕구불만의]
* understood 말하지 않고 덮어둔[암묵의], 양해된

| 041:07 | swimborne in the one sweet undulant mother of tumblerbunks |
| | 품속 같은 침대에 호스티와 같이 누워 파도처럼 물결치는 잠을 청했다. |

* swimborne→Algernon Charles Swinburne(1837~1909) 영국 시인 겸 평론가. 대표작으로 영국 속물주

의에의 반항을 표시한 이교적이고 관능적인 「시와 발라드」 등이 있음.

* sweet undulant mother: ① sweet mother 앨저넌 스윈번(Alernon Swinburne)
의 시 「The Triumph of Time」에 'I will go back to the great sweet
mother(위대한 사랑스러운 어머니에게로 돌아가리)'가 나옴 ② undulant=rippling 물결
치는[파도처럼 움직이는]
* tumblerbunks: ① tumbler 회전통 ② bunk 침대[여물통]

• Algernon Charles
Swinburne

| 041:08 | with Hosty just how the shavers in the shaw the yokels in the |
| | 바로 그 순간에 잡목 숲속의 어린 녀석들, 귀리밭 속의 시골뜨기들, |

* Hosty【040:21】
* just ~하는 바로[딱] 그 순간에
* shavers→shaver: ① 어린 녀석[애송이] ② 사기꾼[고리대금업자] ③ 면도하
는 사람
* shaw: ① 덤불[작은 숲] ② George Bernard Shaw(1856~1950) 아일랜드 태
생의 영국 극작가·비평가
* yokel 무식한 촌놈[시골뜨기]

• George Bernard Shaw

| 041:09 | yoats or, well, the wasters in the wilde, and the bustling tweeny- |
| | 혹은, 글쎄, 거친 들판 속의 건달들, 그리고 떠들썩한 부엌일과 허드렛일을 |

* yoats: ① oats 귀리 ② William Butler Yeats
(1865~1939) 아일랜드의 극작가·시인, 노벨 문학상
수상
* wasters: ① waster 불량배[건달] ② 'Youth is
wasted on the young(청춘을 청춘에게 주는 것은 낭비
다)'→조지 버나드 쇼 ③ 'Irony is wasted on the
stupid(바보에게 반어법을 쓰는 것은 낭비다)'→오스카 와일
드 ④ 'Wasted days(지나간 날들)' 오스카 와일드
* bustling 떠들썩한[북적거리는]

• William Butler Yeats   • Oscar Wilde

| 041:10 | dawn-of-all-works (meed of anthems here we pant!) had not been |
| | 거드는 하녀들은 (찬사를 늘어놓은 대가로 우리는 숨이 가쁠 지경이다!) |

* tweeny-dawn-of-all-works: ① tweeny=betweenmaid 부엌일과 허드렛일을 거드는 하녀 ②
maid-of-all-work=factotum 여러 가지 일을 하는 여성 ③ twilight 여명[황혼]

* meed=reward 보상, (받을 만한 가치가 있어서) 당연히 받는 몫
* anthem=hymn 축가[찬송가]
* pant 가슴이 몹시 두근거리다, 갈망[열망]하다

041:11	many jiffies furbishing potlids, doorbrasses, scholars' applecheeks
	단지 뚜껑, 현관 놋쇠, 학자의 진공관, 횃불잡이의 금속 제품들을, 어떤 이유에서인지,

* jiffies→jiffy=moment 순간[잠깐 동안]
* furbishing→furbish 윤[광택]이 나게 하다, 쇄신하다
* apple: ① 진공관[열전자관] ② 〔속어〕고환
* cheek (기구의 볼에 해당하는) 측면(側面)
* potlids→potlid 단지의 뚜껑
* brasses 놋쇠 제품[장식] ☞ brass plate 놋(쇠)판

041:12	and linkboy's metals when, ashhopperminded like no fella he go
	광택이 나도록 한참 동안 닦지 않았다. 다른 사람과는 달리, 먼지가 춤추는 듯한

* linkboy (옛날 밤길 인도로 고용한) 횃불 드는 사람[횃불잡이]
* ashhopperminded: ① ashhopper=lye (세탁용) 잿물, (합성) 세제 ② ash-hopper 재를 터는 깔때기
  모양의 상자 ☞ ash 흙[먼지], hopper[속어] 춤추는 사람
* fella=fellow (경쟁 따위의) 상대자

041:13	make bakenbeggfuss longa white man, the rejuvenated busker (for
	마음을 지닌, 베이컨으로 아침을 때우는 키 큰 백인 남자, 활기 넘치는 거리의 악사

* bakenbeggfuss→bacon breakfast
* longa: ① long ② belonging to[near]
* rejuvenated: ① 활기를 되찾은[회춘한] ② ricorso〔이탈리아어〕=recurring 되풀이하는[순환하는]
* busker 뜨내기 악사[배우]
* for ~치곤[~에 비해]

041:14	after a goodnight's rave and rumble and a shinkhams topmorning
	(하룻밤 광란의 파티와 소동 그리고 정신이 말똥말똥해져 햄으로 시작하는 기분 좋은

* rave 광란의 파티
* rumble 소음, 노상 난투
* shinkhams→schinken〔독일어〕=ham
* topmorning→top of the morning 좋은 아침

041:15	with his coexes he was not the same man) and his broadawake
	아침 시간이 지나면 금세 전혀 딴 사람으로 변했다) 그리고 완전히 잠이 깨서

* coexes=wide awake 완전히 깨어 있는[정신이 말똥말똥한]
* broadawake=fully awake 완전히 잠이 깨어

041:16	bedroom suite (our boys, as our Byron called them) were up
	침대에서 일어난 일행들은 (우리의 친구들, 바이런은 그들을 그렇게 불렀다)

* bedroom suite 침실 가구 일체 ☞ suite=retinue 일행[수행원]
* our boys: ① 놀이[술] 친구 ② 우리의 장병들
* Byron→Henry James Byron(1835~1884) 영국의 극작가이자 소설가, 배우 ☞ 〈Our Boys〉는 3막으로 구성된 play로서 1875년 1월 16일 런던 보드빌 극장에서 초연됨

• Henry James Byron

• Our Boys(play)

041:17	and ashuffle from the hogshome they lovenaned The Barrel, cross
	자리를 털고 일어나 자기들이 애칭(愛稱)하던 바렐의 집회 장소로부터 발을 질질 끌며,

* ashuffle→shuffle 발을 (질질) 끌며 걷다
* hogshome: ① 사육 돼지 ② 시설[거주지]
* lovenaned→lovenamed 애칭(愛稱)한
* The Barrel 더블린 Meath Street의 서쪽에 위치한 지역으로 Friends' Meeting House(퀘이커 교도들의 예배 집회 장소)가 자리했던 곳
* cross=transversely 가로질러[횡단하여]

• Friends' Meeting House

041:18	Ebblinn's chilled hamlet (thrie routes and restings on their then
	더블린의 오싹한 작은 마을을 가로질러 (그곳으로 이어지는 3갈래의

* Ebblinn's: ① Eblana〔라틴어〕=Dublin ② Dublin ③ ebbing tide 썰물 조석 ☞ Ebblinn's chilled hamlet(더블린의 오싹한 작은 마을)→HCE
* thrie routes=three ways 3갈래 경로[방법]
* restings=resting places 휴식처[휴게소], 안식처[무덤]

041:19	superficies curiously correspondant with those linea and puncta
	노선 및 휴게소는 그 당시 겉으로 보기에 신기하게도 선(線)과 점(点)처럼

* superficies 표면[면적], (본질에 대하여) 외관

* curiously 기이하게[별나게]
* correspondant→correspondent 대응[일치]하는
* linea[라틴어]=line
* puncta=points 점(点)들 ☞ punctum[라틴어]의 복수형

041:20	where our tubenny habenny metro maniplumbs below the ober-
	흡사해 보였는데 그곳은 보잘것없는 우리의 지하철도가 이번에 탑승한

* tubenny habenny metro: ① twopenny-halfpenny 2펜스 반의→하찮은[보잘것없는] ② metro→tube (런던의) 지하철도 ☞ metro (특히 파리의) 지하철
* maniplumbs→maniplumbo[라틴어]=lead hands 소유[관리]하다
* oberflake→oberflåche[독일어]=surface

041:21	flake underrails and stations at this time of riding) to the thrum-
	지하철 노선과 정류장을 관리하고 있는 곳이었다) 형편없이 조잡한

* underrails→riding on the underground train 지하철 탑승 ☞ rails, stations=lines, points 【041:19】
* thrummings→현악기 연주 ☞ thrum (현악기를) 단조롭게 타다

041:22	mings of a crewth fiddle which, cremoaning and cronauning, levey
	바이올린으로, 구슬프고 단조롭게, 경쾌하고 묵직하게, 재치 넘치고

* crewth fiddle: ① crude fiddle 조잡한 바이올린 ② cruit[게일어]=harp ③ crwth[웨일즈어]=crowd 고대 켈트인의 현악기
* cremoaning: ① moaning 구슬픈[애달픈] 소리 ② Cremona 크레모나산(産) 바이올린 ☞ 크레모나: 북이탈리아의 도시
* cronauning→cronan[게일어]=hum[drone] (일부 악기가 배경음으로 내는) 단조로운 저음
* levey grevey: ① levey→levis[라틴어]=light 경쾌하게 ② grevey→gravis=heavy 묵직하게

041:23	grevey, witty and wevey, appy, leppy and playable, caressed the
	위트 있게, 듣기 쉽게, 막연하게 그러면서도 적절하게 연주해서, 연회를 좋아하는

* witty and wevey 재치 넘치고 위트 있게
* appy→easy to use 간편한
* leppy→cryptogenic=obscure[uncertain origin] 잘 알려지지 않은[무명의]
* playable: ① 연주하기 쉬운[연주 가능한] ② pliable 온순한 ☞ appy, leppy and playable→ALP
* caress (소리가 귀에) 즐겁게[부드럽게] 들리다

041:24	ears of the subjects of King Saint Finnerty the Festive who, in
	피나흐타왕(王)의 신하들의 귀를 즐겁게 해주었다. 그들은 자신들의

* subject 신하[백성]
* King Saint Finnerty the Festive: ① King Finaghta the Festive ☞ Fionnachta Fleadhach[게일어]=the Festive 7세기 아일랜드의 왕 ② festive=convivial 연회를 좋아하는, jovial 유쾌한

041:25	brick homes of their own and in their flavory fraiseberry beds,
	블록집에서 그리고 자신들의 향기로운 딸기밭에서, 거리를 돌아다니며

* flavory: ① fragrant 향기로운 ② favorite 마음에 드는
* fraiseberry beds: ① fryberry=raspberry 산[나무]딸기 ② fraise[프랑스어]=strawberry [양]딸기 ☞ strawberry beds 더블린 교외 Chapelizod와 Lucan 사이 Liffey강의 북쪽 기슭에 위치한 지역(250년 동안 상업용 작물로 딸기를 재배한 데서 지명이 유래함)

041:26	heeding hardly cry of honeyman, soed lavender or foyneboyne
	행상하는 사람들 — 꿀을 파는 사람, '향긋한 라벤더꽃'을 파는 사람 또는

* heeding→heed ~에 마음을 두다, 조심[주의]하다
* honeyman: ① 여자의 정부(情夫), 다정한 사람 ② 양봉업자
* soed→sød[덴마크어]=sweet 귀여운[아담한], 상냥한[다정한]
* lavender=washerwoman[laundress] 세탁[일]하는 여자
* foyneboyne: ① foyne=few ② fuine[게일어]=finish[sunset] ☞ Ada Peter's account of old Dublin street cries in 『Dublin Fragments: Social and Historic』 includes those of the honey man(꿀 파는 사람), the 'sweet lavender' men('향긋한 라벤더 꽃'을 파는 사람) & a man selling 'Boyne salmon alive'('보인강에서 방금 잡아 올려 살아 퍼덕거리는 연어'를 파는 사람)

041:27	salmon alive, with their priggish mouths all open for the larger
	'보인강에서 방금 잡아 올려 살아 퍼덕거리는 연어'를 파는 사람의

* priggish (도덕·예절에) 융통성 없는, 아는 체하는[잔소리가 많은]
* open for ~을 위해 열린

041:28	appraisiation of this longawaited Messiagh of roaratorios, were
	외침 따위에는 신경조차 쓰지 않은 채, 사람들이 오래 기다려왔던

* appraisiation: ① appraisal 평가[판단] ② appreciation 감사[존중], 이해[감상]
* longawaited 사람들이 오래 기다리던, 기다린 지 오랜
* Messiagh of roaratorios: ① Messiah oratorio 헨델(Handel)의 위대한 악곡[오라토리오 메시아], 1742년 더블린의 Fishamble Street Music Hall에서 처음 연주됨 ② roar ③ Messiah=long awaited ☞ Roaratorio(Roaratorio, an Irish circus on Finnegans Wake): 존 케이지(John Cage) 작곡→"그것은 더블린 시절을

기억나게 한다. 글쎄 … 거의 그렇다. 아마도 암스테르담의 배에서 내린 한 스코틀랜드 사람이 마술 버섯이라고 속여 넘긴, 독버섯으로 머리가 가득 찬 더블린의 술고래인 것 같다. 진짜 마술 버섯은 메이브 여왕, 쿠홀린, 몰리인가 하는 이름의 유령과 요정 레프러콘을 볼 수 있게 해준단다.” 도대체 마다할 이유가 뭐가 있겠는가? 「피네간의 경야」에 의한 아일랜드 서커스’라는 부제가 붙은 이 작품은 아마도 〈폭풍우〉를 각색한 데렉 저먼의 영화와 유사하다고 할 수 있다. 일부 평론가들은 저먼의 영화를 냉담하게 받아들였지만, 많은 셰익스피어 학자들은 원작의 정신에 가까운 진실성을 보증했다. 위에서 말한 〈로라토리오〉에 대한 묘사는 문학평론가 알렌 B. 럭이 쓴 것으로, 이 작품을 제임스 조이스의 언어의 불꽃놀이라고 할 수 있는 소설의 청각적 대응물로 보는 것은 전혀 문제가 되지 않았다. 이 작품은 다양한 보컬 기법과 전통 아일랜드 음악, 우연에 의해 선택되는 다른 소리가 콜라주 같은 방식으로 산재되어 있다. 이 모든 요소들은 외관상 동일한 순간에 청각을 자극하게 되는데, 서로 영향을 미치지 않는 선에서 독립적으로 작용한다. 이것은 럭의 작품 묘사와 일치하며 우리가 대개 경험하는 소리나 음악과 유사한 효과를 만들어낸다. 이는 그 어느 전통적 성격의 작품도 다루지 않은 영역이었다. 폴리탄산 에스테르 디스크를 통해 급변하면서도 모든 것을 감싸고 있는 음의 경험을 전달한다는 것은 무모한 일처럼 보인다. 그리하여 제임스 조이스가 말한 ‘이 오랫동안 기다려온 로라토리오의 메시아’의 세부 사항과 이 음반의 근사한 임무 수행에 찬사를 보낸다.(네이버 지식백과 발췌)

• Roaratorio, an Irish circus on Finnegans Wake

041:29	only halfpast atsweeeep and after a brisk pause at a pawnbroking
	헨델의 오라토리오 메시아를 대대적으로 평가하겠노라고 아는 체 연신 입 떠벌리며.

* halfpast atsweeeep→30 minutes' asleep 30분의 수면
* brisk (사람·태도가) 활기찬[민첩한], 상쾌한[기분 좋은]
* pawnbroking 전당포업

041:30	establishment for the prothetic purpose of redeeming the song-
	잠도 고작 30분만 자고, 그 가수의 정말 멋진 틀니를 되찾기 위한

* establishment (공공 또는 사설의) 시설, 설립물[학교·병원·회사·영업소·여관 따위]
* prothetic→prothetikos〔독일어〕=prefixing 어두음(語頭音)의 ☞ (다른 것) 앞에 오는[붙는]
* redeeming→redeem: ① (저당물을) 도로 찾다 ② (약속을) 이행하다 ③ (채무를) 상환하다 ④ (결점을) 보충하다
* songster: ① 시인 ② 가수 ③ 고운 소리로 우는 새

041:31	ster's truly admirable false teeth and a prolonged visit to a house
	당초의 목적대로 전당포에 들러 기분 좋게 잠시 머문 뒤, 쿠자스가(街) 소재의

* admirable (물건이) 훌륭한[우수한]
* false teeth=denture 의치[틀니]
* prolonged 장기적인[오래 계속되는]
* house of call=public house[inn] (주문받으러 다니는 사람의) 단골집[여인숙]

041:32	of call at Cujas Place, fizz, the Old Sots' Hole in the parish of
	단골 여관에 장기 체류를 위해 방문했다. 쉬익하고 샴페인 마개 따는 소리,

* Cujas Place→Cujas, Rue de 파리 5구의 거리(법률 전문가 Jacques Cujas의 이름을 딴 명칭)
* fizz: ① effervescing drink 탄산음료 ② animal spirits 발랄한 생기 ③ 슈욱슈욱 소리 나다, 쉬하고 거품이 일다
* sot: ① soaker 술고래[주정뱅이] ② the Old Sots' Hole=The Old Men's Home ☞ Sot's Hole =Metheringham(영국 Lincolnshire의 마을 이름) ③ chop-house (더블린의 Essex Bridge와 Custom House 사이에 있던) 고기 전문 음식점→Jonathan Swift가 이 식당을 자주 드나듦 ④ sot 술고래[주정뱅이] ⑤ hole 소굴[은 신처]

• Cujas, Rue de

• chop-house

041:33	Saint Cecily within the liberty of Ceolmore not a thousand or one
	1,000 리그 혹은 1 리그 거리도 되지 않는 곳의 성 세실리아 교구에 있는

* Saint Cecily=St. Cecilia 초기 교회의 가장 유명한 처녀 순교자로 음악(가)의 수호성인임
* Liberty of Ceolmore: ① Coolmore 킬케니(Kilkenny) 근처의 작은 마을 ② liberty 특별 허가 구역[자유 구역] ③ ceol mor[아일랜드어]백파이프 연주에 자주 사용되는 음악

041:34	national leagues, that was, by Griffith's valuation, from the site
	늙은 주정뱅이의 소굴, 다시 말해서, 그리피스의 토지 평가 조사에 의하자면,

* league 리그(거리의 단위: 영·미에서는 약 3마일)
* Griffith's→Arthur Joseph Griffith(1871~1922) 아일랜드의 작가·신문 편집자·정치인으로 정당인 Sinn Féin을 창당함

* valuation (인물·재능 등의) 평가[가치판단] ☞ Griffith's valuation(그리피스의 평가) 1868년에 완료된 아일랜드의 토지 경계 및 토지 평가 조사

• Arthur Joseph Griffith

041:35	of the statue of Primewer Glasstone setting a match to the march
	제작자의 (어쩌면 최후의 토지 관리자) 가두시위 행진에 불을 붙였던

* Primewer Glasstone: ① Prime Minister Gladstone ② statue of Gladstone 1910년 국립 글래드스톤 기념위원회 (National Gladstone Memorial Committee) 가 조각가 존 휴즈(John Hughes)에게 글래드스톤 동상을 세우도록 했으나 1923년 Irish Free State 정부가 거부함 ③ ewer (아가리가 넓은) 주전자[물항아리] ④ Ewart 글래드스톤의 middle name ⑤ glass 유리잔 ☞ 〔속담〕Those who live in glasshouses shouldn't

• Charles Stewart Parnell and Kitty O'shea

throw stones(유리 집에 사는 사람은 함부로 돌을 던져서는 안 된다→다른 사람을 비난하기 전에 먼저 자신에게 어떠한 잘못이나 약점이 없는지 체크해 보라) ☞ Gladstone 자신도 창녀촌을 빈번하게 드나들면서 Parnell의 간통 사건(잉글랜드 출신 여성이자 당원의 아내 캐서린 '키티' 오셔(Katharine 'Kitty' O'Shea)를 보자마자 반해 당시 여러 차례 불륜을 저지른 남편과 별거하던 캐서린과 내연 관계를 가졌고, 5년 동안 캐서린은 파넬의 아이 셋을 낳았음)을 비난하는 위선을 암시함
* set a match to ~에 성냥으로 불을 붙이다

041:36	of a maker (last of the stewards peut-être), where, the tale rambles
	글래드스톤 수상의 동상이 서있는 바로 그곳으로부터 소문은 사방으로 퍼져나가고,

* No man has a right to fix the boundary to the march of a nation(어떤 사람도 국가의 경계를 확정할 권리는 없다)→더블린 시내 파넬의 동상 아래에 새겨져 있는 격언
* steward (특히 대저택·토지의) 관리인[집사]
* peut-être〔프랑스어〕=perhaps
* tale rambles: ① tale 소문[험담] ② ramble 횡설수설하다[지껄이다]

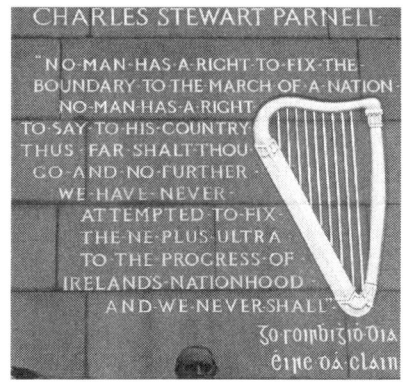

• No man has a right to fix the boundary to the march of a nation

042:01	along, the trio of whackfolthediddlers was joined by a further—
	'영국에 신의 축복이 있기를'이라는 3중주곡에 한층 더한 의지를 지닌 자가

* whackfolthediddlers: ① diddler=swindler 사기꾼[협잡꾼] ② Whack fol the dah(민요 'Finnegan's Wake'의 후렴구)=lilting 경쾌한[즐겁고 신나는] ③ Peadar Kearney의 노래 가사: Whack fol the Diddle= God Bless England
* further→falter 흔들리다[머뭇거리다]

042:02	intentions—apply—tomorrow casual and a decent sort of the
	—지원— 합세했으므로 내일이면 그저 턱없이 낮은 주급을 받으면서도

* casual 되는 대로의[태평한]
* decent 까다롭지 않은[너그러운], 적당한
* sort of 어느 정도[다소]

042:03	hadbeen variety who had just been touching the weekly insult,
	한때 주목받았던 공연을 어느 정도 되는 대로 적당하게 마무리할 것이고,

* hadbeen→had-been=that had been (something of note) at a former time 주목할 만했던 한때
* touching the weekly insult→touch weekly insult[코크(Cork) 지방 어구]=get wages paid 급료를 받다 ☞ weekly insult=weekly (low) pay 낮은 주급

042:04	phewit, and all figblabbers (who saith of noun?) had stimulants
	휴우, 그리고 하찮은 수다쟁이들은 모두 (누가 명사에 대해 말하고 있지?)

* phewit→phew: ① 체!(초조함·불쾌감 따위를 나타내는 소리) ② 휴우(더울 때·지쳤을 때·안도감을 느낄 때 내는 소리) ③ fuit[라틴어]=it was
* figblabbers: ① fig 하찮은 것[시시한 것] ② blabber 수다쟁이[밀고자]
* saith=say
* stimulant 흥분성 음료[자극제]→술 ☞ had stimulants=had drinks

042:05	in the shape of gee and gees stood by the damn decent sort after
	정말 괜찮은 종류로 한턱낸 진과 진저에일 술을 마셨고 그런 다음

* gee and gees: ① gee[속어]=vulva 여성의 음문 ② g&g=gin and ginger 진(토닉 워터나 과일 주스를 섞어 마시는 독한 술)과 진저에일(생강 맛을 첨가한 탄산음료로 알코올 성분이 없음) ③ J.J. and S.=John Jameson and Sons 아일랜드의 위스키
* stood→stand 비용을 지불하다[한턱내다]
* damn decent (수준·질이) 정말 괜찮은[제대로 된]

042:06	which stag luncheon and a few ones more just to celebrate yester-
	그저 지난날을 찬미하기 위해 독신 남자들만의 사교 모임에서 제공하는 점심 식사와

* stag luncheon: ① stag (사교 모임에) 여성을 동반하지 않은 남자[독신 남자]→남자만의 모임 ② luncheon 점심[간식]
* celebrate 찬미[찬양]하다

042:07	day, flushed with their firestufffostered friendship, the rascals came
	몇 가지 음식을 더 먹었다. 그리고 불같은 기개를 마음속 가득 품은 우정에 의기양양해진,

* flushed 홍조를 띤[흥분한], 의기양양하여
* firestufffostered: ① fire 불같은 기개(氣槪) ② stuff 재료[원료] ③ foster 마음에 품다
* rascal 불한당[하층민]

042:08	out of the licensed premises, (Browne's first, the small p.s. ex-ex-
	그 불한당들은 웃음기 새어 나오는 입술을 소매로 훔치면서 술집을 빠져나왔다.

* licensed premises 주류 판매 허가점[지역]
* Browne's: ① Giordano Bruno 조르다노 브루노(죽음 앞에서도 스스로가 가진 우주론적 신념을 지키고 기존 기독교에 대한 비판을 행하다가 화형을 당한 이탈리아 지식의 순교자) ② Browne and Nolan 더블린의 서점상 ③ Bruno of Nola=Nolan ☞ Browne→George Browne 더블린의 대주교
* small p.s.: ① small (시간이) 짧은[잠깐 동안의] ② p.s.=per second 매초(每秒)
* ex-ex- 이전(以前)의 이전(以前)→매우 오래 전

• Giordano Bruno(1548~1600) Italian Dominican friar & philosopher

042:09	executive capahand in their sad rear like a lady's postscript: I want
	(브라운이 맨 먼저, 그다음 키 작은 개인 비서, '나는 돈이 필요해요.

* executive 지배인
* capahand=cap-in-hand 모자를 손에 들고[벗고]→공손한
* in their sad rear→in the rear 뒤쪽에[후방에]
* postscript (일반적으로) 덧붙이는 말[행위], (편지의) 추신

042:10	money. Pleasend), wiping their laughleaking lipes on their sleeves,
	제발 돈 좀 부쳐주세요'라고 적힌 아내 편지의 추신처럼 모자를 벗어

* Pleasend→Please send

* wiping→wetting 젖어서 축축한 ☞ wipe 닦다[훔치다]
* laugh: ① love ② for laughs 농담으로[재미삼아]
* lipes→lips ☞ wiped his lipes 입술을 닦다

| 042:11 | how the bouckaleens shout their roscan generally (seinn fion, |
| | 등 뒤로 공손하게 들고 있는 전전(前前) 지배인 순으로 빠져나왔다) 어떻게 애송이들이 |

* Bouckaleens shout their roscan generally→Buckley shot the Russian general【008:10】의 패러디 ☞ buachaillin〔게일어〕=little boy
* roscan: ① rosc=inflammatory speech 선동적인 연설, declamation 열변[웅변] ② rosc-catha=battle-hymn 군가, war-cry (공격·돌격 때의) 함성
* seinn fion: ① sinn fein=we ourselves(우리 스스로) ② seinn fion, seinn fion's araun→sinn fein, sinn fein, amhain=ourselves, ourselves alone(우리 자신, 우리 자신만이): 19세기 말~20세기 초 아일랜드 민족주의자들의 정치적 슬로건 ③ seinn〔게일어〕=play music 풍악을 울리다 ④ fion〔게일어〕=wine ☞ Sinn Fein (아일랜드의 완전 독립을 위해 1905년에 결성된) 신페인당[아일랜드 독립당]

| 042:12 | seinn fion's araun.) and the rhymers' world was with reason the |
| | 선동적인 찬가를 고래고래 소리쳐 부르는 걸까? (우리 자신, 우리 자신만이.) |

* araun→ámhran〔게일어〕=song
* rhymer: ① rhymester 서투른[엉터리] 시인 ② rhyme 운율
* with reason 그럴 만한 이유가 있는[당연한]

| 042:13 | richer for a wouldbe ballad, to the balledder of which the world |
| | 그리고 노래의 운율 세계가 자칭 발라드에 비해 더 우렁찼던 것은 당연하며, |

* wouldbe: ① professing to be 자칭의[자기 딴에] ② desiring to be (언젠가는) 되고 싶어 하는[될 작정인]
* ballad 발라드(소박한 용어와 짧은 stanza로 쓰인 전설·설화를 노래한 시)→영국의 ballad는 15세기부터 시작되었음
* balledder→ballader: ① writer of ballads ② ballader〔덴마크어〕=ballad-singer

| 042:14 | of cumannity singing owes a tribute for having placed on the |
| | 사교계의 발라드 가수에게 있어 노래 부르기는 여태까지 이 세계가 명확히 밝혀야 했던 |

* cumannity: ① humanity=human race ② cumann〔게일어〕=club[society] 사교[교제]
* tribute 헌사[공물] ☞ 칭찬·존경·애정의 표시가 되는 행위[말]

| 042:15 | planet's melomap his lay of the vilest bogeyer but most attrac- |
| | 가장 상스러운 도깨비의 노래지만 가장 매력적인 화신의 노래이기도 한 |

* melomap→melody map: ① melody 노래하기에 알맞은 시[(음표로 표현된) 선율] ② map (지도처럼) 정확

한 도해[묘사]

* lay (노래로 불리는 짧은) 서정시[노래]
* vilest 볼품없는[상스러운]
* bogeyer: ① bogey=bogle[goblin] 도깨비[유령] ② bégayeur[프랑스어]=stutterer 말더듬이

| 042:16 | tionable avatar the world has ever had to explain for. |
| | 서정시를 세상이라는 선율의 지도 위에 올려놓은 그의 공헌에 빚지고 있다. |

* avatar 화신[실체의 일면]
* explain 명확히 밝히다[분명히 하다]

| 042:17 | This, more krectly lubeen or fellow—me—lieder was first |
| | 좀 더 정확하게는 점령자의 노래 혹은 대장 놀이 노래이기도 한 이 선율은 |

* krectly=correctly 정확하게[올바르게]
* lubeen: ① luibin[게일어]=pretty girl ② occupat song with chorus 코러스가 딸린 점령자의 노래
* fellow-me-lieder→follow my[the] leader 대장 놀이(대장이 된 아이의 동작을 모두가 흉내 내는 어린이 놀이) ☞ lie-der[독일어]=songs

| 042:18 | poured forth where Riau Liviau riots and col de Houdo humps, |
| | 리피 강변의 소요 사건에서 그리고 호우드 언덕에서 처음으로 불렸다. |

* poured forth→pour forth 쉴 새 없이 지껄이다[노래하다]
* Riau Liviau: ① riau[프로방스어]=river bank 강[하천] 유역 ② Rio Livio=river Liffey ③ Titus Livius=Livy 로마의 역사가
* riot: ① 분출[분류] ② 떠들썩한 술잔치[술 먹고 떠들기] ③ 폭동[소요 사건]
* col de Houdo: ① Howth 아일랜드 카운티 핑걸(County Fingal)에 있는 소도시 ② colo[프로방스어] =mountain ③ col=saddle-back (산봉우리 사이의) 움푹 들어간 곳
* hump: ① (지면에) 툭 솟아 오른[튀어나온] 곳 ② [속어]섹스하다

| 042:19 | under the shadow of the monument of the shouldhavebeen legis- |
| | 입법자가 되었어야 마땅한 글래드스턴의 기념비가 드리운 그늘 아래, |

* under the shadow of: ① (다른 사람의) 그늘에 가려(그 사람만큼 관심을 받지 못한다는 뜻) ② ~의 보호 아래
* monument: ① Gladstone Monument 글래드스턴 기념비 ② The Monument 런던 대화재(1666)를 기념하는 런던 브리지 북쪽 가장자리 근처의 도리아 양식(Doric)의 기둥
* legislator: ① lawgiver 입법자[법률 제정자] ② The Shade of Parnell 조이스는 1912년 자신의 에세이 「A Shade of Parnell(Il Piccolo della Sera, 16 May, 1912)」에서 Parnell을 아일랜드에 드리운 망령(ghost-like shade)으로 묘사하고 있음

• The Gladstone Monument   • Shade of Parnell

| 042:20 | lator (Eleutheriodendron! Spare, woodmann, spare!) to an over-
(자유의 나무입니다! 베지 마세요, 나무꾼이여, 베지 말고 그냥 두세요!) |

* Eleutheriodendron: ① eleutheria〔그리스어〕=freedom〔liberty〕 ② dendron 가지돌기(신경 세포에서 세포질이 나뭇가지처럼 뻗은 것) ☞ dendron〔그리스어〕=tree ③ Liberty Tree 미국 혁명 이전 수 년 동안 (1646~1775) Boston Common 근처 매사추세츠주 보스턴에 있던 유명한 느릅나무→1765년 보스턴의 애국 시민들이 이 나무 위에서 영국 정부에 대한 최초의 저항 행위를 벌였음. 그 일대는 리버티 홀(Liberty Hall)로 불림.

* Spare, woodmann, spare!: ① Woodman, spare that tree! 미국 시인 조지 포프 모리스(George Pope Morris)의 시(1837) ② Woodman, spare that tree! 당시 미국에 살던 영국 작곡가 Henry Russell(1837~1812)이 작곡한 노래 ☞ 19세기 중후반의 영국 총리 William Ewart Gladstone(1809~1898)은 나무를 잘라 쓰러트리는 취미를 갖고 있었음【041:35】

• Liberty Tree   • Woodman Spare That Tree

| 042:21 | flow meeting of all the nations in Lenster fullyfilling the visional
분할 지역을 가득 채우고도 남는 렌스터 지방의 모든 거주민들이 쏟아져 나온 집회에서, |

* overflow: ① (감정 등) 복받쳐 나오다(충만하다) ② (사람들로) 넘쳐나다
* Lenster→Leinster: ① 아일랜드 동부 지역. 아일랜드 4개의 지방(province) 중 하나로 남서부에 위치하고 12개의 주(州)로 구성됨. ② 고대 아일랜드의 5부족 왕국의 하나. 섬의 남동부를 차지하고 있었으며, 5세기 이래 북부의 대세력으로 군림하였던 위닐 왕가와 자주 싸웠다. 12세기에 잉글랜드왕 헨리 2세의

침입을 받은 후, 15세기까지는 사실상 킬데어백(伯)의 지배하에 있었으나, 1537년에 헨리 8세가 킬데어백을 토벌한 후에는 반독립적 지위마저 잃어버리고 잉글랜드의 지배하에 들어갔다.

• Kingdom of Leinster

* fullyfilling→fulfill (필요·요건·부족분 등을) 채우다[만족시키다]
* visional 환상적[가공적]인 ☞ visional area→Divisional area 분할 지역[구획]

042:22	area and, as a singleminded supercrowd, easily representative,
	가면을 한 것이니, 술 취한 얼굴이니 하여, 아일랜드 사람들 중에서 의심할 여지없이

* singleminded 외곬의, (한 가지 일에만) 골똘하는
* supercrowd: ① super 보통보다 더 많은[초과] ② crowd 군중
* easily 분명히[의심할 여지없이] 최고의
* representative: ① 묘사[상징]하는 ② 대표하는[전형적인]

042:23	what with masks, whet with faces, of all sections and cross sections
	모든 지역 및 특정 지역을 대표하는, (집회장이 가득 넘치도록 술집과

* what with~, what with~ ~이니, ~이니 하여[~이고 ~이고 하여]
* whet=what
* cross section (사회적 집합체의) 특정한 면[대표적 면]

042:24	(wineshop and cocoahouse poured out to brim up the broaching)
	코코아 가게에서 사람들이 밖으로 쏟아져 나왔다) 오직 한 가지 목적에만

* pour (군중 등을) 쏟아내다, (음료를) 따르다
* brim 넘치도록[가득] 차다
* broaching→broach: ① broach (의견·문제 따위를) 내놓다[발의하다] ② broaching=introduction ☞ (앵글로색슨 시대에 각 지구의 자유민이 공공 문제를 토의하기 위한) 모임[자치적 집회]

042:25	of our liffeyside people (to omit to mention of the mainland mino-
	전념하는 초거대 군중으로서, (본토의 소수집단과 함스워스 가문에 속한

* liffeyside people: ① Dubliners 더블린 시민들 ② Irish people

042:26	rity and such as had wayfared via Watling, Ernin, Icknild and
	마부들의 몫을 챙겨 워틀링 도로, 에르민 도로, 이크닐드 도로, 그리고

* wayfare=travel[make a journey]
* Watling, Ernin, Icknild and Stane→Watling Street, Ermine Street, Icknield Way, Stane Street 로마인들이 만든 영국의 도로 ☞ Watling Street(도버[Dover]에서 런던[London]을 지나 슐스베리[Shrewsbury] 부근에 이르는 로마 도로), Ermine Street(런던[Londinium]에서 링컨[Lindum Colonia]과 요크[Eboracum]까지 이어지는 로마 도로), Icknield Way(노픽[Norfolk]에서 윌트셔[Wiltshire]까지 이어지는 영국 남부와 동부의 고대 선로[trackway]), Stane Street(런던과 치체스터[Chichester]를 연결하는 영국 남부의 로마 도로)

 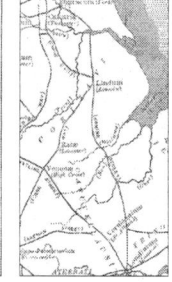 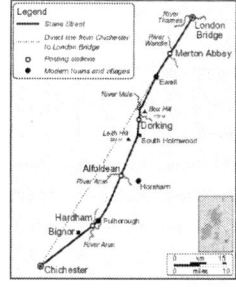 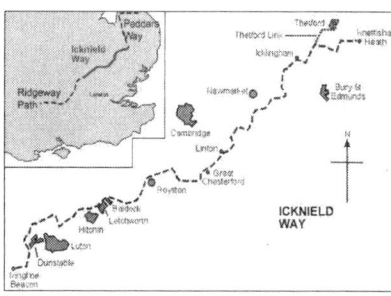

• Walting Street   • Ermine Street   • Stane Street   • Icknield Way

042:27	Stane, in chief a halted cockney car with its quotal of Hardmuth's
	스테인 도로를 경유하여 주로 절뚝거리는 전세 마차를 타고 이동해 온 여행자들,

* in chief=chiefly[mainly]
* halted→halt: ① bring to a stand 정지하다[세우다] ② 머뭇거리며 걷다 ☞ 〔고어〕절뚝거리다
* cockney car: ① cockney 유약한 도회지 사람 ☞ 런던 본토박이(전통적으로 말하자면 Bow Bells의 종소리가 들리는 범위 안에서 태어나서 그곳에서 평생을 사는 사람) ② hackney coach[cab] 전세 마차[자동차]
* quotal→quota 분담[할당]액
* Hardmuth's: ① Harmsworth 19~20세기 영국의 언론 정치인 가문 ② Hardmuth's hacks→hardmouth hacks 다루기 힘든 늙어빠진 말

• Alfred C. W. Harmsworth

042:28	hacks, a northern tory, a southern whig, an eastanglian chroni-
	북부 지역의 토리당원들, 남부 지역의 휘그당원들, 동부 지역의 연대기 저술가들,

* hack: ① 마부[택시 운전사] ② 매춘부
* tory: ① tory 토리당원[보수당원] ☞ 토리당(the Tories)은 17세기 말부터 1832년경까지 the Whigs와 대립했던 영국의 2대 정당 중 하나 ② Tory Island 아일랜드 도네갈주 북서 해안에서 14.5km 떨어져 있으며, 아일랜드에서 가장 멀리 떨어진 섬 ③ king of Tory Island 아일랜드 도네갈 카운티 해안에 있는 토리 섬 주민들이 사용하는 관례적인 칭호【020:23】
* whig 휘그당원 ☞ 휘그당(the Whigs)은 17~18세기에 대두한 의회주의 정당으로 Tory 당과 대립하여 민

중의 권리와 의회의 우월을 주장하고 비
(非)국교도를 옹호함. 19세기에 지금의
Liberals(자유당)가 되었음.
* eastanglian chronicler→Anglo Saxon
chronicles 앵글로색슨의 역사를 기록한
고대 영어 연대기 모음집 ☞ eastangli-
an→eastern

• Tories and Whigs

The Anglo-Saxon
Chronicle
King Alfred the Great

• Anglo-Saxon Chronicle

| 042:29 | cler and a landwester guardian) ranging from slips of young |
| | 서부 지역의 수호자들에 관한 언급은 생략하고) 털실 뭉치 세 개가 |

* landwester guardian→Manchester Guardian
1821년 12월 15일에 맨체스터 가디언(The Manchester
Guardian)으로 창립되었으며 1959년에 가디언(The
Guardian)으로 이름을 변경함 ☞ landwester→west-
ern
* ranging→range from (범위가) ~에서 ~까지 걸치다
* slip=young person 몸집이 작고 가냘픈 젊은이[소년]

• The Guardian

| 042:30 | dublinos from Cutpurse Row having nothing better to do than |
| | 대롱거리는 포플린 복장을 하고 바쁜 전문직 신사에게 건네줄 빵 덩어리를 |

* dublino〔이탈리아어〕=Dublin
* Cutpurse Row 더블린의 New-row에서 Corn-market에 이
르는 도로
* have nothing better to do than ~하는 것 외에는 할 수 있
는 일이 없는

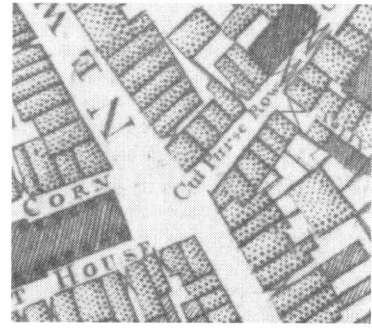

• Cutpurse Row

| 042:31 | walk about with their hands in their kneepants, sucking air- |
| | 찾아 나선 청소년 지도원들과 함께, 반바지에 양손을 찔러넣은 채 |

* kneepants 반바지
* suck: ① 입에 물다 ② 〔구어〕(속이거나 강제로 ⋯에) 끌어 넣다, 〔속어〕혐오감을 주다
* airwhackers→Earwicker ☞ whacker=something especially big or impressive of its kind 터무
니없이 큰 것[사람]

042:32	whackers, weedulicet, jumbobricks, side by side with truant
	커다란 빵 조각을 한입 가득 물고, 이리저리 돌아다니는 것 외에는

* weedulicet: ① videlicet=that is[namely] ② weed+licet〔라틴어〕=it is allowed→weeds are allowed
* jumbobricks: ① jumbo bricks 유난히 큰 벽돌 ☞ brick 벽돌 모양의 것(빵, 아이스크림 등) ② jumbo pricks 유난히 큰 음경
* truant officer (학교의) 무단결석 학생 지도교사

042:33	officers, three woollen balls and poplin in search of a croust of
	달리 할 일이 없는 컷퍼스 거리의 더블린 젊은이들, 러블랜드 황야에서

• Three Golden Balls

* three woollen balls→three golden[gilt] balls: ① 전당포의 간판 ☞ 영국의 전당포가 처음 생길 때 금으로 도금된 공 세 개를 간판으로 단 것에서 유래 ② woollen→woolen 양털[양모]의
* poplin 포플린(튼튼하게 짠 면직물의 하나) ☞ poplin 제조 생산은 17~19세기에 걸쳐 더블린의 주요 산업이었음
* croust of pawn→croûte de pain〔프랑스어〕=crust of bread 빵 조각[덩어리]

042:34	pawn to busy professional gentlemen, a brace of palesmen with
	도요새와 청둥오리 사냥을 마치고 갓 도착하여, 서로 냉정하게 조롱하면서,

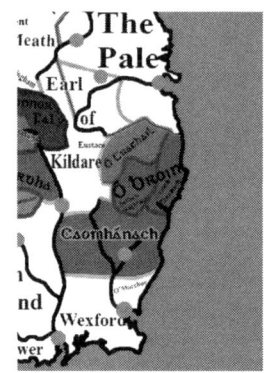
• The Pale

* professional gentlemen 전문직 신사
* a brace of=a pair of 한 쌍[한 벌]의, 2인조의
* palesmen: ① palesman 공원 울타리 관리원 ② policeman
* The Pale[The English Pale] 중세 후기에 영국 정부의 직접적인 통제하에 있던 아일랜드의 일부 지역(더블린의 Dalkey에서 Louth의 Dundalk까지 북쪽으로 뻗어있는 지역)

042:35	dundrearies, nooning toward Daly's, fresh from snipehitting and
	한낮의 휴식을 위해 데일리 클럽으로 향하는, 구레나룻을 길게 기른 2명의 경찰관,

* dundrearies→Dundreary whiskers=long side whiskers (턱수염이 없는) 긴 구레나룻 ☞ palesmen with dundrearies→pale, dun and dreary 창백하고, 음울하고, 처량한
* nooning: ① refreshment at noon 점심시간의 휴식 ② moving 마음을 움직이기 ③ 낮 휴식을 취

하다

* Daly's→Daly's Club House 아일랜드 더블린에 위치한 남성 클럽으로, 1750년부터 1823년까지 사회 정치 생활의 중심지였음
* fresh from ~에서 갓 도착한
* snipehitting→bird-hunting ☞ snipe 도요새

• Daly's Club House

| 042:36 | mallardmissing on Rutland heath, exchanging cold sneers, mass- |
| | 흄가(街)로부터 말 1마리가 끄는 마차를 타고 성당 미사에 가는 귀부인들, |

* mallardmissing→mallard 청둥오리
* Rutland heath: ① Rutland Island 도니골 카운티(County Donegal)에 있는 섬 ② Rutland 잉글랜드 중부의 작은 카운티 ☞ heath (거친 잡초와 작은 야생화들만 있는) 황무지
* cold sneer 냉정한 조소[경멸]
* massgoing ladies 성당 미사에 가는 귀부인들

| 043:01 | going ladies from Hume Street in their chairs, the bearers baited, |
| | 말에게 물을 주며 쉬고 있는 마부들, 모세 정원 근처의 클로버 들판으로부터 정처 없이 |

* Hume Street 더블린 중심부의 엘리 플레이스(Ely Place)와 세인트 스티븐스 그린(St. Stephen's Green) 사이에 위치함
* chair=vehicle 말 1마리가 끄는 탈 것
* bearer=carrier 마부
* bait=brief halt (여행 도중에) 말에게 먹이[물]를 주다, (사람이 식사·휴식을 위해) 도중에서 쉬다

• Hume Street

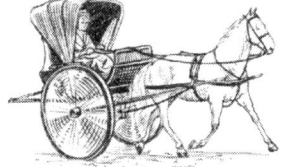
• Chaise[Chair]

| 043:02 | some wandering hamalags out of the adjacent cloverfields of |
| | 떠돌아다니는 몇몇 얼간이들, 더블린 가죽 거리 출신의 수도원 봉헌 신부, |

* wandering: ① 떠돌아다니는[헤매는] ② 종잡을 수 없는[헛소리를 하는]
* hamalags: ① ham on legs=pigs ② ham and eggs 햄에그(햄에다 계란프라이를 곁들인 것) ③ Hamlets 햄릿 ④ ham[고대 영어]울타리로 둘러싸인 목초지 ⑤ Himalayas ☞ hamalags→homeling 거주자[주민]+amalog[게일어]얼간이+Hammel[독일어]양고기

| 043:03 | Mosse's Gardens, an oblate father from Skinner's Alley, brick- |
| | 벽돌공들, 남편과 강아지를 데리고 멋진 타비넷 옷을 입고 있는 |

* Mosse's→Mosse, Bartholomew 18세기 더블린의 의사로 Rotunda Hospital을 세웠음 ☞ Mosse's

Gardens→Rotunda

* oblate father 수도 생활에 몸을 바친[봉헌] 신부 ☞ oblate 수도 생활에 헌신하는 평신도
* Skinner's Alley→Skinners Alley 가죽장이(skinner)와 무두장이(tanner)들이 거래하던 더블린의 거리
* bricklayer 벽돌공

• Mosse, Bartholomew

043:04	layers, a fleming, in tabinet fumant, with spouse and dog, an aged
	플랑드르 여인, 조각용 끌을 한 손 가득 들고 있는, 늙은 대장장이,

* fleming (벨기에의) 플랑드르 지방(Flanders)의 사람
* tabinet 타비넷(보통 물결무늬를 도드라지게 넣은 포플린 비슷한 견모 직물)
* fumant: ① 증기나 연기를 내뿜는 ② 〔구어〕훌륭한, 멋진

043:05	hammersmith who had some chisellers by the hand, a bout of
	한판 승부의 곤봉 선수들, 악성수종에 걸린 수십 마리의 양들,

* hammersmith 해머를 사용하는 대장장이
* chiseller 끌질[조각] 도구 ☞ 〔아일랜드 속어〕어린아이[젊은이]
* a bout of 한차례의[한판 승부의]

043:06	cudgel players, not a few sheep with the braxy, two bluecoat
	청색 가운을 입은 두 명의 의사들, 도산(倒産) 직전의 심프슨 병원을 나온 네 명의

* cudgel players: ① cudgel player=stick[shillelagh] fighter 곤봉 선수 ② cudgel 곤봉
* not a few 꽤 많은 수의[적지 않게]
* braxy (양의) 탄저병[악성수종]
* bluecoat: ① (19세기의) 병사 ② (미국의) 순경 ☞ bluecoat scholars 청색 제복의 학자들→더블린 King's Hospital 출신의 의사들

043:07	scholars, four broke gents out of Simpson's on the Rocks, a
	빈털털이 남자들, 언제나 히키 서점 문간에서 터키 커피와 오렌지 시럽을 마시는

* broke gents: ① broke 빈털털이의 ② gents 신사[남자]
* Simpson's→Simpson's Hospital 더블린 던드럼(Dundrum)에 있는 요양 병원으로 흔히 Blue Coat Hospital로 불렸음

* on the Rocks (사업이) 파탄 직전인 ☞ Simpson's on the Rocks=Simpson's-on-the-Strand(London)=Simpson's Hospital

• Simpson's Hospital

043:08	portly and a pert still tassing Turkey Coffee and orange shrub in
	풍채 좋은 어떤 사람과 활달한 성격의 또 한 사람, 면직물 제조업자들

* portly=corpulent 몸집이 뚱뚱한(풍채가 좋은)
* pert=lively 활발한(건강한)
* tassing: ① tasse〔프랑스어〕=cup ② tass〔스코틀랜드 영어〕=small drinking cup ③ toss=drink 다 마셔버리다
* shrub 시럽(과즙에 설탕·럼주를 섞은 음료)

043:09	tickeyes door, Peter Pim and Paul Fry and then Elliot and, O,
	즉 자신들의 연금수령인들이 도토리에 생긴 혹 때문에 큰 소동을 겪고 있는.

* tickeyes: ① tickey=threepence 3펜스 동전 ② Hickey's=Michael Hickey=secondhand book-dealer(더블린의 Bachelor's Walk 소재 중고 서점) ③ Hickey's 18세기 더블린의 제과점
* Peter Pim→Peter Pan 배리(J. M. Barrie)가 쓴 동명 소설에 나오는 주인공 이름에서 유래한 표현으로, 이상할 정도로 나이보다 어려 보이거나 어린애처럼 행동하는 사람
* Paul Pry 영국 작가 John Poole의 동명 희극(1853)의 주인공 이름→꼬치꼬치 캐기 좋아하는 사람
* Elliot→Thomas Elliot 포플린과 실크 제조업자
* O (놀람·감탄의) 오오!, 아아!

Peter Pim(→Pim, Brothers & Co), Paul Fry(→Fry and Co), Elliot(→Thomas Elliott), Atkinson(→Richard Atkinson and Co)은 모두 1920~1930년대에 발간된 Thom's Directories에 면직물(poplin) 제조업자로 등재되어 있음

• Peter Pan

PORTRAIT OF LISTON IN PAUL PRY.

" Just dressed in to ask after your tooth-ach."

• Paul Pry

| 043:10 | Atkinson, suffering hell's delights from the blains of their annui- |
| | 피터 팬, 폴 프라이, 토마스 엘리엇 그리고 아아! 리처드 앳킨슨, |

* Atkinson→RICHARD ATKINSON AND CO 더블린의 College Green 31번지 소재 포플린 제조업자
* hell's delights=pandemonium 대혼란, 큰 소동
* blain: ① blister[pustule] 물집[수포] ② (병균으로 식물의) 가지에 혹이 생기는 병
* annuitant 연금 수령인

• RICHARD ATKINSON AND CO

| 043:11 | tants' acorns not forgetting a deuce of dianas ridy for the hunt, a |
| | 여자 사냥꾼이 엄청난 사냥 준비하고 있다는 것을 잊지 않고서, |

* acorn: ① 도토리 ② fruit generally 널리 열매를 맺다
* deuce=bad luck[plague] 불운[재앙] ☞ a deuce of 굉장한[지독한·싫은]
* dianas→diana 여자 사냥꾼[젊고 아름다운 여성] ☞ 달의 여신으로 처녀성과 사냥의 수호신(그리스 신화의 Artemis에 해당)
* ridy=ready

ΑΡΤΕΜΙΣ
Artemis

• Artemis[Diana]

043:12	particularist prebendary pondering on the roman easter, the ton-
	부활절의 득실을 따지는 특정 속죄설 지지 성직자, 체발 문제와 그것을 절대적으로

* particularist 배타주의자 ☞ 특정 은총[속죄]설(신의 은총 또는 속죄가 특별한 개인에게만 한정된다는 설)의 지지자
* prebendary 보수를 받는 성직자, 명예 성직자
* ponder on 곰곰이 생각하다, 득실을 따지다
* roman easter=easter Sunday=Easter 그리스도가 십자가에서 처형을 당한 후 셋째 날에 부활한 것을 축하하는 날
* tonsure 체발식(가톨릭교에서는 머리 한가운데를, 그리스도교에서는 머리 전부를 밀어버림), 승려의 삭발

043:13	sure question and greek uniates, plunk em, a lace lappet head or
	지지하는 동방 가톨릭교도들, 창문으로 보이는 한 개 혹은 두 개 혹은

* greek uniates 동방 가톨릭교도→로마 교황의 수위권(首位權)을 인정하면서 그리스정교회(Creek Orthodox Church)와 같은 독자적인 전례·습관 등을 지켜나감
* plunk=plump: ① 쿵(털썩) 떨어지다[탁 던지다] ② 한 사람에게 투표하다[절대적으로 지지하다]
* em=them
* lappet head=head dress 주름(lappet)이 잡힌 장식 모자 ☞ The Lace Lappet 18세기 더블린의 머리 장식품 상점

043:14	two or three or four from a window, and so on down to a few good
	세 개 혹은 네 개의 주름이 잡힌 장식 모자, 그리고 그밖에 꽤 많은 수의

* two or three or four from a window 창문으로 보이는 장식 모자가 두 개 혹은 세 개 혹은 네 개
* and so on down to 기타 ~에 이르기까지
* a few good→a good few=quite a few 꽤[상당히] 많은

043:15	old souls, who, as they were juiced after taking their pledge over a
	애늙은이에 이르기까지, 금주(禁酒)의 맹세를 하고 나서도 술독에 빠져,

* old soul 애늙은이
* juiced=drunk 취한[만취된]
* taking their pledge→take[sign] the pledge=promise to drink no more alcohol (술을 마시지 않겠다고) 금주의 맹세를 하다 ☞ pledge 전당[저당] 잡히기

043:16	the uncle's place, were evidently under the spell of liquor, from the
	알코올 음료의 마력에 사로잡혀 있는 것이 분명해 보였으며,

* uncle's place: ① uncle=pawnbroker 전당포 주인 ② uncle's place=pawnshop 전당포
* under the spell of ~에 매료되어[마력에 사로잡혀]

043:17	wake of Tarry the Tailor a fair girl, a jolly postoboy thinking off
	HCE의 경야에서 귀여운 소녀 이씨, 포도주 세 병에 생각이 꽂혀있는

* wake: ① (배가 지나간) 자리[항적] ② (초상집에서의) 밤샘[철야]→경야(經夜)
* Tarry the Tailor: ① HCE 그의 정체성은 선원(sailor)·재단사(tailor) ②
  The Wake of Teddy the Tiler 19세기 중엽 아일랜드의 발라드
* fair girl: ① The Colleen Bawn→cailín bán〔아일랜드어〕=fair
  girl(귀여운 여자) Dion Boouicault의 연극 제목 ☞ 디온 부시코(Dion
  Boucicault)는 아일랜드계의 영국 극작가 겸 배우로 프랑스 극의 번안과
  소설의 각색이 많고 대표작으로는 아일랜드를 다룬 '귀여운 여자'가 있
  음 ② HCE의 딸 이씨(Issy)
* jolly: ① (술에) 거나하게 취한 ② 명랑한[흥겨워 떠드는]
* postboy 우편배달부
* thinking→drinking

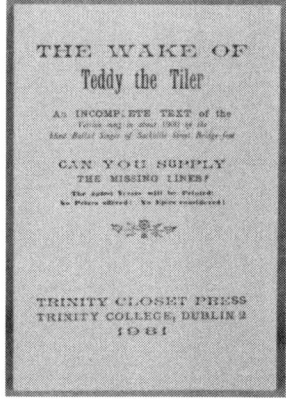

• Tarry the Tailor

043:18	three flagons and one, a plumodrole, a half sir from the weaver's
	유쾌한 우편 배달원 손 그리고 한 사람, 그녀에게 찰싹 달라붙어 구애하는,

* flagon (손잡이·뚜껑·마시는 주둥이가 있는)
  목이 가는 술병. (성찬식용) 포도주병
* plumodrole: ① plume〔프랑
  스어〕=pen ☞ plumo〔프로방스
  어〕=pen ② drôle〔프랑스어〕
  =funny[odd] 우스운[괴상한] ③
  droll=humourous[whimsical] 재

• Weavers' Almshouse Charities

미있는[엉뚱한] ④ penman=Shem ☞ drole〔프로방스어〕=young boy
* half: ① (소송에서) 한쪽 당사자 ② (형제·자매가) 한쪽 부모만이 같은, 의붓의
* weaver's: ① weaver 방직공 ② weavers' almshouse=weav-ers' almshouse charities 방직공들
  이 Townsend Street에 세운 극빈자 보호시설 ③ Harriet Shaw Weaver(1876~1961) 영국의 잡지 편집
  자이면서 제임스 조이스의 중요한 후원자

043:19	almshouse who clings and clings and chatchatchat clings to her, a
	극빈자 보호시설에서 나온 한쪽 당사자에 해당하는 인물 문필가 셈,

* cling 달라붙다[집착하다]
* chat (여자에게) 말을 걸다[구애하다]

043:20	wholedam's cloudhued pittycoat, as child, as curiolater, as Caoch
	어린애 같은 사람으로서, 부목사로서, 피리 부는 늙은 맹인으로서.

* wholedam's→madam's

* cloudhued (얼굴·이마가) 근심 어린 빛깔인, 색상이 어두운
* pittycoat→petticoat (스커트 속에 입는) 속치마
* curiolater: ① curate 보좌신부[부목사] ② curio[라틴어]=priest

043:21	O'Leary. The wararrow went round, so it did, (a nation wants
	어두운 색상의 속치마를 입고 있는 부인. 군대가 소집되었고, 실제로 파견도 했다,

* Caoch O'Leary=Caoch the Piper 피리 부는 늙은 맹인: 레이시 카운티 (County Laois) 출신의 19세기 시인 John Keegan의 감동적인 작품

* wararrow: ① The War-arrow had been industriously sent round to all the neighbouring shores, peopled largely at that time with men of Norse blood→Emily Lawless의 「The Story of Ireland」 1014 년 클론타프 전투에서 브라이언 보루

• Caoch-the blind piper　　• A Nation Once Again

(Brian Boru)와 교전하기 위해 노르웨이 군대를 소집한 것을 언급하고 있음 ② war arrow 전쟁에서 적을 죽이고 갑옷을 뚫게 만든 화살 ③ Arrow War=The Second Opium War(제2의 아편 전쟁) 애로호사건→1856년 청나라와 영국·프랑스 연합국 간에 벌어진 전쟁 ☞1856년 광동항(廣東港)에 정박 중인 영국선 애로호(Arrow號)에서 범인 수사를 목적으로 청나라 관헌이 임검하고 영국기를 내린 일에서 발발함. 때마침 프랑스인 선교사의 살해를 계기로 영국과 프랑스가 공동 출병하여 광동과 텐진(天津)을 점령하고, 1858년에 텐진조약을 체결하였고, 연합군의 베이징 점령으로 강제로 베이징(北京) 조약을 맺음.
* went round=sent round 돌리다[파견하다]
* a nation wants a gaze→〈A Nation Once Again〉 1840년에 나온 아일랜드 노래. 독립운동가이며 시인인 토머스 오스본 데이비스(Thomas Osborne Davis)가 아일랜드 독립을 열망하는 한 청년의 불타오르는 열정을 담아냈음.

043:22	a gaze) and the ballad, in the felibrine trancoped metre affectioned
	(조국 아일랜드는 주목받길 원하고 있다) 열광적인 절분음 운율로 된

* felibrine trancoped metre: ① félibre[프랑스어]1854년 프레데릭 미스트랄(Frédéric Mistral)과 6명의 다른 프로방스 시인이 프로방스어(Occitan[Langue d'Oc])와 그 문학을 옹호하고 홍보하기 위해 설립한 문학 및 문화 협회인 Le Félibrige의 회원 ② 고양이 같은[교활한] ③ brine=salt water ④ febrile 열광적인 ⑤ syncope 어중음 탈락(library를 /la bri/로 발음할 때처럼 단어의 중간에서 음이 생략되는 것) ⑥ trans[라틴어근] (=across)+cope[그리스어근](=cut)→crosscut ~을 가로 베다 ⑦ metre (시의) 음보[운율] ☞ syncope (음악에서) 절분음(切分音)
* affectioned=inclined[well affected] (~할) 생각이 있는, ~한 감정을 품은 ☞ affection 애착, 영향[작용]

043:23	by Taiocebo in his *Casudas de Poulichinello Artahut*, stump-
	혁명 노래는 자신의 임종의 자리에 위스키가 떨어지는 가운데 HCE가

* taiocebo〔프로방스어〕=earwig 집게벌레
* Casudas de Poulichinello Artahut: ① The Fall of Pulchinella's bier→the whiskey falling on Tim Finnegan's deathbed 팀 피네간의 임종의 자리에 떨어지는 위스키 ② casuda〔프로방스어〕=fall[drop] ③ Pulchinella 풀치넬라(Pulcinella)는 17세기의 콤메디아 델라르테(commedia dell'arte)에서 기원한 고전 캐릭터로서 나폴리 꼭두각시(Neapolitan puppetry)의 전형적 인물임 ④ poule〔프랑스어〕=hen ☞ Pulchinella라는 이름은 긴 부리 모양의 코를 가리키는 이탈리아어 pulcino(병아리)에서 유래 ☞ Poule은 HCE의 암탉을 지칭 ⑤ Pulcinella's secret=open secret 공공연한 비밀 ⑥ Punch 풀치넬라(Pulchinella)의 영어 인형 버전 ⑦ artahut〔라틴어〕=bier 관대(관을 안치하거나 옮길 때 쓰는 틀), 시체(corpse), 무덤(grave)

043:24	stampaded on to a slip of blancovide and headed by an excessively
	애착했던 가늘고 긴 백색 도료 종이 위에 찰필로 바림되었으며

* stump: ① 찰필(擦筆)→압지나 얇은 가죽을 말아서 붓 모양으로 만든 화구. 문질러서 빛깔을 흐리게 하거나 짙고 엷음을 나타내는 데에 쓰임. ② 찰필로 바림하다[흐리게 하다]
* stampaded→stampede 우르르 도망치다[앞을 다투어 달아나다]
* slip 가늘고 긴 종잇조각
* blancovide: ① blanco (벨트나 구두에 칠하는) 백색 도료 ② White, Blanco→Joseph Blanco White 아일랜드계 스페인 출신의 로마 가톨릭 사제이자 시인 ③ vide〔프랑스어〕=empty
* headed 표제[제목]가 붙은, 이름과 주소가 인쇄되어 있는

• Joseph Blanco White

043:25	rough and red woodcut, privately printed at the rimepress of
	그리고 델빌의 인쇄소에서 지나치게 급조한 목판 위에 은밀하게

* rough and red→rough and ready 임시 변통의[급조한]
* woodcut 목판(화)
* rimepress: ① rime 흰 서리 ② press 인쇄소[출판사] ☞ rime=rhyme 운문, 시가(詩歌)

043:26	Delville, soon fluttered its secret on white highway and brown
	인쇄한 것이었다. 그러다가 곧 그 비밀은 본연의 길로 아울러 아치길로부터

* Delville[The Glen]→Delvin House 스위프트(Jonathan Swift)가 Glasnevin의 이 집에 머물면서 선거운동 팜플렛을 출판함
* flutter 날개 치게 하다[이리저리 날다]
* white highway 백색인종 전용 간선도로 ☞ white 올바른[공정한], highway 올바른[본연의] 길
* brown byway 갈색인종 전용 우회 도로 ☞ brown 침울한[우울한], byway 옆길(side road)

• Glasnevin

043:27	byway to the rose of the winds and the blew of the gaels, from
	격자 길에 이르기까지 그리고 비밀 폭력단에서부터 좌파 성향의 신문 기사에 이르기까지

* rose of the winds[wind rose] 풍배도(風配圖)→어떤 관측 지점에서
  의 방위별 풍향 출현의 빈도와 풍력을 그래프에 나타낸 것 ☞ the
  wind rises→rise of the wind
* gaels: ① gales 강풍[돌풍] ② Gael 게일 사람(스코틀랜드 고지 주민, 때로는
  아일랜드의 Celt 인) ③ gals〔방언〕=girls

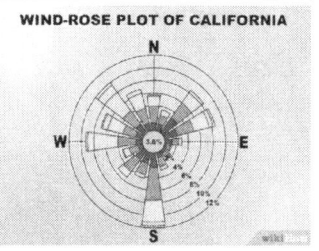

• Wind Rose

043:28	archway to lattice and from black hand to pink ear, village crying
	바람이 일고 돌풍이 부는 침울한 옆길로 빠르게 퍼져나가면서,

* archway 아치길(아치 밑의 통로 또는 입구)
* lattice 격자문
* black hand (일반적으로) 비밀 폭력단 ☞ ① 20세기 초 New
  York에서 활약한 이탈리아인의 비밀 범죄 결사 ② 19세기 스
  페인의 무정부주의자 조직
* pink ear: ① pink (정치적 성향이) 약간 좌파의 ② ear 신문의 (1
  면) 상단 좌우 양 끝의 박스 기사란
* cry (뉴스를) 큰 소리로 알리다

• The Black Hand Mafia

043:29	to village, through the five pussyfours green of the united states
	스코틀랜드 연방 국가의 다섯 주(州)를 끝에서 끝까지, 이 마을 저 마을 큰 소리로 알렸는데,

* five pussyfours: ① cuige〔게일어〕=one-fifth ☞ cuige=pro-vince ② Puss in the Corner 자리
  뺏기 놀이→벽에 붙어서 자리 잡고 있는 어린이들이 서로 신호를 하여 자리를 바꿀 때, 방 중앙에 있는
  술래가 그 자리 중 하나를 빼앗아 차지하는 놀이 ☞ five pussyfours green→Ireland

* green→green of the united states→green free state→The Irish Free State(1922년 설립) ☞ green 은 아일랜드 가톨릭, 민족주의, 공화당 도당(徒黨)을 상징함

043:30	of Scotia Picta and he who denays it, may his hairs be rubbed
	그 노래를 받아들이지 않는 사람은 심한 욕설로 비난받을 것이다!

* Scotia Picta: ① scotia 스코티아(고전주의 건축에서 주춧돌 따위에 사용한 깊이 판 쇠시리) ☞ 쇠시리(moulding): 벽·문 등의 윗부분에 돌·목재 등을 띠처럼 댄 장식 ② Scotia Picta〔라틴어〕=Painted Scotia 아일랜드(나중에는 스코틀랜드) ③ Scotia Pictorum 〔라틴어〕=Scotia of the Picts 스코틀랜드
* denays→deny=refuse 거절[부인]하다
* his hairs be rubbed→rub one's hair 심하게 꾸짖다

• The Britons of Alt Clut(AD 700)

043:31	in dirt! To the added strains (so peacifold) of his majesty the
	악기 중의 악기, 악기 중 무관의 왕 (너무도 평화로운) 플루트의 선율이 추가된,

* dirt 욕설, 악담
* strain=melody[tune] 가락[선율]
* peacifold: ① peaceful ② silent flute〔속어〕=penis ③ Wagner의 「Parsifal(파르지팔)」☞ 리하르트 바그너(Richard Wagner)의 마지막 오페라이자 주인공 이름. 볼프람 폰 에셴바흐(Wolfram von Eschenbach: 독일 중세 시기 1170년경~1220년경)의 이야기를 바탕으로 하며, 어리석고 세상 물정에 어두웠던 주인공 파르지팔이 성배(聖杯: Holy Grail)의 왕이 되기까지의 과정을 담고 있다.
* his majesty the flute 악기의 왕(악기 중의 악기) 플루트

043:32	flute, that onecrooned king of inscrewments, Piggott's purest, *ciello*
	피콧 음반 가게에 있는 *천상의 악기 류트*, 그것은 패트릭 대성당의 고문을

* his majesty the flute=onecrooned king of inscrewments 악기 의 왕(악기 중의 악기) 플루트=악기 중 무관의 왕 플루트
* onecrooned: ① uncrowned 정식으로 등극하지 않은→무관의 (그러나 실권이 있는) ② uncrooned=unsung 칭송되지 않은[세상에 알려지지 않은] ③ one crooned=a solo crooner 감상적인 저음 가수 ☞ Uncrowned King of Ireland=Charles Stewart Parnell【041:35】
* inscrewments→instrument(악기)+screw〔속어〕=fuck
* Piggott's: ① Richard Pigott(1835~1889) 아일랜드의 저널리스트로 서 파넬(C. S. Parnell)을 피닉스 공원 암살 사건과 악의적으로 연루시키려 했으나 실패한 인물 ② PIGGOT AND CO. 더블린 Grafton Street 112번지에 1823년 개업한 음반 가게(music & pianoforte warehouse) ③ 19세기의 유명한 첼로 연주자로 Dublin's Theatre Royal

• Richard Pigott

의 수석 연주자를 역임했음

* purest→the pure fool【043:31】 ☞ 처음에 순진하고 어리석어 보이는 청년으로 묘사되던 파르지팔(Parsifal)은 스스로 경험을 통하여 '순수한 바보(pure fool)'로 진화함
* ciello〔이탈리아어〕=sky ☞ cielo alsoliuto 천상의 악기 류트

043:33	*alsoliuto*, which Mr Delaney (Mr Delacey?), horn, anticipating 말하는가 아니면 (피닉스 공원의 암살자를 말하는가?), 그건 광상곡이 연주되는

* alsoliuto: liuto〔이탈리아어〕=lute 류트(14~17세기의 현악기)
* Delaney: ① Delany=Chancellor of St Patrick's Cathedral ② Patrick Delaney 파넬에 불리한 증언을 한 인물이며 1883년 Phoenix Park 암살 사건에 가담함
* horn: ① Cape Horn 칠레령(領) 혼섬(Cape Horn Island)의 남쪽 끝에 있는 곳 ② Horn of Sutton 더블린의 Sutton Isthmus 북쪽으로 돌출된 땅의 반도 ③ horn〔속어〕=penis

• The Phoenix Park Murders Location

043:34	a perfect downpour of plaudits among the rapsods, piped 중간중간에 나무랄 데 없이 쏟아지는 박수갈채를 기대하는, 세련된 풍(風)의 모자를 쓴

* downpour 억수〔폭우〕
* plaudit=a round of applause 박수갈채〔칭찬〕
* rapsods: ① rhapsody 랩소디〔광상곡〕, 시곡(詩曲) ② rapsodist=a reciter of poems 시 낭독자
* pipe 피리〔관악기〕로 불다

043:35	out of his decentsoort hat, looking still more like his purseyful 연주자로부터 흘러나오는 금관악기 흐름이었으며, 그는 유명한 갈리아 사람으로서

* decentsort: ① decent 보기에 흉하지 않은〔꽤 좋은〕, 품위 있는 ② sort→soort〔네덜란드어〕=sort〔-kind〕=fashion ~풍(風)
* purseyful: ① Parsifal 바그너(Wagner)작의 오페라 ② Percival〔Perceval〕 성배(聖杯)를 찾으러 나선 Arthur 왕 궁정의 기사 ③ purse-full=rich

043:36	namesake as men of Gaul noted, but before of to sputabout, the 흡사 파르지팔의 이름을 딴 것처럼 보였다. 그러나 주위 사람들을 자극하기 전에,

* namesake (어떤 사람의) 이름을 딴 사람〔이름이 같은 사람〕
* Gaul 골〔갈리아〕 사람 ☞골〔갈리아〕: 북이탈리아·프랑스·벨기에의 전역과 네덜란드·독일·스위스의 일부를 포함하는 지역【046:14】
* sputabout: ① sput→incite 자극〔선동〕하다 ② 오물〔때가 묻은 물질〕 ③ about 사방에〔여기저기〕

044:01	snowycrested curl amoist the leader's wild and moulting hair,
	아무렇게나 흐트러진 그리고 허물 벗겨진 머리카락 사이로 눈을 덮어쓴 것 같은

* snowycrested: ① snowy=snowwhite 눈같이 흰[순백의] ② crested 문장(紋章)이 새겨진, 깃 장식이 있는
* wild hair 흐트러진 머리 ☞ mo(u)lting 탈피[허물벗기]
* moulting hair→A Wild Mountain Air[Wild Moutain Thyme]=⟨Will You Go, Lassie, Go⟩ 스코틀랜드에서 유래된 아일랜드 포크 송

• Will You Go, Lassie, Go

044:02	'Ductor' Hitchcock hoisted his fezzy fuzz at bludgeon's height
	흰 곱슬머리의 지휘자 히치콕은 목소리가 큰 사람을 위한 성배의 신호로

* Ductor〔폐어〕=leader 악대(band of music)의 밴드리더[지휘자]
* Hitchcock: ① 더블린 Theatre Roayl의 프롬프터 ☞ prompter 무대 뒤에서 대사를 읽어주는 사람 ② *A Historical View of the Irish Stage*(1788)의 저자 Robert Hitchcock
* fezzy 페즈(fez) 모자(일부 이슬람 국가에서 남자들이 쓰는, 빨간 빵모자같이 생긴 것)를 쓰고 있는
* fuzz 텁수룩한 털, 고수머리
* bludgeon (앞 끝을 무겁게 한) 몽둥이[곤봉]→지휘봉

044:03	signum to his companions of the chalice for the Loud Fellow,
	자신의 단원들에게 페즈 모자를 쓴 고수머리를 지휘봉 높이로 쓸어 올렸다.

* signum=sign[signature] 기호[신호]
* chalice (미사 때 포도주를 담는) 성배
* boys→Oh, boys! 물론!(즐거움·놀람·경멸을 나타냄)

044:04	boys' and *silentium in curia!* (our maypole once more where he rose
	물론! 구획 내에서는 정숙! (5월 축제의 기둥은 옛날 그 자리에 다시 한번

* silentium in curia!〔라틴어〕=silence in the court 구획내 에서는 정숙! ☞ court (박람회·박물관 등의) 구획(區劃), (건물로 둘러싸인) 안마당, 궁전
* maypole 5월제(May Day)의 기둥→고대 로마 시대부터 유럽의 민속 축제의 일부로 높이 세워진 나무 기둥을 주위를 돌면서 춤과 노래를 즐김. 주로 5월 1일이나 오순절에 열리는데 일부 지역에서는 한여름에 열리기도 함.

• Maypole Dancing

044:05	of old) and the canto was chantied there chorussed and christened
	세워졌다) 그리고 그곳에서 사람들은 일제히 노래를 불렀고 또 합창했으며 그리고

* canto 편(編)→장편 시의 단락 ☞ canto=song
* chantied→chanted 노래를 부르다[일제히 외치다]
* chorussed=singed in chorus 합창하다
* christened=baptize 세례[영세]하여 기독교도로 만들다

044:06	where by the old tollgate, Saint Annona's Street and Church.
	오래된 마을 관문 옆 성(聖) 앤 교회에서 세례를 받고 기독교도가 되었다.

* Saint Annona's Street and Church→St. Anne's Church 성모 마리아의 어머니인 성(聖) 앤에게 헌정된 교회
* tollgate 통행 요금 징수소(의 관문)

044:07	And around the lawn the rann it rann and this is the rann that
	잔디밭 사방 곳곳에서 시가(詩歌)가 끊임없이 흘러나오고 있었는데 그것은 바로 호스티가

* rann=stanza[verse] 스탠자(4행 이상의 각운이 있는 시구)【045:27】, 시가(詩歌)
* rann(독일어)=flowed (말·시 따위가) 술술[거침없이] 흘러나오다

044:08	Hosty made. Spoken. Boyles and Cahills, Skerretts and Pritchards,
	지은 것이었다. 시가는 낭송되었다. 소년들과 소녀들, 스커트를 입은 사람들과 반바지를 입은 사람들,

* Hosty: ① hostis(라틴어)=enemy ② Hostie(독일어)=the Host at Catholic Mass 가톨릭 미사에서의 성체 ③ ostiarius(라틴어) =porter[doorman] 문지기[안내원] ④ Hosty's 노라(Nora Barnacle)의 아버지가 자주 찾던 골웨이(Galway)의 술집 ☞ 『경야의 서』에 나오는 'Hosty'는 대부분 '음주(drinking)'와 관련 있음

• Hosty's Pub

* Spoken 말[담화]에 사용되는, 구어(口語)의
* Boyles and Cahills: ① Boyles→buachaill(게일어)=boys ☞ Boyle→Irish poet ② Cahills→caile(게일어)=girls ☞ Cahills→Dublin printers 더블린의 인쇄업자
* Skerretts 17세기부터 클레어 카운티의 남작(barony) 가문
* Pritchard=son of Richard 웨일즈(Welsh) 출신 가문의 자 ☞ Skerretts and Pritchards→skirts and breeches 스커트와 반바지

044:09	viersified and piersified may the treeth we tale of live in stoney.
	우리가 들려주는 이야기가 다양하게 구현되어 오래도록 견고하게 살아있을지어다. 그 시가의

* viersified and piersified→diversified and personified 여러 가지[다양한] 그리고 구체화된[구현된]

* treeth→tree (나무 모양으로 나타낸) 도표, 계보
* stoney→stony (돌처럼) 단단한

044:10	Here line the refrains of. Some vote him Vike, some mote him
	후렴 부분을 이곳에 약술(略述)한다. 어떤 사람은 그를 스칸디나비아 사람이라 말하고, 어떤 사람은

* line (구두·문자로) ~의 대강을 진술하다(outline) ☞ Here line the refrains of→Here lie the remains of 그 잔해[흔적]가 여기 놓여있다
* refrain=burden[chorus] (시 노래의) 후렴[반복구]
* vote (좋거나 나쁘다고) 말하다, 인정[간주]하다
* Vike→Viking: ① 북유럽 해적(8~10세기에 유럽 해안을 약탈한 스칸디나비아의 해적) ② 스칸디나비아 사람(Scandina-vian)
* mote=moot (의견을) 제기하다, (특히 모의 법정에서) 변론하다

044:11	Mike, some dub him Llyn and Phin while others hail him Lug
	그를 아일랜드 사람이라 강변하며, 어떤 사람은 그를 플랜 가문의 후손으로 부른다. 한편 다른 사람들은

* Mike: ① Irishman ② Roman Catholic 로마가톨릭 교도
* dub=nickname 별명을 붙이다, 이름 부르다
* Llyn: ① llyn[웨일즈어]=lake[pond] ② O Fhlainn[게일어]=descendant of Flann ☞ Flann=Irish name meaning 'red-haired'
* Phin→Fionn[게일어]=fair
* hail 묘사하다, (~라고 부르며) 맞이하다
* Lug→Lug on Lugh=Gaelic sungod 게일족의 태양신, (일정한 직업이 없는) 게으름뱅이 ☞ [속어]ear

044:12	Bug Dan Lop, Lex, Lax, Gunne or Guinn. Some apt him Arth,
	그를 게으름뱅이 벌레, 앵글 사람, 법률가, 연어같은 사람, 군인 혹은 웨일즈 사람으로 묘사한다. 어떤 사람은

* Bug 벌레[작은 곤충] ☞ [속어]잘난 사람(big bug)
* Dan Lop: ① Daniel Dunlop 더블린 신지학회(Dublin Theosoph-ical Society)의 회장 ② Mac Duinnshleibhe[게일어]=son of Donnshleibhe ☞ Dunlop: ① Anglic=Anglian 앵글족[사람] ② Angles 5세기 이후 Saxons, Jutes와 함께 영국에 이주한 게르만족(지금의 영국인의 조상)

* Lex=law 법률
* Lax=salmon (스웨덴·노르웨이산) 연어
* Gunne=battler[warrior] 전사[군인]
* Guinn=Gwynn 웨일즈 출신 남자
* apt=make fit 알맞게[적절하게] 표현하다
* Arth: ① Art[게일어]=stone ② arth[웨일즈어]=bear

• Daniel Dunlop

044:13	some bapt him Barth, Coll, Noll, Soll, Will, Weel, Wall but I
	그를 곰으로 표현하고, 어떤 사람은 그를 바르트 신학 신봉자, 개암나무 같은 사람, 크롬웰 장군, 솔로몬 왕,

* bapt→baptized=christened 세례명을 지어주었다
* Barth: ① Bartholomew Vanhomrigh 스위프트의 2명의 여인 중에서 Vanessa(본명은 Esther)의 아버지
  ② 바르트 신학의 신봉자 ☞ Barth, Karl(1886~1968) 스위스의 프로테스탄트 신학자로서 가톨릭교회의
  권위주의와 근대 신학의 인간적 경향을 물리치고, 절대적이고 초월적인 신과 현재의 이 자리에 사는 자
  기와의 관련성을 묻는, 소위 변증법적 신학 운동의 지도자
* Coll(게일어)=hazel tree 개암나무
* Noll=head ☞ Oliver Cromwell의 별명
* Soll(독일어)→Solomon(기원전 10세기 이스라엘의 왕)
* Will=William의 애칭 ☞ William III(윌리엄 3세): 오렌지공(公) 윌리엄(1650~1702), 네덜란드 총독(1672~1702),
  Mary Ⅱ와 결혼하여 영국을 공동 통치(1689~1702)
* Weel(스코틀랜드 방언)=deep still pool 깊고 잔잔한 웅덩이
* Wall 장벽(성벽)

044:14	parse him Persse O'Reilly else he's called no name at all. To-
	윌리엄 3세, 깊고 잔잔한 웅덩이 같은 사람, 장벽 같은 사람 등의 별명을 붙였지만 나는 그를

* parse 설명(분석)하다
* Persse O'Reilly: ① perce
  oreille(프랑스어)=earwig 집
  게벌레→Earwicker(HCE) ②
  John O'Reilly 1916년 부활절
  봉기의 몰락한 지도자 중 한
  명으로 더블린 데임 스트리트
  (Dame Street)의 시청을 점령한
  아일랜드 시민 군대 자원봉사

• John O'Reilly   • Patrick Pearse   • Isabella Persse

자 그룹의 두 번째 지휘관이었음 ③ Patrick Pearse(Pádraic Pearse) 1916년 부활절 봉기의 지도자 중 한
명으로 아일랜드 교사·변호사·시인·작가·민족주의자 및 정치 활동가 ④ Isabella Persse 아일랜드 극
작가이자 문학가의 후원자인 Lady Gregory의 결혼 전 이름
* together 모두 합쳐, 전체적으로

044:15	gether. Arrah, leave it to Hosty, frosty Hosty, leave it to Hosty
	페르세 오라일리라 호명한다. 그것도 아니라면 그에게 붙일 이름 따윈 아예 없으리라. 저런! 그냥 호스티에게

* Arrah 아아! 저런! (놀람 따위 격한 감정을 나타내는 소리)
* Hosty【044:08】
* frosty (태도·성질이) 쌀쌀한(냉담한)

044:16	for he's the mann to rhyme the rann, the rann, the rann, the king
	맡길 일이다, 냉철한 호스티, 그 호스티에게 맡길 일이다. 왜냐면 그는 시가(詩歌)에 운율을 다는 사람이기

* mann〔독일어〕=man[person]
* rann【044:07】

044:17	of all ranns. Have you here? (Some ha) Have we where? (Some
	때문이다. 그는 모든 운율 중에서도 최고의 운율을 다는 사람이다. 당신은 들어본 적 있는가? (몇몇 사람은

* ha=have

044:18	hant) Have you hered? (Others do) Have we whered? (Others dont)
	들었다) 우린 어디서 들었던가? (어떤 사람은 듣지 못했다) 당신은 들어봤는가? (다른 사람들은 들었다)

* hant→han't=have[has] not
* dont→don't

044:19	It's cumming, it's brumming! The clip, the clop! (All cla) Glass
	우리 들어본 적 있던가? (다른 사람들은 듣지 못했다) 노래가 나오기 시작한다, 소리가 울린다!

* cumming→coming 가까이 오고 있는[시작한], 인기가 올라가는
* brumming→brum=murmur[hum] 중얼거리다[웅웅거리다]
* clip clop 따가닥따가닥(말발굽 소리)[그 비슷한 리드미컬한 소리]
* cla→clap 쾅(파열·천둥·박수 따위의 소리) ☞ clap 박수[손뼉] 소리

044:20	crash. The (klikkaklakkaklaskaklopatzklatschabattacreppycrotty
	번갈아 가며 들리는 박자 소리! (일제히 박수갈채) 유리가 박살 나는 듯한 요란한 소리.

* crash (물건이 충돌할 때의) 요란한 소리, (천둥·대포의) 굉음
* Klikka klakka klaska klopatz klatscha batta creppy crotty ☞ khlopat〔러시아어〕=clap 박수[손뼉]
  를 치다 ☞ Klatsch〔독일어〕=applaud 박수갈채하다 ☞ battere〔프랑스어〕=clap 박수[손뼉]를 치다
* the 예(例)의, 문제의

044:21	graddaghsemmihsammihnouithappluddyappladdypkonpkot!).
	문제의 그 소리 (짝짝짝짝짝짝짝짝짝짝짝짝짝짝짝짝짝짝짝짝짝짝짝짝짝짝짝짝짝짝짝짝짝짝짝짝짝!).

* graddagh semmih sammih nouith appluddy appladdy pkonpkot ☞ greadadh〔게일어〕=clap-
  ping 박수→쾅(파열·천둥·박수 따위의 소리)

3) Hosty's Ballad
호스티의 발라드

[044:22-047:29]

044:22	{	*Ardite, arditi!*
		들어보세요, 귀담아들어 보세요!
044:23		Music cue.
		음악 주세요!

* ardite: ① ardite!〔이탈리아어〕=dare!, be brave! ② ardite〔이탈리아어〕=brave women ③ au-dite!〔라틴어〕=hear!, listen!
* arditi〔이탈리아어〕=brave men[ones]
* Music cue: ① musique〔프랑스어〕=music ② cue=humour[disposition] 유머[기질] ③ music cue 연주 지시 악절(樂節) ☞cue 음악 삽입
* 『경야의 서』에서 'The Ballad of Persse O'Reilly'【044:24-047:32】는 주인공 HCE가 더블린 전역에 퍼지기 시작한 자신에 관한 소문으로 인해 추락하는 내용의 노래이다. Phoenix Park에서 소변보는 두 소녀를 훔쳐본 사건에 관한 것이지만, 사건이 재연될 때마다 HCE의 범죄 행위에 대한 세부 내용은 계속 달라진다. HCE가 '파이프를 든 캐드(a cad with a pipe)'를 만난 것부터 시작하는데, 시간을 물어보는 캐드가 자신을 비난하는 것으로 오해하며 정작 캐드는 알지도 못하는 소문을 스스로 인정하는 형국이 전개된다. 소문은 갈수록 점점 더 퍼져 나가다가 마침내 노래로 만들어지는데, 그것이 바로 〈The Ballad of Persse O'Reilly〉이다. 요컨대 인간의 타락과 세상의 추락을 말하고 있는 H. C. Earwicker의 소문을 묘사하고 있다. ☞ 제목 속의 Persse는 Lady Gregory[Isabella Augusta Persse]가 결혼하기 전의 이름(maiden name)이기도 하며, perce-oreille는 프랑스어로 'earwig(집게벌레)'에 해당하는데, 이는 곧 insect(곤충)/incest(근친상간)로 연결되기도 함

• The Ballad Of Persse O'Reilly

| 045:01 | Have you heard of one Humpty Dumpty |
| | 당신은 험프티 덤프티라는 사람에 대해 들은 적이 있나요? |

* Humpty Dumpty【003:15】: ① 영국의 자장가 모음집 *Mother Goose*(1803)에 등장하는 인물로 의인화된 달걀→이야기의 근원은 15세기 잉글랜드 내전 당시 '험프티 덤프티'라는 이름의 강력한 대포가 성벽(St Mary-at-the-Wall)에 설치되어 도시를 방어하는 역할을 했는데, 교회의 탑이 적의 공격을 받아 산산조각이 나자 이 대포도 바닥으로 떨어졌다는 데서 유래 ② 루이스 캐럴(Lewis Carroll)의 1871년 작 *Through the Looking-Glass*(거울 나라의 앨리스)에 나오는 등장인물 ☞ humpty dumpty는 일단 한 번 손상을 입으면 원상 회복이 힘든 상황을 암시

| 045:02 | How he fell with a roll and a rumble |
| | 어떻게 해서 그는 바닥으로 쿵 떨어져 떼구르르 굴러갔는지 |

* roll 데굴데굴 구르다[굴러가다]
* rumble 우르릉[덜커덩]거리며 나아가다

| 045:03 | And curled up like Lord Olofa Crumple |
| | 그리곤 '주여! 으악!' 하며 쭈그러져 털썩 주저앉았는지 |

* curl up=collapse 주저앉다[드러눕다]
* Lord Olofa Crumple: ① "Lord! Oof!", crumple('주여! 으악', 찌그러짐) 험프티 덤프티의 추락에 대한 묘사 ② Lord Oliver Cromwell→Oliver Cromwell was Lord Protector 올리브 크롬웰은 수호자 ③ Lord Offa 앵글로색슨 잉글랜드의 왕국인 머시아(Mercia)의 왕

• Lord Offa

| 045:04 | By the butt of the Magazine Wall, |
| | 탄약고의 벽 아랫동아리 옆에, |

* butt 밑동→건물의 아랫동아리[아랫부분]
* Magazine Wall 피닉스 공원에 있는 탄약[화약]고 벽

| 045:05 | (Chorus) Of the Magazine Wall, |
| | (후렴) 탄약고의, |

* Magazine Wall→Magazine Fort(무기[탄약]고 요새) 1735년에 세워진 더블린의 피닉스 공원 내에 위치한 요새이자 탄약고

• Magazine Fort

045:06	Hump, helmet and all?
	둥근 언덕, 투구 모양까지?

* hump (곱사등의) 혹, 둥근 언덕
* helmet 투구 모양(의 물건)
* and all ~까지, 게다가

045:07	He was one time our King of the Castle
	그는 한때 더블린성의 왕이었지만

* the Castle→Dublin Castle 더블린의 다임가(Dame street)에 있는 성으로 1204년 존왕(King John)이 건축
하였음. 800년 동안 영국 통치의 보루였고, 1916년 부활절 봉기 때는 영국의 지배에 반대하던 사람들
에게 공격을 받았으며, 1922년 독립하면서부터 아일랜드 임시정부의 수장이었던 마이클 콜린스(Michael
Collins)가 사용하였음.

045:08	Now he's kicked about like a rotten old parsnip.
	지금은 썩어 칙칙해진 양방풍나물마냥 쫓겨났다네.

* was kicked about 쫓겨나다[축출되다]
* parsnip 파스닙(배추 뿌리같이 생긴 채소), 양방풍나물

045:09	And from Green street he'll be sent by order of His Worship
	그리고 판사의 명령에 따라 그린가(街)의 법원에서

* Green street 더블린의 거리 ☞ Smithfield 구역
  의 Green Street와 Halston Street 사이에 Green
  Street Courthouse(그린 스트리트 법원)가 있음
* His Worship 각하(시장·고관을 호칭할 때의 경칭)

• Green Street Courthouse

045:10	To the penal jail of Mountjoy
	마운트조이 감옥으로 송치되었다네

* penal jail of Mountjoy→Mountjoy Prison
마운트조이 감옥[교도소] 더블린의 피브스버러
(Phibsborough)에 위치한 감옥으로, 마운트조이 제
올(Mountjoy Gaol)이라는 이름으로 설립되었으며
The Joy라는 별명이 붙음

• Mountjoy Prison

045:11	(Chorus) To the jail of Mountjoy!
	(후렴) 마운트조이 감옥으로!

* jail of Mountjoy【045:10】

045:12	Jail him and joy.
	그를 수감하고 기뻐하라.

* jail=gaol 투옥[수감]하다 ☞ 설립 당시 Mountjoy Gaol로 불림
* joy=rejoice 기뻐하다 ☞ Mountjoy Prison의 별명이 The Joy

045:13	He was fafafather of all schemes for to bother us
	그는 우리를 괴롭히려는 모든 계략의 원흉이었다네

* fafafather: ① father의 말더듬 표현 ② farfar〔덴마크어〕=grandpa 할아버지

045:14	Slow coaches and immaculate contraceptives for the populace,
	대중들에게는 느릿느릿 서행하는 역마차와 완전한 피임 기구,

* Slow coach 활동[이해]이 느린 사람
* immaculate 완전한
* contraceptive 피임약[기구] ☞ immaculate conception 흠잡을 데 없는 구상
* populace 대중들[서민들], (한 지역의) 전체 주민

045:15	Mare's milk for the sick, seven dry Sundays a week,
	병자(病者)에게는 말의 젖, 1주일에 7일을 술 없는 일요일,

* Mare's milk 말(馬) 젖
* dry 술이 없는[금주법을 시행하는]

045:16	Openair love and religion's reform,
	개방 연애와 종교개혁,

* Openair→outdoor 옥외[야외]의
* religion's reform→religious reform 종교개혁

045:17	(Chorus) And religious reform,
	(후렴) 그리고 종교개혁

* religious reform【045:16】

045:18	Hideous in form.
	방식에서는 섬뜩한.

* hideous 섬뜩한[소름끼치는], (도덕적으로) 가증할

045:19	Arrah, why, says you, couldn't he manage it?
	아아!, 정말이지 어찌하여 그는 대처하지 못했을까?

* Arrah 아아! 저런! (놀람 따위 격한 감정을 나타내는 소리)
* says you→says who 설마![그럴 리가 있나!], 정말입니까!

045:20	I'll go bail, my fine dairyman darling,
	내가 보석 보증인이 될 터이다, 내 마음에 쏙 드는 멋진 젖소 농장 주인 양반,

* I'll go bail→I am certain ☞ bail 보석금을 내고 (감옥에 갇힌 사람에게) 보석을 받게 하다→go bail for ~ 의 보석 보증인이 되다[보증하다]
* dairyman 낙농장[젖소 농장] 주인

045:21	Like the bumping bull of the Cassidys
	캐시디 마을의 거대한 황소 같은 사람

* bumping=huge[great]
* bull 황소 같은 사람
* Cassidys→Ballycassidy 북아일랜드 페르마나(Fermanagh)주에 위치한 작은 마을 ☞ 마을의 이름을 딴 발리캐시디라는 경주마는 Grand National에서 16번의 승리를 거둠

• Post Office in Ballycassidy

045:22	All your butter is in your horns.
	당신의 암소들은 젖이 나오지 않는다네.

* butter: ① butter 뿔[머리]로 떠받는 짐승 ② butler 집사
* horn (양·소 등의) 뿔 ☞ Wales 지방의 속담 'The butter is in the cow's horns'는 곧 '그 암소는 젖이 나오지 않는다'라는 뜻

045:23	(Chorus) His butter is in his horns.
	(후렴) 그의 암소는 젖이 나오지 않는다네.

* butter【045:22】

045:24	Butter his horns!
	암소 젖이 나오지 않는다네!

* Butter his horns!【045:22】

045:25	(Repeat) Hurrah there, Hosty, frosty Hosty, change that shirt
	(반복) 만세! 이봐!, 호스티, 냉철한 호스티, 그 셔츠를 갈아입고

* Hurrah: ① hurra〔스웨덴어〕=whirl round 빙빙돌다[회전하다] ② hurrah! 환호의 소리[만세 소리] ③ arrah〔영국-아일랜드어〕=but[then] 하지만[그렇다면]
* there (어떤 사물·사람 등에게 주의를 끌어서) 이봐!
* Hosty【044:08】【044:15】

045:26	[on ye,
	[그대,

* ye〔고어〕=you

045:27	Rhyme the rann, the king of all ranns!
	시가(詩歌)에 운을 맞추시오, 운율의 왕이여!

* Rhyme (시 따위가) 운을 밟다[운을 맞추다]
* rann【044:07】【044:16】 ☞ rann은 고대 켈트족의 운문 형식(Celtic verse). 관대하지 않거나(ungenerous) 잔인한(brutal) 왕에 대한 풍자를 작곡하여 복수한 아일랜드 시인들의 이야기가 많이 있음.

045:28	*Balbaccio, balbuccio!*
	말더듬이, 말더듬이!

* Balbaccio, balbuccio!: ① balbuties=stammering[stuttering] 말더듬[발음장애] ② balbo〔이탈리아어〕

=stuttering ③ -accio〔이탈리아어〕경멸[비난] 접미사 ④ -uccio〔이탈리아어〕지소(指小) 접미사

045:29	We had chaw chaw chops, chairs, chewing gum, the chicken-
	우리에겐 온갖 음식물, 의자, 껌, 수두(水痘) 그리고

* chaw chaw→chow-chow=sundry 갖가지 물건을 섞은[잡탕인]
* chop〔속어〕음식물 ☞ chow-chow chop 화물 선박을 채우는 마지막 적재의 수화물

045:30	[pox and china chambers
	[도자기로 된 변기가 있었다네

* chicken pox 수두(水痘)
* china chambers (침실용) 도자기 변기 ☞ chamber=chamber pot

045:31	Universally provided by this soffsoaping salesman.
	사탕발림으로 비위 맞추는 이 판매원이 두루 공급했다네.

* universally=generally 두루[널리]
* soft-soaping〔구어〕=flattering 아첨하는[실제의 가치 이상으로 좋게 말하는]

046:01	Small wonder He'll Cheat E'erawan our local lads nicknamed him
	집 근처 목로주점의 사내들이 '그는 누구 할 것 없이 속일 사람이다(HCE)'라고 말한 것은 당연하다네

* Small wonder=It is not very surprising 당연하다[놀랄 일이 못 된다]
* e'erawan〔앵글로-아이리쉬어〕=anyone 모든 사람[누구 할 것 없이] ☞ He'll Cheat E'erawan→HCE
* our local〔영국 구어〕집 근처의 목로주점
* lad=lass 청년[사내]

046:02	When Chimpden first took the floor
	HCE가 처음 자리에 끼어들어 발언했을 때

* Chimpden→Humphrey Chimpden Earwicker(HCE)
* took the floor→take the floor 토론에 참가하다[무도회에 나가다]

046:03	(Chorus) With his bucketshop store
	(후렴) 자신의 할인 판매점에서

* With (근무 소속되어) ~에서
* bucketshop 무허가 중개업자, 할인점(cut-price store)

046:04	Down Bargainweg, Lower.
	로어 바고트가(街) 아래쪽.

* Bargainweg, Lower→Baggot Street Lower[=Lower Baggot Street] 메리온 로우(Merrion Row)와 대운하(Grand Canal) 사이의 거리 ☞ 18세기에는 Gallows Road로 불렸음

• Baggot St. Lower

046:05	So snug he was in his hotel premises sumptuous
	그는 자신의 화려한 호텔 건물에서 너무도 편안하게 지냈다네

* snug 아늑[편안]한
* premises (한 사업체가 소유·사용하는 건물이 딸린) 부지[구내]
* sumptuous=luxurious 사치스러운[화려한]

046:06	But soon we'll bonfire all his trash, tricks and trumpery
	하지만 우리는 곧 그의 온갖 잡동사니와 자질구레한 일상용품들을 태워버릴 예정이라네

* bonfire 모닥불을 피우다
* tricks 자질구레한 일상용품(화장품·장식품 등)
* trash and trumpery〔속어〕=rubbish 잡동사니[쓰레기]

046:07	And 'tis short till sheriff Clancy'll be winding up his unlimited
	그러면 머지않아 클랜시 보안관이 문을 닫게 만들 테니까 그의 무한책임

* 'tis→it is
* short till 오래지 않아
* sheriff Clancy: ① Long John Clancy 『율리시스』에 등장하는 더블린의 보안관 ② Mac Fhlannchadha〔게일어〕=son of Flannchadh[son of the red(ruddy) warrior]
* wind up=end up (기업·사업 등을) 접다[그만두다]

046:08	[company
	[회사를

* unlimited company 무한책임 회사

046:09	With the bailiff's bom at the door.
	집달관이 문을 쾅 닫는 소리와 함께,

* bailiff (재산 압류를 집행하는) 집달관[집행리]
* bom→boom 쾅[탕] 하는 소리를 내다

046:10	(Chorus) Bimbam at the door.
	(후렴) 문간에서 딩동 소리.

* Bimbam[독일어]=Ding-Dong! 딩동(벨 소리)

046:11	Then he'll bum no more.
	그러면 그는 더 이상 빈둥거리며 세월을 보내진 않을 거라네.

* bum 빈둥빈둥 지내다[방랑하다]

046:12	Sweet bad luck on the waves washed to our island
	지독한 액운이 파도를 타고 우리의 섬으로 밀려왔다네

* sweet bad luck: ① sweet (반어적) 지독한[심한] ② bad luck 불운[액운]
* wash (파도·강물이) ~에 밀려오다

046:13	The hooker of that hammerfast viking
	저 북유럽 해적의 낡아빠진 범선

* hooker 돛대가 둘 있는 범선, (일반적으로) 배 ☞ 낡아빠진 배
* hammerfast→Hammerfest 함메르페스트(노르웨이 북부의 세계 최북단 도시의 하나)
* viking 북유럽 해적, 바이킹(8~11세기에 유럽 북부 및 서부의 연안을 약탈한 북유럽 사람)

• Hammerfest Norway

046:14	And Gall's curse on the day when Eblana bay
	아일랜드 반란 진압을 위한 영국 군함이 더블린만(灣)에 상륙하는 그날

* Gall: ① Gaul 갈리아(북이탈리아·프랑스·벨기에의 전역과 네덜란드·독일·스위스의 일부를 포함하는 서부 지역→고대 켈트 사람의 땅)
  ② gall 담즙 ☞ Gall's curse→God's curse
* Eblana bay→Dublin bay ☞ Eblana는 서기 140년의 라틴 지도에 나타난 가장 오래된 더블린의 이름

• Gaul

| 046:15 | Saw his black and tan man-o'-war. |
| | 신의 저주가 있기를. |

* black and tan 검정과 밤색으로 얼룩진 ☞ Sinn Fein 당에 이끌린 민중의 반란(1919~1921)의 진압을 위해 아일랜드에 파견된 영국 정부군의 한 사람(카키색과 흑색의 제복을 입고 있었음)
* man-o'-war→man-of-war (보통 옛날의) 군함

• Man-of-War

| 046:16 | (Chorus) Saw his man-o'-war. |
| | (후렴) 그의 군함을 보았다네. |

* man-o'-war【046:15】

| 046:17 | On the harbour bar. |
| | 더블린만 어귀에 나타난. |

* harbour bar 만(灣) 어귀의 얕은 여울

| 046:18 | Where from? roars Poolbeg. Cookingha'pence, he bawls Donnez- |
| | 어디서 온 것인가? 풀베그 정박지가 포효하고 있다네. 코펜하겐, 그는 고함치고 있다네 |

* Poolbeg 더블린의 링젠드(Ringsend)에서 더블린만(Dublin Bay)까지 뻗어있는 인공 반도[정박지] ☞ Poolbeg Lighthouse 풀베그 등대
* Cookingha'pence→Copenhagen 코펜하겐(덴마크의 수도) ☞ ha'pence=halfpence 반 페니짜리 동전(halfpenny)의 복수형
* bawl 고함[야단]치다
* Donnez-moi〔프랑스어〕=give me

• Poolbeg

| 046:19 | [moi scampitle, wick an wipin'fampiny |
| | [아내, 아이들과 함께 새우튀김을 달라고 |

* scampitle→scampi〔이탈리아어〕=prawns 참새우
* wick (수분 따위를) 나르다〔잃다〕 ☞ wick=with
* wipin'fampiny: ① wipin→wife and ② fampiny→bambini〔이탈리아어〕=children[babies]

| 046:20 | Fingal Mac Oscar Onesine Bargearse Boniface |
| | 오스카 핑걸 오플래허티 윌스 와일드 |

* Fingal: ① 스코틀랜드 시인 James Macpher-son(1736~1796)의 번역 시 'Ossian'에 나오는 Finn 의 이름 ☞ Ossian: 3세기 Gael의 전설적 영웅·시인→James Macpherson이 1760~1763년에 그의 시를 번역했으며, 후의 낭만파 시인들에게 영향을 끼침 ② 스코틀랜드의 영웅 Fingal은 아 일랜드에서 Danes족과 싸움 ③ 아일랜드 사람 들은 고대 노르웨이(스칸디나비아) 침략자들을 fin-gal(=fair stranger)이라고 불렀음

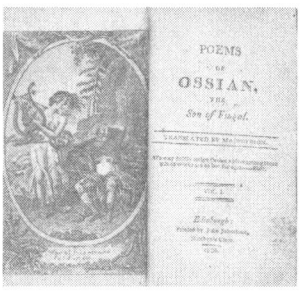

• Ossian   • Fionn mac Cumhaill

* Mac〔게일어〕=son
* Oscar〔게일어〕아일랜드 신화 속 Fionn mac Cumhaill의 손자 ☞ Fionn mac Cumhaill: 아일랜드 신화와 후기 스코틀랜드 신화에 등장하는 영웅
* Onesine→Saint Onesimus 성 오네시모(빌레몬[Philemon]의 노예. 주인 빌레몬의 물건을 훔쳐 로마로 도주했다가 당시 옥 중에 있던 바울을 만나 그리스도인으로 회심.)
* Bargearse〔속어〕동그란 엉덩이를 가진 사람
* Boniface 영국의 극작가 George Farquhar(1678~1707)의 'The Beaux' Stratagem'에 나오는 명랑한 여관 주인 이름
* Fingal Mac Oscar Onesine Bargearse Boniface→Oscar Fingal O'Flahertie Wills Wilde 아일랜 드의 시인·소설가·극작가(1854~1900)

046:21	Thok's min gammelhole Norveegickers moniker
	그것은 나의 오래된 노르웨이식 별명

* Thok's→That's
* min→mine
* gammel〔덴마크어〕=old〔ancient〕, gammal〔히브리어〕=camel
* Norveegickers→Norwegian
* moniker=name〔nickname〕이름〔별명〕

046:22	Og as ay are at gammelhore Norveegickers cod.
	그리고 아아! 나이 많은 노르웨이 늙은이라네.

* Og: ① Bashan(고대 팔레스티나의 갈릴리 호수 동북쪽 지역)의 왕 ② Og는 '긴 목을 가진'이란 뜻. Bashan의 왕이며 거인임 ③ og〔덴마크 어〕=and
* ay 아아!(놀라움·후회 등을 나타냄)
* cod→codger 영감탱이, 〔방언〕인색한〔추접스러운〕늙은이

• Og, Giant King of Bashan

046:23	(Chorus) A Norwegian camel old cod.
	(후렴) 거대한 몸집의 나이 많은 늙은이라네.

* camel=great awkward hulking fellow 엄청나게 거대한 몸집을 가진 사람

046:24	He is, begod.
	하느님께 맹세코, 그렇다네.

* begod=exalt to the dignity of a god 신의 위엄까지 높이다 ☞ begod→by God 하느님께 맹세코

046:25	Lift it, Hosty, lift it, ye devil ye! up with the rann, the rhyming
	기운 내시오, 호스티, 기운 내시오, 그대 악마여! 시가(詩歌)를 따라잡아, 그 시가에 운을

* Lift (기운을) 돋우다
* Hosty【044:08】
* ye→you
* up with: ① 일어서라〔분발해라〕 ② (손을) 치켜들다 ③ ~을 따라잡아 ☞ rann【044:07】

* rhyming 운을 밟은[운이 맞는]

| 046:26 | [rann! |
| | [밟을지니! |

* rann【045:27】

| 046:27 | It was during some fresh water garden pumping |
| | 정원에 펌프로 퍼 올린 물을 공급하던 때였다네 |

* fresh water 담수[민물], 맑은[깨끗한] 물

| 046:28 | Or, according to the *Nursing Mirror*, while admiring the mon- |
| | 아니면, *너싱 미러* 간호 잡지에 따르면, 흉내 내는 사람을 감탄하며 바라보던 |

* *Nursing Mirror* 영국의 간호 잡지
* mon: ① mon〔방언〕=man ② mons〔라틴어〕=mountain ☞
  HCE는 Hill of Howth와 ALP는 Alps와 동일시됨

• Nursing Mirror Magazine

| 046:29 | [keys |
| | [동안이었다네 |

* monkeys (원숭이 같은) 장난꾸러기, 흉내를 잘 내는 사람[아이]

| 046:30 | That our heavyweight heathen Humpharey |
| | 저 몸집이 거대한 이방인 HCE가 |

* heathen (유대인 아닌 국민 또는 민족) 이방인[이교도]
* Humpharey=Humphrey Chimpden Earwicker(HCE)

| 046:31 | Made bold a maid to woo |
| | 뻔뻔스럽게도 소녀에게 접근했다네 |

* woo 여성에게 접근하다, 치근거리다

| 046:32 | (Chorus) Woohoo, what'll she doo! |
| | (후렴) 유후, 그녀는 어떻게 해야 하지! |

* woohoo→woo hoo 우와, 야호(기분이 좋아서 내는 소리)

| 046:33 | The general lost her maidenloo! |
| | 장군이 소녀의 사랑을 빼앗고 말았다네! |

* general: ① the general〔고어〕일반인[대중] ② 장군 ③ general servant 허드레꾼[잡역부], 여러 가지 일을 하는 여성
* maidenloo!→Waterloo ☞ loo=love

| 047:01 | He ought to blush for himself, the old hayheaded philosopher, |
| | 스스로가 부끄러운 줄 알아야지, 오만하기 짝이 없는 늙은 철학자 양반, |

* blush 얼굴을 붉히다[부끄러워하다]
* hayheaded→highheaded=proud[arrogant] 잘난 체하는[도도한]

| 047:02 | For to go and shove himself that way on top of her. |
| | 그딴 식으로 떼밀고 달려들어 소녀에게 올라탔으니까. |

* For (왜냐하면) ~니까, 왜냐하면[그 이유는] ~이기 때문에
* shove 밀어제치고 나아가다
* on top of: ① ~의 위에 ② ~뿐 아니라 ③ ~의 아주 가까이에

| 047:03 | Begob, he's the crux of the catalogue |
| | 하느님 맙소사! 그가 단연 가장 곤란한 부분이라네 |

* Begob=by God! 하느님께 맹세코![하느님 맙소사!]
* crux 가장 중요한[곤란한] 부분, 핵심
* catalogue 목록[일련의 것]

| 047:04 | Of our antediluvial zoo, |
| | 노아 방주의 목록 중에서, |

* antediluvial 전홍적세(前洪積世)→노아의 대홍수(The Flood=The Noachia Deluge) 이전 ☞ antediluvial

zoo=Noah's ark

| 047:05 | (Chorus) Messrs. Billing and Coo. |
| | (후렴) 서로 입을 맞대고 달콤하게 속삭였다네. |

* Messrs: ① Mr의 복수로서 명단·회사명에 나오는 이름들 앞에 쓰임 ② (일부 공직자에 대한 호칭으로 써서) ~님

* Billing and Coo: ① 노아의 방주 (Noah's ark)에서 비둘기가 입에 물고 온 감람나무 가지(olive branch)는 홍수가 물러가고 있다는 신호 ② bill and coo (연인들이) 사랑을 속삭이다[애무를 하다] ☞ bill 부리를 서로 맞대다, coo 정답게 소곤거리다

• Billing and Coo

| 047:06 | Noah's larks, good as noo. |
| | 감쪽같은 노아 방주의 비둘기들. |

* Noah's larks→Noah's Ark 구약성서의 《창세기 6~8장》에 의하면, 최초의 인류를 타락으로 내려진 대홍수의 난에서 노아 일가를 도망하도록 하기 위해서 신은 방주의 제작을 노아에게 명령했는데 이를 '노아의 방주'라고 함

* noo: ① 〔스코틀랜드어〕now ② new→good as new 새것 같은, 감쪽같은 ③ coo【047:05】

| 047:07 | He was joulting by Wellinton's monument |
| | 그는 웰링턴 기념비 옆에서 거칠게 움직이고 있었다네 |

* joulting→joult: ① jolt 갑자기 거칠게[덜컥거리며] 움직이다, 흔들리며 나아가다 ② joult〔앵글로-아이리쉬어〕=journey

* Wellinton's monument→Wellington Monument[=Wellington Testimonial] 웰링턴 공작(1st Duke of Wellington) 아서 웰즐리(Arthur Wellesley)의 승리를 기념하기 위해 지어진 더블린 피닉스 공원의 오벨리스크 (obelisk)

| 047:08 | Our rotorious hippopopotamuns |
| | 악명 높은 낮가죽 두꺼운 네발짐승 |

* rotorious: ① notorious 악명 높은 ② riotous 폭동을 일으키는[소란스러운] ③ rotating 선회하는 ④ roturier〔프랑스어〕=commoner (왕족이나 귀족이 아닌) 평민[서민]

* hippopopotamuns→pachydermatous quadruped: ① pachydermatous 낮가죽이 두꺼운 ② quadruped 네발짐승

047:09	When some bugger let down the backtrap of the omnibus
	어떤 비열한 놈이 합승 마차의 뒤 발판으로 내렸을 때

* bugger: ① bugger=sodomite 비역쟁이[남색자] ② 비열한 놈[상놈] ③ bug=earwig 집게벌레
* let down=lower 늦추다
* omnibus (옛날의) 합승 마차, (현재의) 버스

047:10	And he caught his death of fusiliers,
	그는 병사의 총에 죽음을 맞이했다네,

* caught his death of→catch one's death of 죽음을 맞이하다
* fusilier (과거) 화승총을 든 병사

047:11	(Chorus) With his rent in his rears.
	(후렴) 자신의 엉덩이가 찢어진 채.

* rent (옷이나 천 등의) 찢어진 곳[째진 틈]
* rear=buttocks[backside] 엉덩이[둔부]

047:12	Give him six years.
	그에게 6년 형을 내릴지어다.

* give (벌로서) 씌우다[부과하다], (판결을) 내리다

047:13	'Tis sore pity for his innocent poor children
	그건 아무 잘못이 없는 가엾은 아이들에게는 몹시 애석한 일이라네

* sore 몹시[심하게]
* pity 유감스러운[애석한] 일

047:14	But look out for his missus legitimate!
	하지만 그의 본처를 찾아보시라!

* look out for=watch for ~을 찾다
* missus=wife ☞ missus legitimate→lawful[legal] wife 본처, 정실(正室)

047:15	When that frew gets a grip of old Earwicker
	저 부인이 늙은 HCE의 손을 잡아끌었을 때

* frew→frow 여자[부인]
* get a grip of 손으로 잡다

047:16	Won't there be earwigs on the green?
	한바탕 격렬한 언쟁이 벌어지지 않겠는가?

* Won't there be~? 있지 않을까요?
* earwigs on the green→wigs on the green=sharp altercation 언쟁[격론]

047:17	(Chorus) Big earwigs on the green,
	(후렴) 가장 격렬한 언쟁,

* Big earwigs on the green 대격돌[격렬한 논쟁]

047:18	The largest ever you seen.
	지금까지 목격한 것 중에서.

* ever seen 지금까지 본 것 중에서

047:19	Suffoclose! Shikespower! Seudodanto! Anonymoses!
	숨 막히는 소포클레스! 흔들리는 셰익스피어! 유사한 단테! 익명의 모세!

* Suffoclose! Shikespower! Seudodanto! Anonymoses→Suffocate Sophocles! Shake Shakespeare! Pseudo-Dante! Anonymous Moses! 숨 막히는 소포클레스! 흔들리는 셰익스피어! 유사한 단테! 익명의 모세!

047:20	Then we'll have a free trade Gaels' band and mass meeting
	그리고 우리는 게일 사람들 무리와 자유무역을 하고 대규모 집회도 가질 것이라네

* free trade 자유무역, 〔고어〕밀무역(smuggling)
* Gaels【043:27】
* mass meeting 대규모 집회

047:21	For to sod the brave son of Scandiknavery.
	스칸디나비아의 용감한 아들을 잔디로 덮어야 하니까.

* sod: ① cover with sod 잔디밭으로 덮다 ② sod=bugger【047:09】
* Scandiknavery→Scandinavia

047:22	And we'll bury him down in Oxmanstown
	그리고 우리는 그를 옥스만 타운에 매장하리라

* Oxmanstown→Oxmatown 더블린 리피강의 교외 지역으로 현재는 Northside에 해당함

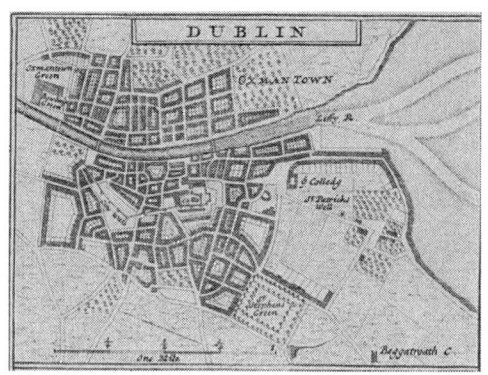

• Oxmantown

| 047:23 | Along with the devil and Danes, |
| | 악마와 덴마크 사람들도 마찬가지로, |

* along with ~와 함께, ~와 마찬가지로
* devil and Danes: ① The Devil and the Dean begins with a letter→When the Devil has the Dean, the kirk will be the better ☞ 아일랜드 일부에서 Dean을 Dane으로 발음함 ② Dean→Dean of St Patrick's Cathedral(세인트 패트릭 성당의 사제장[학장])=Jonathan Swift

| 047:24 | (Chorus) With the deaf and dumb Danes, |
| | (후렴) 귀가 먼 사람들과 말을 못 하는 덴마크 사람들도 함께, |

* Deaf and dumb Danes→Dean=Jonathan Swift ☞ 1742년 그는 뇌졸중으로 말을 할 수 없게 되었고 왼쪽 눈의 염증으로 인한 고통에 1년 내내 말 한마디 하지 않고 지냄

| 047:25 | And all their remains. |
| | 그리고 그들의 모든 자취도. |

* remains 유해[유적], 잔재

| 047:26 | And not all the king's men nor his horses |
| | 그리하면 왕의 모든 신하와 기병대가 |

* king's men 왕의 열렬한 지지자[왕당파]
* horses→기병대(cavalry)

| 047:27 | Will resurrect his corpus |
| | 그의 시체를 부활시킬 수 없을 것이니 |

* resurrect=raise from the dead (죽은 사람을) 부활시키다

* corpus→corpse[dead body] (사람·동물의) 시체[송장]

| 047:28 | For there's no true spell in Connacht or hell |
| | 왜냐하면 '지옥 아니면 코노트로 가라'라는 주문은 정녕 없으므로 |

* spell 주문(呪文)→'Go to hell or Connacht'
* Connacht 아일랜드 서부에 위치하며, 17세기 영국의 정치가 올리버 크롬웰(Oliver Cromwell)이 다루기 힘든 아일랜드인을 '지옥 아니면 코노트로 보내야 한다'라고 말할 정도로 낙후되고 가난한 지역이었음

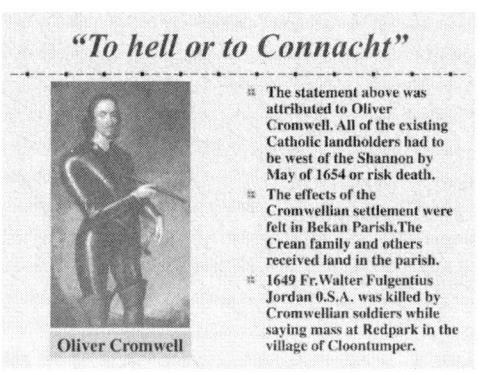
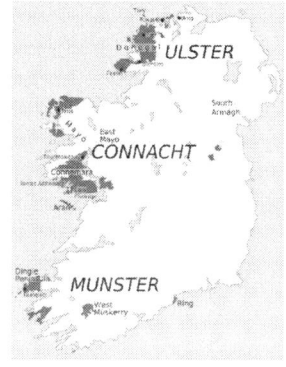

• Go to hell or Connacht   • Connacht

| 047:29 | (bis) That's able to raise a Cain. |
| | (반복하여) 대소동을 일으킬 수 있는. |

* bis 반복[되풀이]하여, 다시 한번
* raise a Cain→raise Cain[the devil]=cause a commotion[make trouble] 대소동[말썽]을 일으키다, 문제를 일으키다

• Raising Cain

제5부

평역 시리즈 ② 지지地誌

Topographical Allusion of the Book of the Wake

『경야經夜의 서書』 제 I 권 제2장

030~047

면/행 Pg/Li	경야 지명 FW Allusion	실제 지명 Real Toponym	경야 원문 Textual Citation
030:07	Sidlesham	Sidlesham	the Earwickers of **Sidlesham** in the **Hundred of Manhood**
		영국 Manhood 반도(West Sussex)의 마을	
030:08	Hundred of Manhood	Hundred of Manhood /Manhood Peninsula	
		영국 Chichester 지역(West Sussex)의 반도	
030:11	Hofed-ben-Edar	Howth Head: Ben Edar	Reading of **Hofed-ben-Edar**, has it that it was this way.
		더블린 북동쪽 County Fingal의 반도	
030:14	Chivychas	Chevy Chase	one sultry sabbath afternoon, Hag **Chivychas** Eve
		Cheviot Hill(앵글로-스코틀랜드 국경)의 사냥터(hunting land)	
030:16	ye olde marine hotel	Royal Marine Hotel	rere garden of mobhouse, **ye olde marine hotel**
		더블린 Kingstown의 호텔	
030:22	hasting	Hastings	(his sweatful bandanna loose from his pocketcoat) **hasting**
		영국 Sussex주 동남해안의 항구	
030:23	the forecourts	The Four Courts	to **the forecourts** of his public in topee
		아일랜드 부활절 봉기의 현장(법원 건물)	
031:01	his turnpike keys	Turnpike	flagrant marl, jingling **his turnpike keys**
		통행료 징수소	
031:18	Leix	아일랜드 중부의 레이시(County Laois=Leix) 카운티와 동부의 렌스터(Leinster Province) 지방: 최초의 농장이자 대학살의 현장	of **Leix** and **Offaly** and the jubilee mayor of **Drogheda**, Elcock,
	Offaly		
	Drogheada	Drogheda	
		아일랜드 동북부 Boyne강 하구의 항구도시	
031:20	Waterford	Waterford	**Waterford** and an **Italian** excellency named Giubilei
		아일랜드 남동부 Munster지방의 도시	
	Italian	Italy	
		이탈리아	

031:21	Canmakenoise	Clonmacnoise	by the learned scholarch Canavan of **Canmakenoise**
		애슬론(Athlone) 남쪽 Shannon 강가의 Offaly 카운티에 위치한 폐허가 된 수도원	
031:25	Pouringrainia	Pomerania	how our red brother of **Pouringrainia**
		발트해에 면한 옛 독일 동북부의 주	
031:27	bailiwick	Bailey Lighthouse	trusty **bailiwick** a **turnpiker** who is by turns a pikebailer
		더블린의 Howth Head 남동쪽에 있는 등대	
	turnpiker	Turnpike	
		통행료 징수소	
031:31	Holmpatrick	Holmpatrick /Skerries	the lady **Holmpatrick** planted and still one feels
		Innis Patrick이라는 섬 이름에서 명명된 더블린의 해안 마을	
031:33	Bourn	Bourne	the cladstone allegibelling: Ive mies outside **Bourn**.)
		영국 사우스 케임브리지셔에 있는 작은 마을	
032:15	Dook Umphrey	Duke Humphrey's Walk	only and long and always good **Dook Umphrey**
		Old St Paul's Cathedral에 있는 산책로	
032:16	Lucalizod	Chapelizod Lucan	lean spalpeens of **Lucalizod** and Chimbers to his cronies
		더블린 근교 Chapelizod와 Leixlip 사이의 마을	
032:26	that king's treat house	Chapelizod: King's House /Gaiety Theatre /South King Street	in **that king's treat house** of satin alustrelike above floats
		더블린의 South King Street에 The Gaiety Theatre가 있음	
032:35	*The Bo' Girl*	Bohemia	selections from *The Bo' Girl* and *The Lily* on all horserie show
		오늘날 체코의 서부와 중부 지역에 해당	
	The Lily	Killarney	
		아일랜드 남서부 County Kerry의 마을	
	all horserie show	Dublin Horse Show	
		Leinster House에서 1868년 최초 개최	
033:03	ceceltico-com-mediant	Cecilia Street	practical jokepiece and retired **cecelticocommediant**
		더블린의 'Crow Street Theatre'가 있는 거리	
033:26	Welsh fusiliers	Wales	the ludicrous imputation of annoying **Welsh fusiliers**
		Great Britain섬 남서부의 지방	
033:27	the people's park	Phoenix Park: People's Park	in **the people's park**. Hay, hay, hay!
		아일랜드 더블린에 있는 도시 자연공원: 더블린 남부 Dún Laoghaire에 있는 작은 공원.	

033:36	stambouling	Constantinople: Stamboul	quoniam to invent him) abhout that time **stambuling**
		콘스탄티노플(옛날의 Byzantium 자리에 Constantine 대제가 건설한 도시, 동로마제국, 나중에는 Ottoman 제국의 수도, 지금은 Istanbul이라고 함): 스탐불(Istanbul의 옛 시 가지).	
034:01	Dumbaling	Dublin	round **Dumbaling** in leaky sneakers with his **tarrk** record
		더블린	
	tarrk	Turkey	
		터키(튀르키예의 영어 이름)	
034:08	alicubi [...] old house	Mecca: Kaaba	thatt chopp pah kabbakks **alicubi** on the old house for the chargehard
		사우디아라비아 Mecca에 있는 이슬람교 신전의 명칭	
	old house for the chargehard	Chapelizod: House by the Churchyard	
		채플리조드의 Main Street에 있는 건물/Le Fanu의 추리 역사소설 제목	
034:09	Roche Haddocks off Hawkins Street.	Hawkins Street /Leinster Market	**Roche Haddocks off Hawkins Street.** Lowe, you blondy
		The Theatre Royal이 있는 더블린 거리 /D'Olier Street와 Hawkins Street를 연결하는 거리	
034:12	meal	Meles River	the homeur of that **meal**. Slander, let it lie its flattest
		멜레시강(고대 도시 Smyrna를 관통하여 흐름)	
034:20	rushy hollow	Phoenix Park: The Hollow	the **rushy hollow** whither, or so the two gown and
		피닉스 공원에 1890년 세워진 음악당(야외 연주용의 지붕 달린 반원형의 건물)	
034:29	Rosasharon!	Sharon	summer and, (Jesses **Rosasharon!**) a ripe occasion
		(이스라엘의) 샤론 평야	
035:05	the confusioning of human races	Tower of Babel	appurtenance to **the confusioning of human races**
		현재의 이라크 땅에 고대 바빌로니아 사람들이 건설했다고 기록되어 있는 탑	
035:08	our greatest park	Phoenix Park	**our greatest park** in his caoutchouc kepi
		더블린 북서쪽의 도시 자연공원	
035:09	great belt	Great Belt(Denmark)	**great belt** and hideinsacks and his blaufunx fustian
		덴마크의 Zealand섬과 Fyn섬 사이의 해협	
035:16	ouzel	Ouzel Galley Society	tool in jew me dinner **ouzel** fin? (a nice how-do-you-do in **Poolblack**
		1783년 새로 설립된 Dublin Chamber of Commerce에 부분적으로 흡수되었으며 College Green의 Commercial Buildings 에서 모였음	
	Poolblack	Blackpool(England) /Dublin: Dubh-linn	
		더블린('검은 웅덩이'라는 뜻)	

035:30	Fox Goodman	Goodman's Lane	harsh Mother East old **Fox Good-man**, the bellmaster
		웨스트민스터 사원에 있는 두 개의 종에 Dean Gabriel Goodman의 이름이 새겨져 있음	
035:32	the speckled church	Kilbarrack Speckled Church	ous tenor toller in **the speckled church**
		스코틀랜드 Falkirk의 게일식 표기어	
036:05	Morganspost	*Morning Post*	known in high quarters as was stood stated in **Morganspost**
		London에서 1772~1937에 걸쳐 발행된 일간지	
036:14	drumdrum	Dundrum(drum Romanian: road. street)	chronometrum **drumdrum** and, now standing full erect
		더블린 외곽의 마을('능선 요새'라는 뜻)	
036:15	Berlin gauntlet	Berlin	scene of its happening, with one **Berlin gauntlet**
		독일의 수도 베를린	
036:18	*duc de Fer's* overgrown milestone	Wellington Monument	two degrees towards his *duc de Fer's* overgrown milestone
		1815년 Battle of Waterloo에서 승리를 거둔 1대 웰링턴 공작(Duke of Wellington) Arthur Wellesley를 기리기 위해 피닉스 공원에 세운 기념탑	
036:24	monument	Wellington Monument	woo willing to take my stand, sir, upon the **monument**
		Wellington Testimonial이라고 함	
036:26	hoath	Howth	make my **hoath** to my sinnfinners
		더블린만(灣) 북쪽의 Howth Head반도의 대부분을 차지하는 지역	
036:28	Bishop and Mrs Michan	St Michan's Church	in the presence of the Deity Itself andwell of **Bishop**
		더블린의 Church Street에 위치한 교회	
036:29	High Church of England	England	**Mrs Michan** of **High Church of England** as of all
		잉글랜드라는 이름은 '앵글인(Angles)의 땅'이라는 뜻. 앵글인은 로마 제국의 쇠퇴 이후 이 지역에 유입된 게르만족의 일파로 앵글로색슨의 '앵글'이 바로 이 앵글인을 의미함.	
036:30	sohole	Soho	and of every living **sohole** in every
		한때 작가와 예술가의 고향이었던 런던 중앙부 Oxford Street의 극장 및 엔터테인먼트 지구	
036:32	British	England	**British** to my backbone tongue and commutative
		【036:29】	
036:35	Gaping Gill	Gasping Ghyl	**Gaping Gill**, swift to mate errt-hors, stern to checkself
		영국 잉글보로힐(Ingleborough Hill)에 있는, 펠벡(Fell Beck)이라는 하천이 흘러 들어가는 깊이 95m의 동굴	
037:01	Heidelberg mannleich	Heidelberg	hypertituitary type of **Heidelberg mannleich**
		독일 라인강의 지류, 네카르(Neckar) 강변의 대학 도시·관광 도시	
037:02	Sweatagore	India	lufted his slopingforward, bad **Sweatagore**
		속어로 Sweatipore는 India를 지칭함	

037:03	dublnotch	Dublin	rough and **dublnotch** on to it as he was greedly
		'검은 물웅덩이'라는 뜻의 둘린(Dubhlinn)이 어원인 Dublin은 아일랜드의 수도	
037:08	Tyskminister	Germany: Tyskland	greet his **Tyskminister** and he shall **gildthegap Gaper**
		Tysk는 덴마크어로 German의 뜻	
	gildthegap Gaper	Gaping Ghyl	
		【036:35】	
037:18	Druidia	Ireland: Misc Allusions	**Druidia** and the Deepsleep Sea, when suppertide
		드루이드(고대 켈트족 종교였던 드루이드교의 성직자)의 땅	
037:19	Charlatan Mall	Charlemont Mall	**Charlatan Mall** jointly kem gently and along the quiet
		더블린 남부 거리, Portabello 근처 대운하 (Grand Canal)와 접해 있음	
037:20	Grand	Grand Canal	of **Grand** and **Royal**, ff, flitmans-fluh, and, kk, 't crept i' hedge
		리피강에 있는 운하 선착장에서 시작하여 섀넌강까지 2개의 운하가 더블린 시내를 둘러싸고 있음	
	Royal	Royal Canal	
		수도 더블린과 샤논강 연안의 터먼바리를 연결하는 운하	
037:22	castelles ... blowne	Castle Browne	while, studying **castelles in the blowne**
		이탈리아 북부 포르토피노(Portofino) 항구의 높은 곳에 위치한 박물관	
037:25	Irish saliva	Ireland	if you please, (**Irish saliva**, *mawshe dho hole*, but
		유럽의 북서쪽 브리튼 제도에 있는 섬나라로 The Republic of Ireland와 Northern Ireland로 성립	
037:26	Iro-European ascendances	Europe Ireland(play on "Anglo-Irish Ascendancy")	prominently connected fellow of **Iro-European ascendances**
		영국·아일랜드 혼혈의, 아일랜드 거주 영국인	
037:31	Peach Bombay	Bombay[Mumbai]	he snobbishly dabbed **Peach Bombay**
		인도 서부의 도시: 봄베이(아라비아해에 면한 인도의 항구 도시, 상공업의 중심 시)	
037:32	Lukanpukan	Lucan	it is rawly only **Lukanpukan** pilzenpie which she knows
		더블린 교외 리피 강변의 도시로 스트로베리 베드(Strawberry Beds)와 루칸 위어(Lucan Weir) 근처, 그리고 그리핀(Griffeen) 강의 합류점	
037:33	senaffed and pibered	Rome: SPQR	which **senaffed and pibered** him), a supreme of
		SPQR(Seantus Populusque Romanus): 로마의 원로원과 국민(The Senate and People of Rome)	
038:03	erebusqued	Erebus	was marrying itself (porkograso!) **erebusqued**
		에러버스(이승과 저승 사이에 있는 암흑계)	

038:04	Phenice-Brue-rie '98,	Phoenix Brewery	deluxiously with a bottle of **Phenice-Bruerie '98,**
		19세기 말 Phoenix Porter를 생산하던 더블린에서 세 번째로 큰 양조장이었으며 1905년 기네스에 인수됨	
038:09	Barenice Max-welton	Maxwelltown	Our cad's bit of strife (knee **Bare-niece Maxwelton**)
		잉글랜드와 접한 스코틀랜드의 덤프리셔(Dumfriesshire)라는 옛 카운티 내의 소도시로 1928년 덤프리스(Dumfries)와 통합됨	
038:11	persicks	Persia	dumbestic husbandry (no **persicks** and **armelians** for thee, **Pomeranzia!**) but, slipping the clav in her claw
		고대 페르시아 제국(Alexander 대왕에게 멸망하였음)으로 Iran의 옛 이름	
	armelians	Armenia	
		아르메니아(서아시아의 고대 국가)	
	Pomeranzia	Pomerania	
		포메라니아(발트해에 면한 옛 독일 동북부의 주. 2차 세계 대전 이후 폴란드와 동독으로 분할됨.)	
038:22	Esnekerry	Enniskerry	**Esnekerry** pudden come Hunanov for her
		아일랜드 위클로우(Wicklow)주의 마을	
038:24	their Irish stew	Ireland	**their Irish stew** would go no further
		【037:25】	
038:30	Hippo	Hippo	**Hippo** outpuffs the writress of Havvah-ban-Annah
		알제리 안나바(Annaba, Algeria) 남쪽 북아프리카의 고대 도시	
039:02	hippic runfields of breezy	Baldoyle(Racecourse)	**hippic runfields of breezy** Baldoyle on a date
		더블린 북쪽에 위치한 해안가 교외 지역. 조이스 당시 더블린 경마장 3곳 중 하나가 있었음.	
039:04	events national	Fairyhouse Racecourse: Irish Grand National	up of **events national** and Dublin details, the doubles of Perkin
		매년 Meath 카운티의 Fairyhouse에서 열리는 아일랜드 장애물 경주 경마	
	Dublin	Dublin	
		【037:03】	
039:09	Saint Dalough	St Doolagh	roe hinny **Saint Dalough,** Drummer Coxon, nondepict
		발도일(Baldoyle)과 라헤니(Raheny) 근처의 마을	
039:17	Kehoe, Donnelly and Packenham's	Kehoe, Donnelly and akenham	theft of a leg of **Kehoe, Donnelly and Packenham's** Finnish pork
		햄과 베이컨 공장	
	Finnish pork	Finland /Phoenix Park	
		핀란드/피닉스 공원	

		Seaforth Highlanders	
039:22	Seaforths	영국군의 스코틀랜드 연대로, 원래 연대를 일으킨 마지막 Seaforth 백작의 이름을 따서 명명됨	a small thick un as chanced, while the **Seaforths**
039:29	land of counties copalleens	Ireland: Cathleen ni Houlihan	and woolly haunts in the **land of counties capalleens**
		*Cathleen ni Houlihan*은 1902년 예이츠와 그레고리 부인이 쓴 단막극	
039:34	Eglandine's	Eglantine	blue ruin and creeping jenny, **Eglandine's** choic-
		앵가딘(스위스 동부의 Danube강의 지류 Inn 강 상류의 골짜기 휴양지)	
039:35	the Duck and Doggies	Dog and Duck Tavern	supplied by the **Duck and Doggies**
		18세기 더블린의 pub	
039:36	Brigid Brewster's	Brewster	**Brigid Brewster's, the Cock, the Postboy's Horn**
		St. Brigid(아일랜드 유일의 여성 수호성인)의 이름을 딴 아일랜드 양조장	
	The Cock	Cock	
		18세기 더블린의 pub	
	The Postboy's Horn	The Postboy	
		영국 여관의 이름	
040:01	the Cup and the Stirrup	Stirrup Cup	All Swell That Aimswell, **the Cup and the Stirrup**
		19세기 영국 Gloucestershire의 여관이자 레스토랑	
040:02	a housingroom Abide With Oneanother	Abide with Me	in **a housingroom Abide With Oneanother**
		스코틀랜드 성공회 성직자 헨리 라이트(Henry F. Lyte)가 부른 기독교 찬송가	
040:03	Block W.W.	Block W.W.	at **Block W.W.**, (why didn't he back it?)
		공동주택 단지 W.W.	
040:04	Pump Court, The Liberties	Liberties /The Pump Court	**Pump Court, The Liberties**, and, what with
		The Liberties는 아일랜드 더블린 중심부의 지역으로 도심의 남서쪽에 위치함 /Pump Court는 런던 템플(Temple)에 있는 안뜰(courtyard)로, 현재는 주로 변호사 회의실이 들어서 있음	
040:05	voltapuke	Volta Cinema	moltapuke on **voltapuke**, resnored alcoh alcoho
		1909년 12월 20일 Joyce가 문을 연 더블린 최초의 극장으로 1910년 4월 18일에 문을 닫음	
040:07	rusinurbean	Rus in Urbe	the evangelical bussybozzy and the **rusinurbean**
		도시 속의 시골(나무나 잔디가 많은 곳)	

040:19	the bunk of iceland	Bank of Ireland /Iceland	of homelessness on **the bunk of iceland**, pillowed upon the **stone of destiny**
		더블린 중심부인 College Green에 있는 은행 건물	
	stone of destiny	Lia Fail	
		고대 스코틀랜드 왕권을 상징하며 스코틀랜드 에든버러성에 보관되어 있음	
040:21	illstarred	Ulster	Hosty, (no slouch of a name), an **illstarred** beachbusker
		얼스터(옛 아일랜드 지방; 지금은 아일랜드와 북아일랜드로 나뉘어 있음)	
040:29	Dullkey Downlairy and Bleak-rooky tramaline	Dalkey, Kingstown, and Blackrock Tram Blackrock Dalkey Dun Laoghaire	a sidewheel dive somewhere off the **Dullkey Downlairy and Bleak-rooky tramaline**
		더블린의 교외 지역	
040:34	Madame Gristle	Steven's Hospital	help of **Madam Gristle** for upwards of eighteen
		더블린의 킬메인햄(Kilmainham)에 있던, 아일랜드에서 가장 유명한 18세기 의료 기관 중 하나였음	
040:35	Sir Patrick Dun's	Sir Patrick Dun's Hospital	out of **Sir Patrick Dun's**, through **Sir Humphrey Jervis's** and
		더블린의 그랜드 캐널 스트리트(Grand Canal Street)에 위치했던 병원이자 임상 교육기관	
	Sir Humphrey Jervis's	Jervis Street Hospital	
		1718년 더블린의 외과 의사 6명이 자비로 Cook Street에 세운 자선병원	
040:36	the Saint Kevin's bed	Glendalough: St Kevin's bed /St Kevin's Hospital	into **the Saint Kevin's bed** in the **Adelaide's hosspittles**
		'세인트 케빈의 침상'은 산의 가장자리에 아주 가까운 바위 면에 인공적으로 절개된 동굴	
	Adelaide's hoss-pittles	Adelaide Hospital	
		더블린 Peter Street에 1839년 설립된 병원	
041:01	incurable welleslays	Hospital for Incurables	these **incurable welleslays** among those **uncarable wellasdays**
		불치 환자 치료 병원	
	uncarable wellasdays	Hospital for Incurables	
		불치 환자 치료 병원	
041:02	Sant Iago [...] Lazar	Lazar House[Lazaretto]	through **Sant Iago** by his cockle-hat, good **Lazar**
		격리병원[나병 환자 병원]	
041:10	meed of anthems	Athens	(**meed of anthems** here we pant!)
		아테네(그리스의 수도, 고대 그리스 문명의 중심지)	
041:17	hogshome [...] The Barrel	The Barrel	the **hogshome** they lovenaned **The Barrel**
		더블린 Meath Street의 서쪽에 위치한 지역으로 Friends' Meeting House(퀘이커 교도들의 예배 집회 장소)가 자리했던 곳	

041:18	Ebblinn's chilled hamlet	Dublin: Eblana(Dublin Allusion: 'Dublin's Fair City') 더블린	Ebblinn's chilled hamlet (thrie routes and restings
041:20	tubenny	Underground(London) 런던 지하철	where our tubenny habenny metro maniplumbs below
	metro	Metropolitain(Paris) 파리 지하철	
041:22	cremoaning	Cremona 북이탈리아 Po 강가에 있는 Lombardy주의 옛 도시	a crewth fiddle which, cremoaning and cronauning, levey grevey
	levey	Liffey 리피강(아일랜드 동부의 강)	
041:25	fraiseberry beds	Strawberry Beds 더블린 교외 Chapelizod와 Lucan 사이 Liffey강의 북쪽 기슭에 위치한 지역(250년 동안 상업용 작물로 딸기를 재배한 데서 지명이 유래함)	and in their flavory fraiseberry beds
041:26	foyneboyne	Boyne River 보인강(아일랜드 동부의 강으로, 이 부근에서 William 3세가 퇴위한 James 2세를 격파하여 아일랜드에서의 Stuart조(朝) 지지 세력이 근절되었음)	soed lavender or foyneboyne
041:32	Cujas Place	Rue de Cujas(Paris) 파리 5구의 거리(법률 전문가 Jacques Cujas의 이름을 딴 명칭)	Cujas Place, fizz, the Old Sots' Hole in the parish of Saint Cecily
	the Old Sots' Hole	Old Sot's Hole 영국 Lincolnshire의 마을 이름	
	the parish of Saint Cecily	Cecilia Street /Sainte-Cécile (Paris) 잉글랜드 북서부 Bolton의 거리 /Cathedral of Sainte-Cécile	
041:33	the liberty of Ceolmore	Coolmore 킬케니(Kilkenny) 근처의 작은 마을	within the liberty of Ceolmore not a thousand or
041:35	the statue of Primepower Glasstone	Statue of Gladstone /Parnell Monument 1910년 국립 글래드스톤 기념 위원회가 조각가 존 휴즈(John Hughes)에게 글래드스톤 동상을 세우도록 했으나 1923년 Irish Free State 정부가 거부함 /더블린 O'Connell에 있는 Parnell Monument	of the statue of Primewer Glasstone setting a match
042:05	gee and gees	Jameson, John, and Son 스코틀랜드 사업가 John Jameson이 더블린의 Bow Street Distillery를 인수하여 1780년부터 생산을 시작함	in the shape of gee and gees stood by the damn decent sort

042:15	bogeyer	Ireland	planet's melomap his lay of the vilest **bogeyer**
		【037:25】	
042:18	col de Houdo	Howth	where Riau Liviau riots and **col de Houdo** humps
		【036:26】	
042:19	the monument of the should-havebeen legis-lator	Gladstone Monument	**the monument of the shouldhave-been legislator**
		St. Clement Danes Church 앞에 위치한 기념비	
042:21	Lenster	Leinster	flow meeting of all the nations in **Lenster**
		아일랜드 4개의 province 중 하나로 남서부에 위치하고 12개의 주(州)로 구성됨	
042:25	liffeyside	Liffey	of our **liffeyside** people (to omit to mention
		【041:21】	
042:26	Watling	Watling Street(England)	rity and such as had wayfared *via* **Watling, Ernin, Icknild** and
		Dover에서 London을 지나 Shrewsbury 부근에 이르는 로마 도로	
	Ernin	Erning Street	
		런던(Londinium)에서 링컨(Lindum Colo-nia)과 요크(Eboracum)까지 이어지는 로마 도로	
	Icknild	Icknield Street	
		노퍽(Norfolk)에서 윌트셔(Wiltshire)까지 이어지는 영국 남부와 동부의 고대 선로	
042:27	Stane	Foss Way Stoneybatter	**Stane**, in chief a halted cockney car
		런던과 치체스터(Chichester)를 연결하는 영국 남부의 로마 도로	
042:28	a northern tory, a southern whig	Tory Island	hacks, **a northern tory, a southern whig**
		아일랜드 도네갈 주 북서 해안에서 14.5km 떨어져 있으며, 아일랜드에서 가장 멀리 떨어진 섬	
042:29	a landwester guardian	Manchester: *The Manchestter Guardian*	cler and a **landwester guardian**) ranging from slips of young
		1821년 12월 15일에 맨체스터 가디언(The Manchester Guardian)으로 창립되었으며 1959년에 '가디언(The Guardian)'으로 이름을 변경	
042:30	dublinos	Dublin	**dublinos** from **Cutpurse Row** hav-ing nothing better to do
		【037:03】	
	Cutpurse Row	Cut-Purse Row	
		더블린의 New-row에서 Corn-market에 이르는 도로	
042:34	palesmen	The Pale[The English Pale]	busy professional gentlemen, a brace of **palesmen**
		중세 후기에 영국 정부의 직접적인 통제하에 있던 아일랜드의 일부 지역	

042:35	Daly's	Daly's Club	nooning toward **Daly's**, fresh from snipehitting
		아일랜드 더블린에 위치한 남성 클럽으로, 1750년부터 1823년까지 사회 정치 생활의 중심지	
042:36	Rutland heath	Rutland Island	mallardmissing on **Rutland heath**, exchanging cold sneers
		도니골 카운티(County Donegal)에 있는 섬	
043:01	Hume Street	Hume Street	going ladies from **Hume Street** in their chairs
		더블린 중심부의 엘리 플레이스(Ely Place)와 세인트 스티븐스 그린(St. Stephen's Green) 사이에 위치함	
043:03	Moss's Gardens	Rotunda Hospital	**Mosse's Gardens**, an oblate father from **Skinner's Alley**
		더블린의 Parnell Street에 있는 산부인과 병원	
	Skinner's Alley	Skinners Alley	
		가죽장이(skinner)와 무두장이(tanner)들이 거래하던 더블린의 거리	
043:04	a fleming	Belgium	layers, **a fleming**, in tabinet fumant, with spouse and dog
		벨기에(유럽 북방에 있는 입헌군주국)	
043:05	hammersmith	Hammersmith(London)	**hammersmith** who had some chisellers by the hand
		해머스미스: 런던 자치구(London boroughs)의 하나로 옛 Hammersmith와 Fulham으로 이루어짐	
043:06	bluecoat scholars	King's Hospital	not a few sheep with the braxy, two **bluecoat scholars**
		더블린 King's Hospital 출신 의사들	
043:07	Simpson's on the Rocks	Simpson's-on-the-Strand (London) /Simpson's Hospital	four broke gents out of **Simpson's on the Rocks**
		더블린 던드럼(Dundrum)에 있는 요양 병원으로 흔히 Blue Coat Hospital로 불렸음	
043:08	Turkey Coffee	Turkey	portly and a pert still tassing **Turkey Coffee**
		【034:01】	
043:09	tickeyes door	Hickey's	tickeyes door, **Peter Pim** and **Paul Fry** and then **Elliot** and, O, **Atkinson**
		더블린의 Bachelor's Walk 소재 중고 서점	
	Peter Pim	Pim, Brothers & Co	
		면직물 제조사	
	Paul Fry	Fry and Co	
		면직물 제조사	
	Elliot	Thomas Elliott	
		면직물 제조사	
	Atkinson	Richard Atkinson and Co	
		면직물 제조사	

043:12	roman easter	Rome	particularist prebendary pondering on the **roman easter**
		이탈리아의 수도, 고대 로마제국의 수도, 로마 교황청 소재지	
043:13	greek uniates	Greece	sure question and **greek uniates**, plunk em, a **lace lappet** head
		발칸 반도의 남단부에 있는 왕국	
	lace lappet	The Lace Lappet	
		18세기 더블린의 머리 장식품 상점	
043:16	the uncle's place	pawnshop	**the uncle's place**, were evidently under the spell of liquor
		더블린의 전당포	
043:18	weaver's almshouse	Weavers' Almshouse	a half sir from the **weaver's almshouse**
		방직공들이 Townsend Street에 세운 극빈자 보호시설	
043:26	Delville	Delville	**Delville**, soon fluttered its secret on white highway
		스위프트(Jonathan Swift)가 Glasnevin의 이 집에 머물면서 선거운동 팜플렛을 출판	
043:29	five pussyfours green	Ireland: The Five Fifths	through the **five pussyfours green** of **the united states of Scotia Picta**
		Ulster(Ulaidh), Meath(Midhe), Leinster(Laighin), Munster(Mumhain), Connaught(Connacht)	
	the united states of Scotia Picta	America /Ireland: Scotia Scotland	
		아일랜드(나중에는 스코틀랜드)	
043:32	Piggott's	Pigott and Co	that onecrooned king of inscrewments, **Piggott's** purest
		Grafton Street 112번지에 1823년 개업한 음반 가게(music & pianoforte warehouse)	
043:36	Gaul	Gaul	namesake as men of **Gaul** noted, but before of to
		북이탈리아·프랑스·벨기에의 전역과 네덜란드·독일·스위스의 일부를 포함하는 지역	
044:02	fezzy fuzz	Fez	'Ductor' Hitchcock hoisted his **fezzy fuzz**
		페즈(모로코 북부의 도시, 옛 이슬람 왕조의 수도)	
044:04	our maypole	Maypole /Wellington Monument	**our maypole** once more where he rose
		【036:18】	
044:06	the old tollgate	Turnpike	where by **the old tollgate, Saint Annona's Street and Church**
		통행요금 징수소(의 관문)	
	Saint Annona's Street and Church	St. Anne's Church	
		성모 마리아의 어머니인 성(聖) 앤에게 헌정된 교회	
044:13	dub him Llyn	Dublin	some **dub him Llyn** and Phin while others hail him
		【037:03】	

044:27	*Mag-a-zine Wall [...] Mag-a-zine Wall*	Magazine Fort	"THE BALLAD OF PERSSE O'REILLY."
		【045:05】	
045:07	the Castle	The Castle[Dublin Castle]	He was one time our King of **the Castle**
		더블린의 다임가(Dame street)에 있는 성으로 1204년 존왕(King John)이 건축하였음	
045:09	Green Street	Green Street /Courthouse	And from **Green street** he'll be sent by
		Smithfield 구역의 Green Street와 Halston Street사이에 Green Street Courthouse(그린스트리트 법원)가 있음	
045:10	jail of Mountjoy	Mountjoy(Prison)	To the penal **jail of Mountjoy**
		더블린의 피브스버러(Phibsborough)에 위치한 감옥	
045:20	dairyman darling	Derry[London Derry]	I'll go bail, my fine **dairyman darling**
		벨파스트에 이어 북아일랜드에서 두 번째로 큰 도시	
045:21	bull of the Cassidys	Ballycassidy	Like the bumping **bull of the Cassidys**
		Cassidys[Ballycassidy]: 북아일랜드 페르마나(Fermanagh)주에 위치한 작은 마을	
046:04	Bargainweg, Lower	Lower Baggot Street	Down **Bargainweg, Lower.**
		메리온 로우(Merrion Row)와 대운하(Grand Canal) 사이의 거리	
046:13	hammerfast	Hammerfest(Norway)	The hooker of that **hammerfast** viking
		노르웨이 북부의 세계 최북단 도시 중 하나	
046:14	Eblana bay	Dublin: Eblana /Dublin Bay	And Gall's curse on the day when **Eblana bay**
		Eblana는 서기 140년의 라틴 지도에 나타난 가장 오래된 더블린의 이름	
046:18	Poolbeg	Poolbeg	Where from? roars **Poolbeg. Cookingha'pence**
		더블린의 링젠드(Ringsend)에서 더블린만(Dublin Bay)까지 뻗어있는 인공 반도[정박지]	
	Cooking-ha'pence	Copenhagen	
		코펜하겐(덴마크의 수도)	
046:21	Norveegickers	Norwegian /Norway	Thok's min gammelhole **Norveegickers** moniker
		스칸디나비아 반도 서부의 왕국	

046:22	Norveegickers	Norway	Og as ay are at gammelhore **Norveegickers** cod.
		【046:21】	
046:23	A Norwegian camel	Norway	(Chorus) **A Norwegian camel** old cod.
		【046:21】	
046:33	maidenloo	Waterloo	The general lost her **maidenloo**!
		Belgium 중부의 마을, 1815년 Napoleon I 세가 Wellington에게 대패한 곳	
047:07	Wellington's monument	Wellington Monument	He was joulting by **Wellinton's monument**
		【036:18】	
047:21	Scandiknavery	Scandinavia	For to sod the brave son of **Scandiknavery**.
		북유럽(노르웨이·스웨덴·덴마크 및 때로는 아이슬란드와 그 부근의 섬을 포함한 총칭)	
047:22	Oxmanstown	Oxmantown	And we'll bury him down in **Oxmanstown**
		더블린 리피강 맞은편의 교외 지역	
047:23	Danes	Denmark	Along with the devil and **Danes**,
047:24		유럽 북서부의 왕국	(Chorus) With the deaf and dumb **Danes**,
047:28	Connacht	Connacht	For there's no true spell in **Connacht** or hell
		코노트(아일랜드 공화국 북서부의 한 지방)	

제6부

평역 시리즈 ② 자료 출처

직접 인용 및 간접 참고 문헌[웹] 자료 출처

James Joyce, Finnegans Wake, Penguin Books, New York, 1976

김종건, 피네간의 경야 주해, 고려대학교 출판부, 2012
김종건, 피네간의 경야 이야기, 어문학사, 2015
김종건, 복원된 피네간의 경야, 어문학사, 2018

A. Nicholas Fargnoli, James Joyce: A Literary Reference, Carroll & Graf Publishers, New York, 2003
Anthony Burgess, Here Comes Everybody: An Introduction to James Joyce for the Ordinary Reader, Faber & Faber, London, 1965
Bernard Benstock, Joyce-Again's Wake: An Analysis of Finnegans Wake, University of Washington Press, Seattle and London, 1965
C. George Sandulescu, The Language of the Devil: Texture and Arche-type in Finnegans Wake, Colin Smythe, Gerrards Cross, 1987
Clive Hart, A Concordance to Finnegans Wake, University of Minnesota Press, Minneapolis, 1963
Clive Hart, Structure and Motif in Finnegans Wake, Faber & Faber, London. 1962
Glasheen, A Third Census of Finnegans Wake: An Index of the Charac-ters and Their Roles, University of California Press, Berkeley, 1977
Gordon Bowker, James Joyce:A New Biography, Farrar, Straus and Giroux, New York, 2011
Harry Burrell, Narrative Design of Finnegans Wake: The wake Lock Picked, University Press of Florida, Gainesville, 1996
Herbert S. Gormann, James Joyce: A Definitive Biography, John Lane The Bodley Head, London, 1941
Ian Pindar, Joyce, Haus Publishing, London, 2004
James S. Atherton, The Books at the Wake: A Study of Literary Allusions in James Joyce's Finnegans Wake, Viking, New York, 1960
John Bishop, Joyce's Book of the Dark: Finnegans Wake, University of Wisconsin Press, Madison, 1986
John Gordon, Finnegans Wake: A Plot Summary. Syracuse University Press, New York, 1986
Joseph Campbell and Henry Morton Robinson, A Skeleton Key to Finnegans Wake, Harcourt, Brace, New York, 1944
Louis O. Mink, A Finnegans Wake Gazetteer, Indiana University Press, Bloomington, 1978
Margaret C. Solomon, Eternal Geomater: The Sexual Universe of Finnegans Wake, Southern Illinois University Press, London and Amsterdam, 1969

O'Hehir and John Dillon, A Classical Lexicon for Finnegans Wake, University of California Press, Berkeley, 1977

Richard Ellmann, James Joyce, Oxford University Press, 1982

Roland McHugh, Annotations to Finnegans Wake, Johns Hopkins University Press, Baltimore & London, 1980

Roland McHugh, The Sigla of Finnegans Wake, University of Texas Press, Austion, 1976

Samuel Beckett, Our Examination Round His Factification for Incamination of "Work in Progress," 2nd edition, John Dickens & Conner, Northampton, 1962

Vivien Igoe, James Joyce's Dublin Houses & Nora Barnacle's Galway, Mandarin Paperbacks, London, 1990

William York Tindall, A Reader's Guide to Finnegans Wake, Farrar, Straus and Giroux, New York, 1969

FINNEGANS WAKE NOTES

    https://www.finneganswakenotes.net/

Finnegans Wake Extensible Elucidation Treasury

    www.fweet.org/pages/fw_smap.php

Course Hero Literature Study Guides Finnegans Wake

    www.coursehero.com/lit/Finnegans-Wake/

Glosses of FINNEGANS WAKE

    finwake.com/

Concordance of Finnegans Wake(compiled by Eric Rosenbloom)

    www.rosenlake.net/fw/FWconcordance/

James Joyce Scholars' Collection

    search.library.wisc.edu/digital/AJoyceColl

JAMES JOYCE DIGITAL ARCHIVE

    jjda.ie/main/JJDA/F/FF/app/chkra.htm

Atelier Aterui(by Eishiro Ito)

    p-www.iwate-pu.ac.jp/~acro-ito/index.html

GENIUS: Finnegans Wake

    genius.com/James-joyce-finnegans-wake-chap-11-annotated

Sensagent: Finnegans Wake

    dictionary.sensagent.com/Finnegans%20Wake/en-en/

James Joyce Images

    www.columbia.edu/itc/english/seidel/joyce/edit/

Steemit: Finnegans Wake - A Prescriptive Guide

    steemit.com/literature/@harlotscurse/

JJ21k: Finnegans Wake

    jj21k.com/finnegans-wake/

FinnegansWiki

    www.finnegansweb.com/wiki/index.php/Sanglorians

Annotated Finnegans Wake(with Wakepedia)

    fwannotated.blogspot.com/2014/09/phoenix-park-in-fw.html

Finnegans Wake, phrase by phrase

    fwphrases.blogspot.com/

Original Positions

    https://originalpositions.com/2013/12/24/finnegans-wake

www.wikipedia.org

www.youtube.com

https://library.si.edu

www.goodreads.com

www.amazon.co.uk

https://sussexchurchez.blogspot.com

https://peterchrisp.blogspot.com

https://historia-cronologia.lapunk.hu

https://folkways.si.edu

www.archiseek.com

www.selseyphotoarchive.co.uk

www.carpediemfinebooks.com

https://masterbundles.com

www.photohistory-sussex.co.uk

www.bcf.com.au

https://flytyingarchive.com

https://dribbble.com

https://messianicmarketplace.org

www.britannica.com

https://levysheetmusic.mse.jhu.edu

www.researchgate.net

www.erlebnisreise-irland.de

www.loc.gov

www.medievalchronicles.com

https://mudcat.org

www.fingal.ie

www.cambridge-news.co.uk

https://images.search.yahoo.com

www.traditionalmusic.co.uk

https://holymotherchurch.blogspot.com

www.nzz.ch

https://northernway.org

https://study.com

https://owlcation.com

www.jpc.de

https://gallica.bnf.fr

www.sj-r.com

https://operainireland.wordpress.com

https://openlibrary.org

www.wikimedia commons

https://academic-accelerator.com

www.englishromanticopera.org

https://issuu.com

https://pescaralovesfashion.com

https://scek.pl

https://detechter.com

www.gyanbooks.com

https://generalpicton.blogspot.com

https://talesfromquarrywood.wordpress.com
https://maudlin-downgraded
www.abebooks.co.uk
https://hatguide.co.uk
www.sheetmusicplus.com
https://open-pro.dict.naver.com
https://royalhistsoc.org
www.farmersslmanac.com
www.bible-knoeledge.com
www.tvu.cl
https://kinimato-grafo.blogspot.com
https://threadreaderapp.com
www.abebooks.co.uk
www.amazon.in
www.discoveryuk.com
www.everand.com
www.meisterdrucke.ie
https://shahabistan.wordpress.com
www.flashlyrics.com
https://kilmainhamtales.ie
www.loc.gov
www.nli.ie
https://theoandharris.com
https://sur.ly/i/shopai5.link
www.barnesandnoble.com
www.westminster-abbey.org
https://emuseum.ringling.org
https://westportlibrary.libguides.com
www.kasuwa.de
https://studylib.net
www.npg.org.uk
https://shopee.ph
https://qawabat.com
https://mysticsciences.com
https://dublin.ie
www.planetaskazok.ru
www.simonandschuster.com
www.buildingsofireland.ie
www.askaboutireland.ie
www.buddhist-art.com
https://tredwellsmusic.com
https://symbolsage.com
https://untappd.com
www.leonardkreuschwines.com
https://fatcork.com
www.infobooks.org

www.sheetmusicwarehouse.co.uk

www.enniskerryhistory.org

https://steamcommunity.com

www.purcellauctioneers.ie

https://famvin.org

www.quicket.co.za

https://equusnow.com

www.horseracingbetting.com

www.andrewjonesauctions.com

www.dreamhorse.com

www.greyhoundderby.com

https://kamuke.com

https://humphrysfamilytree.com

www.imdb.com

https://myrealireland.com

www.shakeitdrinkit.com

www.hotcoreproducts.com

https://restaurantguru.com

www.thedublinpublopedia.com

www.dover-kent.com

https://historicalhussies.blogspot.com

https://reasonabletheology.org

www.newcourtchambers.com

www.openstreetmap.org

https://ellisdownhome.com

www.wikiwand.com

https://musescore.com

www.facebook.com

www.hrbr.ie/map-location

https://glendalough.wicklowheritage.org

https://megalithicireland.com

https://namu.wiki

dublinquakers.ie

https://bfmtv.com

www.opentable.ie

https://ireland-calling.com

www.gladstoneslibrary.org

https://magazine.punch.co.uk

www.historicnewengland.org

www.explorefw.org.uk

www.hertsmemories

https://alchetron.com

https://collections.library.yale.edu

www.amazon.es

www.digitalexhibitions.manchester.ac.uk

https://dublindiscover

www.americanpress.com

www.archiseek.com

www.periodpaper.com

www.wikitree.com

https://wordhistories.net

https://catalogue.nli.ie

www.freeimages.com

www.housingcare.org

https://subversify.com

https://music.apple.com

www.reddit.com

https://windy.app

https://blogs.archives.qld.gov.au

https://earlymedievalgovan.wordpress.com

www.bytowninstruments.com

www.galwaybeo.ie

https://theosophy.wiki

https://pennyspoetry.fandom.com

https://irishstudies.nd.edu

www.irishtimes.com

https://qanomed.com(baggotdental.ie)

www.tide forecast.com

https://alchetron.com

https://en.wiktionary.org

https://bigstyle.ie

https://oldwaysnewroads.co.uk

https://alesandsceals.wordpress.com

www.nursingtimes.net

www.slideserve.com

https://cufflovesm.live

www.rbdbooks.com

경야의 서 2권

제임스 조이스 『피네간의 경야』 평역 시리즈 ②

초판 1쇄 발행일 2026년 5월 8일

원 작 제임스 조이스
편 역 박대철

펴낸이 박영희
편 집 조은별
디자인 김수현
마케팅 김유미
인쇄·제본 제삼인쇄

펴낸곳 도서출판 어문학사
주 소 서울특별시 도봉구 해등로 357 나너울카운티 1층
대표전화 02-998-0094 **편집부1** 02-998-2267 **편집부2** 02-998-2269
홈페이지 www.amhbook.com
e-mail am@amhbook.com
등 록 2004년 7월 26일 제2009-2호

X(트위터) @with_amhbook
인스타그램 amhbook
페이스북 www.facebook.com/amhbook
블로그 blog.naver.com/amhbook

ISBN 979-11-6905-059-3(94840)
         979-11-6905-039-5(세트)
정 가 25,000원